安生

A Better Home

凸凹 著

四川文艺出版社

图书在版编目（CIP）数据

安生 / 凸凹著 . -- 成都：四川文艺出版社，2024.1
ISBN 978-7-5411-6838-3

Ⅰ.①安… Ⅱ.①凸… Ⅲ.①长篇小说 – 中国 – 当代 Ⅳ.① I247.5

中国国家版本馆 CIP 数据核字（2023）第 231199 号

AN SHENG

安　生

凸凹　著

出 品 人	谭清洁
责任编辑	谢雨环　朱丽巧
封面设计	魏晓舸
内文制作	史小燕
责任校对	段　敏
责任印制	喻　辉

出版发行	四川文艺出版社（成都市锦江区三色路238号）
网　　址	www.scwys.com
电　　话	028-86361802（发行部）　028-86361781（编辑部）
印　　刷	四川机投印务有限公司
成品尺寸	145mm×210mm　　开　本　32开
印　　张	9.875　　字　数　240千
版　　次	2024年1月第一版　　印　次　2024年1月第一次印刷
书　　号	ISBN 978-7-5411-6838-3
定　　价	49.80元

版权所有·侵权必究。如有印装质量问题，请与出版社联系调换。联系电话：028-86361796

CONTENTS

目录

一、萧不系的别墅梦　001

二、多米诺骨牌　052

三、静水深处的疾风　123

四、暗地里的阳光　187

五、花园分岔的小径　262

主要人物表　308

一、萧不系的别墅梦

1

萧不系要换房了,不是一般的房,甚至不是房,是宅。在萧不系看来,一套房子,一幢宅子,即便面积相当,价钱相当,那也是两码事。去餐饮店,去娱乐场所,坐大厅,坐包房,都是坐,是一码事吗?包房可办的事,大厅行吗?从房到房,也不是不可以,但换来换去,换到天上去,说到底,还是房嘛,脱了裤儿打屁,多此一举。

萧不系买的宅子是别墅,他要从房里,换到墅里。

萧不系本就住一百五十多平方米的房,五室一厅二卫一阳台,该有的都有,压根儿没想过换房、买房,更没想过买别墅。即使想过,也不敢深想,一深想,九曲十八弯,每一曲每一弯,都曲到了弯到了钱那里,形成旋涡,又形成窄门,少数人可过去,多数人过不去,他属于后者。属于后者,但最终还是买了,还是过去了,成了前者。

这事已过去整整十个年头,入住都有五六年了。夏末的风,从大红变成浅红,进入初秋就成橘红。萧不系从若尔盖草原采风回来,坐在别墅后花园乘凉,由采风的风,想到风的颜色,由面前满园颜色，想到当初的置墅起意，不经意发出了意味深长、让人不知水深水浅、似笑非笑的笑。

是女儿怂恿买的，也是夏末，二〇一三年的夏末，女儿二十四岁，刚买房，刚结婚。女儿虽是他女儿，且是独生子女，他却不是一个被女儿一怂恿就掏钱买房的爹。以前不这样，以前女儿要天上一万颗星，他也会一颗一颗给她摘下来，然后，用精棉，用镜头擦拭纸，擦去沾在星星上的手汗和气味。女儿这一嫁人，他就变了，变得不再全心全意，孤注一掷，而是留了一手。不留一手行吗？你懂的，万一女儿离了婚，捎带着把他的两只手也离了出去，那就傻大了，傻到家了。害人之心不可有，防人之心不可无，古人是真牛，嘴巴一张，金句连篇。当然，购房，是涉了财的事，但凡不涉财，他对女儿的宠爱，再活一百年也不会变。他喜欢仗义疏财，可自己的财都很稀薄，拿什么来疏？换言之，自己的财，连对女儿都不敢冒进，怎敢帮补外人，以实现自己的喜欢？

女儿说，爸，你不是一直感叹生不逢时，没有过一把当少爷、做老爷、住大宅子的瘾吗？你不是一直羡慕国外那些成天啥事不做，只负责住在庄园高谈阔论的贵族绅士吗？好，那就去买一幢别墅吧。况且，你已经忙活半辈子了，该享享福了。

萧不系说，开什么玩笑，那是有钱人的玩法，我和你妈是工薪阶层，鼠鹰不同道啊。

萧不系在省城的平原商报上班，挨着报社租了个五十平方米的旧公寓，家安在距省城市中区五十余公里的西郊都安县城，除双休日、节假日回家外，平时也回家，只不过回得神出鬼没，神龙见首不见尾。商报不属于文化类报纸，但他终究是报社的人，且是资深摄影师，那时也还在商报文化部副主任、副刊主编任上，算得上是个文人。而中国文人，甭管赤贫或富足，都有一个宅院梦。古代那些写好诗又有过仕途的诗人，屈原、陈子昂、李白、杜甫、苏东坡、陆游们，现代的鲁迅、李劼人、巴金们，哪位没个宅院？随着时代的变化，曾经的宅院梦，变成了如今的别墅梦。萧不系五十岁以前，是做过别墅梦的，五十以后，也做，只不过真是做梦了，即便夜里，做的也是白日梦。

女儿调侃式的鼓动说辞，其实只猜准了老爸心思的一半，甚至不到一半。她哪里知道，在老爸那里，精神第一性，物质第二性，软件是大于硬件的。反过来理解，精神才是硬件，物质才是软件。光有一座大宅，两手空空，既没有左拥，又没有右抱，更不能呼奴唤婢，算个什么事呢？既然回不了货真价实、配套齐全的古代，不回也罢。所以，仅有大宅的大、大宅的宅的怂恿，挑不起他的冲动。当然，他也知道，作如是想，是想多了，多想了，那是他祖父辈的旧社会的梦想。活在当下的他，还没有痴到如此乌托邦的地步——囊中羞涩的他，不过是在心里找拒绝女儿的理由。

或者说，他还需要更多的诱惑与说法。

女儿小鱼儿，大名萧鱼儿，小巧干练，一看就是川妹子一枚。她大学毕业后进入街道办工作已一年，岗位为党政办文秘。名为文秘，说白了，就是领导跟前一听差，领导说干什么，就干什么，包括拟写党内文件、列席党内会议。之所以列席，是因为她当时尚在党外徘徊。两年后，也就是父母拿到别墅钥匙的那一年，她递交了入党申请，又一年，变列席为正式，这是后话。文秘岗位很正，她的身份却是二歪二歪的。在街道办奉职领薪者，有在编的，包括公务员，公务员中的工勤人员，以及合同制事业人员；有不在编的，包括合同工和临聘人员。所以，即便同一间办公室，干同样的活儿，进入银行卡的收入，也分三六九等，差别大了去了。比如，后来的公车改革，私车公用，发放车补，公务员有，非公务员，没有。小鱼儿是不在编合同工，比上不足，比下有余，有临聘人员垫底，加之天生好心态，算是知足了。

女儿又说，爸，我都给你规划好了。从大背景看，目前全国房市低迷，平原地区也不例外，谁都不敢下手，生怕一买就跌，而房市反弹是迟早的事。房市银行捆绑着，房市崩盘，银行还不破产关门？政府怎么可能让银行破产关门呢？别的不说，光是出于维稳需要，政府也会出手救市。俗话说，撑死胆大的，饿死胆小的，何况这事压根儿不是胆大胆小的事。再者，都安县的房价，是低于全国同等地区的。关键是，买房买的是口岸，而口岸的好坏，由环境决定，咱都安的宜居环境，又是全国公认的，有名山名水嘛。再一个，国土是稀缺资源，别墅跟高层相比，含金量会越来越高。所以，现在下单，正当时，这跟股市一样，低迷时买进，高峰时抛出。还有……

萧不系看了一眼老婆巧蓝的表情，打断女儿的逻辑推进，微笑着说，女儿，这些都是程非的意见吧？再说，这些，老爸懂，不需要你们上课。

程非，萧家女婿，省城红柠檬广告公司创意策划部经理。程非是北方人，跟小鱼儿同校，读的研究生，小鱼儿本科。二人在校谈了一年恋爱，程非毕业回老家省城，找了工作，见女友本科毕业回了家乡，就辞职追了来。程非虽然出身农村家庭，但他本人特别上进，最大优点是成熟，有主见，有亲和力，长相也没得挑，高高大大，五官周正。萧不系特别满意的就是女婿成熟、有主见这点，特别不满意的，也是这点。他自认为有一双识人的毒眼，可他偏是看不透女婿的心思。女婿看上去老实巴交，笑眯眯的，一副很怕他的样子，只有他自己明白，他跟全天下宠爱女儿的父亲一样，怕女婿。

是程非的意见。小鱼儿如实禀报，他跟做房地产的人熟，内部消息多，他的意见正确，我们就得采纳呀。再说，我毕竟也在街道办上班，多多少少也是听了点规划和房管部门的说法的。楼盘程非去过，天著青城，纯墅区，私密性好，阳光充足，傍金马河，离青城前山只有四公里，业主的阶层也比较一致。更重要的是，房价才八九千一平方米，买套小点的，两百来平方米，总价还不到两百万。一句话，爸，买了，就算不增值，也一定保值。妈，你说呢？

巧蓝说，我说什么？这事太大，又来得陡，先听听你爸的意见吧。

小鱼儿又急又兴奋，妈，你咋还没反应过来？你们买了天著青城，就跟我们同一个社区了！咱一个大家，一个小家，你护我周全，我护你周全，不就方便了吗？爸又经常出去参加摄影采风活动什么的，到时，你就来我们芒成住，或者我们到天著青城陪你，免得你一个人在家，让爸在外边拍个片也无法丢心落肠。

芒成是女儿女婿所在小区，属于大观街道外江社区，距县城七八公里远。芒成小区，七层电梯洋房，小两口放弃县城跑到镇上买，图的就是用县城房价，买品质更高、面积更大、环境更好的"花园洋房"。大观街道，以前叫大观镇，挂了街道牌子后，镇的牌子依然保留，所以就成了一个地儿，俩叫法。

巧蓝笑道，我们两个老家伙还想要个清静呢，哪个想跟你们搅到一起哦。哼，说了半天，怂恿买别墅，根儿在这里呀。

小鱼儿上前捶打母亲，又娇又怨，说什么呢，像我亲妈说的话吗？

萧不系想说什么，没说出来，就像开闸放水，闸还没打开，又关上了。他拿起桌上的宽窄烟，弹出一根，点上，看了面前俩女人一眼，又摁灭了。

女儿捂嘴偷笑，住了别墅，抽烟就方便了，阳台、露台、前庭小园、后花园,哪儿都行。

　　三人关于买不买别墅的对话,发生在萧不系夫妇家里。萧不系住的小区叫岷苑,位置在县城老城区,看病、理发、吃小面什么的,特方便。而小鱼儿说的天著青城,就是另一码事了。

　　女儿说,爸,我知道你想说什么,不用说了,我们都给你想到了。你不就想说没钱吗?这个是大事,也是小事,不用担心。众人拾柴火焰高,我们两家合伙买嘛。我给你算个账哈,两百万是高,但我们可以按揭嘛!你和妈年龄大了,按揭的首付占比高、时间短,用我和程非的名义也可以呀,依我们的年龄和收入,只付三成,三十年还款都行。但既然是两家合伙,我看首付五成好,月供压力小。五成一百万,加上杂七杂八契税什么的,首付就算一百一十万吧。一百一十万,你们有多少就出多少,不够的,我们出。我们出的,算你们借也行,入伙入股也行,你们决定。付了首付,你和妈就实现别墅梦了,存款也保值了。至于装修,钱到位就装,不急在这一时半会儿的。至于按揭余款,慢慢还就是,你们还不了,还有我们呢。你们也知道,程非的收入,还是可以的嘛。

　　萧不系再一次拿起茶几上的烟,女儿给他点了火。巧蓝开了阳台推拉门,心痛地看着空调冷气嗖嗖嗖往外蹿。

　　女儿说,爸,女儿知道,房产证办在我和程非名下,你有顾虑,生怕我们婚姻出现问题,带来经济上的纠纷,这个我理解。不过,解决这个问题也简单,到时咱们拟个协议,四个人都签上名,再到公证处公证一下,就可以了。如果这样了还不放心,那等拿了产权证,咱们花点钱,交上税费什么的,把产权证过个户,也行呀。

　　好在是女儿,换一个人这么说,萧不系脸面一定受不了。世上很多东西,只可意会,不可言传,说出来,尴尬。

既然女儿把话都说到这个份儿上了，萧不系无论如何得表个态。从女儿的架势看，不表个态，这场对话，恐怕一万年也不会结束。他嗔怪道，女儿，你就这么看你老爸？胳膊肘往外拐，白眼狼！又对着老婆说，那我们这几天抽个时间，去实地看看，看了再说吧。一边说，一边偷偷眨了几下眼睛。

老婆点头，心领神会，好，那就去看一下。

女儿从沙发上起身，躬身搂着老爸脖子，在他左边老脸上，狠狠亲出了个脆响。

萧不系脸有些发烫，觉得愧对女儿的脆响，因为他对女儿女婿抛出的合伙购买别墅的方案，压根儿不同意。

咱夫妻活了一辈子，奋斗了一辈子，到头来卖旧买新，连房子都没有一处整囫囵的，甚至房产证都没一个。住在没有房产证的房里，跟住旅店有什么区别？怎么住得下去，老脸往哪搁？哪怕分割房子的是自家孩子，也有寄人篱下、吃软饭的感觉，这感觉不好，很不好。一代一代，青山不老，血脉长流，长辈在前边走，晚辈在后边学，父母希望子女成为自己的骄傲，子女何尝不希望父母成为自己的骄傲？小鱼儿刚一出门，萧不系就这样对老婆说了。

只过了两天，萧不系夫妇，出县城南，去了天著青城。

2

买别墅，萧不系除了受到女儿，以及女儿背后的女婿的怂恿，还受到置业顾问的引诱、追击和煽风点火。

萧不系的车还没停稳，小赵就出现了。小赵用甜甜的声音和甜甜的手势，指挥着将车泊在了一个舒服的车位上。

叔叔阿姨好，欢迎来看墅！

看鼠？

是啊，你们不是来看别墅吗？

啊，是，看别墅，看别墅。

来，走这边。第一次来？

第一次。

我是天著青城的置业顾问，叫我小赵就好。

巧蓝与小赵对话间，三人已进入售房大厅。大厅没开空调，有点热，但还过得去，毕竟是上午，此地又背靠青城山这台大空调。

阿姨，这边，麻烦你登个记。姓名，电话？小赵变魔术般，手里多了一个十六开大小的本子。

萧不系说，我们就是路过这里，见小区大门气派，顺道进来看看，记就不用登了吧。

但最终还是登了。上溯十年，萧不系下手买岷苑那套房之前，有过长达一两个月的看房经历。看过之后，不想看了，却一直有电话催他去看，实在烦人。这回，他和老婆本就是磨不过女儿的纠缠，跑来看起玩，应付一下了事，登什么记？哪知小赵真是个善解人意的女孩，她说，叔，小赵知道你们是看起玩，并没诚心买房，但没关系呀，你们登个记，小赵就算工作了，有底薪了，不然，很快就得走路，改换门庭。小赵是农村来的，找个工作挺难的。现在房市低迷，别说买房的，看房的也没几个，尤其是别墅，受众小，更难。你看今天，小赵等了半天，就等到你们这一起。你们就当可怜可怜小赵，帮小赵一次嘛。叔，阿姨，小赵向你们保证，阿姨的电话，小赵绝不会泄漏出去。

小赵几句话，就有了浮出人众水面的特色，让人过目不忘，没错，她话中的我，被一口一个的小赵取代了。

话说到这一步，就接不下去了，只好付诸行动，变成牛，让置业顾问小赵牵着鼻子走。

顾问，不仅名儿好听，身份、地位也显赫。譬如，作家协会顾问，其资历、水平和德高望重，甚至超过协会主席团成员。但凡顾问，即便只是挂名，只是闲职、虚职，什么都不顾、都不问，也是响当当不可小觑的权威。置业顾问却不然，说是实职，但说白了，也就是售楼员、售房员，干的活儿，跟任何一位销售员、售货员没什么两样，只是卖的货不同罢了。换言之，置业顾问就是某楼盘售楼部经理下面的一员小兵，购房客户的服务员。进入这个行业的门槛应该很低，怎么说呢，即便一个城郊农民，蹲在路边卖菜，也能把自己的菜说得天花乱坠，至少方圆五里第一。但置业顾问究竟不是菜农可比的，他们是可以把房地产做得很大的。他们的底薪很低，销售提成却高。业绩上去了，收入超过经理乃至公司高层的，也大有人在。买方市场中的企业里，可以横起走路，又最受董事长、总经理青睐的，往往是企业中的销售大王。

小赵的置业顾问业绩在哪个层级上，萧不系还看不出，感觉应该较低。

小赵说，叔，阿姨，你们是喝咖啡，还是绿茶、红茶，或者矿泉水？

巧蓝要了咖啡。萧不系不渴，想说不喝，又怕被误会是因没见过世面而本能出现的拘谨和虚张声势，遭一个小丫头片子心里讥笑，就不紧不慢淡淡说道，来一杯矿泉水吧。

小赵指着休息区说，你们先坐坐，小赵马上回来。

小赵的水平不仅表现在口才上，也表现在背影上。她的背影很美，大夏天的，美得像一丝丝拂面春风。趁老婆向休息区走去，萧不系多享受了几秒春风的吹拂。其实，小赵正面也挺美，只是萧不系目光零乱、潦草，影响了他定睛观察。

小赵用托盘将两只杯子放在桌面，继而双手捧一杯给巧蓝，又捧一杯给萧不系，那种小心翼翼的样子，像捧着一块稀世之玉。

夫妇俩小啜杯中物，挺悠闲的样子。大理石围合的偌大售房大厅，除了他俩，还有一拨三人看房的。一个男置业顾问为其中一位顾客回答着提问，同时用眼睛顾及着另两位的感受，殷勤服务着。这还是周六，若上班时日，可以想见，情状更是凄惨。这里的大理石如此之多，恐怕没有哪一块料到，仅仅半年过去，来这里看房的买房者，会铺陈出排着长队登记取号的场面。

小赵说，叔，阿姨，反正没事，要不我们移步沙盘，给小赵一个为你们介绍天著青城墅情的机会？

萧不系说，谢谢，又不买房，就不相烦了。

小赵说，也好。叔，阿姨，来都来了，要不我们到别墅区转转，就当出来透透气，看看风景。现在开盘的是第三期，二期交付了，正在装修。一期基本入住了，外环境也配套完善，很成熟，值得一看。

萧不系还没开腔，巧蓝开腔了。巧蓝说，好哇，老萧，人家小赵说得对。走吧，就当透透气，看看风景。

被老婆一把从圈椅上拉起来的萧不系，有点莫名其妙，看了老婆几眼。老婆的突然举动，反常。毕竟是一起生活了三十来年的老伴，返回岷苑路上，巧蓝回应了老公的莫名其妙。他没问，她是自言自语的，在天著青城转悠，还挺享受的，就好像自己是个什么大官，那些保安呀，保洁人员呀，管家呀，看见你，不管他们在干什么，都停下来，站得毕恭毕敬的，向你问好，这感觉，舒服，爽。

原来是这样！萧不系开车进入小区豪华气派的大门后，车上的巧蓝就通过车窗，全程享受了一路上的礼遇，还觉不够，所以小赵一提议,她立马响应。

　　小赵要了辆电动看房车,一路走,一路看,绿化带在建筑体之间穿行,道路在绿化带上穿行。黄葛兰、紫薇、银杏、槐树、棕榈、三角梅……各种各样植物好看,地中海风格建筑好看。看得最高兴的自然是巧蓝了,但她看的不是植物、建筑,而是物业公司的人。巧蓝一辈子都是小老百姓一枚,那天却像一位女领导在视察她的辖区。坐在看房车上,她甚至都生发了喊几句同志们好、同志们辛苦了的冲动。她这一冲动,像极了一头只知往前冲的犟牛,不知不觉,把几个户型的样板房都逐一视察了。

　　样板房,当然是指设施基本完善,可拎包入住的装修房。看了三百多、四百多平方米的大中户型别墅,萧不系挺有感觉,却没有一丁点兴奋和流连不舍,上楼下楼,匆匆浏览,随即返回入户门,等老婆和小赵。再有感觉,也是羡慕嫉妒恨,与俺有什么关系呢?他想。

　　望着眼前飘来飘去的春风,萧不系心说,小赵,咱走吧,不看了,没有什么别墅有你好看。但他说出口的却是,小赵,咱走吧,不看了,白耽误你时间,咱又不买,不好意思啊。

　　用言语的方式与女人打趣、调情,萧不系是爱好的,擅长的,也是大胆的,但当着老婆的面,他却是一个过了五十岁之后,对男女那点事不感兴趣的老男人。让老婆安全、自足,是一名成熟男人的基本技法与责任。

　　萧不系说这话,真是蛮矛盾的,人家不会想,你不买,来回跑一二十公里路,来这儿闲逛,有病呀?而顺道之说,分明瞎掰。当初买岷苑,给置业顾问也说了不买,可最后还不是买了?萧不系也可自圆其说,化解小赵的疑惑,可这样一来,就得从女儿女婿说起,甚至远扯到一个文人的梦想去。如此,就是把清水搅浑,简单问题复杂化,复杂得让人云里雾里,掐不掉人家的希望,耽误人家更长时间不说,还让人希望更甚——这人说这么多不买房的理由,难不成就为掩饰一个买房的真相?

小赵说,没事啊,反正小赵什么都没有,有的也就是时间了。叔,阿姨,小赵再带你们看最后一套,这套看了就回去。

这最后一套,恰恰就把萧不系套住了。萧不系像一尾鱼,被网在网里,却并不急于出网,而是怡然自得,享受网中生活。他应该没有反应过来,执网者,恰是赵姓春风。

进入最后一套,让萧不系有一种进入首套的感觉,实实在在的新鲜,真真切切的兴奋。宅子顶天立地,从底层到顶层走一遍,天和地都拥有了。他走了两遍,相当于上了两重天,落了两回地。宅子高矮没问题,胖瘦更没问题——谁不想胖呢,可也得摸摸自己的口袋,量体裁衣不是?光线、通风、格局、视野,通通没问题——风水的问题,他不懂,不懂就想不到那儿去了。不仅看得细,还伸手摸了沙发,拿臀试了床榻。不用说,这是一处来了一遍,还想来二遍的地方,是想立马据为己有的所在,但也只是想想,这最后一套,是首次进入,也是最后一次。他恋恋不舍地决意走了,回到自己的狗窝岷苑去。金窝银窝不如自己的狗窝嘛。

但是,就在这时,他听到了春风的声音,这声音,羁绊了他的套了塑料鞋套的脚步。他已经走到样板房门口。显然,小赵的眼光,穿透布衣与皮肉,窥到了他内里的喜悦和痛苦。

叔,阿姨,这幢别墅,性价比特高,按照你们的条件,办个首付百分之三十的按揭,时间也可按揭长点,二十年,这样,要不了多少钱,就可轻松拥有了。要是再把现有住房变现,估计全款都不在话下。

萧不系自嘲道,我都过了五十岁,哪有按揭三成、二十年的资格?

小赵说，政策确实变化多、变化快，尤其房市这一块，今天这样，明天那样，既有国家政策，又有地方政策，别说你们了，搞得我们这些专业的置业顾问都跟不上趟。所以，小赵了解到你们夫妇的情况后，用微信咨询了一位在银行任职的客户，他说可以的，说你们单位硬，收入有保障，资信也好。不仅如此，你们还可用住房公积金按揭贷款呢。

萧不系这才反应过来，看房观览路上的闲聊，夫妇不知不觉就将自己的信息，向小赵做了坦白交代。萧不系，五十一岁，在岗，报社中层领导；巧蓝，都安县国家电网技工，四十八岁，还有两年退休。

小赵不时用纸巾擦额头汗珠，萧不系从这个动作中看出置业顾问的焦虑和不易。时间也近中午，四川盆地的热，像积雨云，内里蓄满水。

萧不系问，我们真可以首付三成，按揭二十年？

小赵答，小赵保证。

萧不系高兴了，把老婆拉到一边，笑眯眯说，既然这样，我看可以考虑。

巧蓝说，这个小区的服务挺好，住起舒服，我没意见，你拿主意吧。

萧不系转过身来，对小赵说，小赵，你看，这套是最小的户型，总价虽少，单价还是那么高，尤其使用功能，难免还是会受到空间的局限。

巧蓝说，是啊，这么小，还这么贵，我们工薪阶层，哪买得起？

萧不系夫妇最后看的样板房，是一幢联排三户中的一户，且不属于端头房。整个天著青城各期别墅，错落有致地分布有独幢、类独幢、双拼、叠拼和小联排等多种墅型。好在眼前是小联排，要是一幢五六户以上的长联排，萧不系是无论如何看不上的。长长的一排，仿佛把若干幢建筑体混凝到一起，哪还有私家楼幢的模样，资格别墅的味道？

别以为住别墅者，人皆富境，"穷人"也是有的，只不过此穷非彼穷罢了，有人为吃不饱饭喊穷，有人为买不起私人飞机叫穷。萧不系穷归穷，还是希望拥有一处阔绰的，可以闲庭信步的居所。

巧蓝说，小赵，不好意思，今天耽搁你宝贵时间了。老萧，我们走。

巧蓝一把拉上丈夫，朝门口走。拉的时候，用力捏了丈夫一下。妇唱夫随，丈夫很配合，知道她在玩欲擒故纵、诱敌深入、欲迎还拒，以及关羽拖刀计之类的花样。

小赵说，叔，阿姨留步，听小赵再啰唆一句。你们是成功人士、挣钱高手，但对别墅，可能还有不很清楚的地方。这套别墅，花的是两百平的钱，但你们住进去的，却是三百甚至面积翻倍的房。

小赵说，你们想到过搭建吗？

巧蓝说，什么搭建？

萧不系说，你是说政府允许搭建？

小赵说，叔是聪明人，哪需小赵赘言？

巧蓝说，说嘛，我们懂不起。

小赵说，阿姨，搭建就是装修前改造一下房子，将其加高加胖，两百平的房子，入住时就成了三百平，甚至四百平。叔，关于搭建，小赵还真不敢下保证，是允许，还是不允许。自己主动去政府咨询，摆在桌面上说，人家肯定说不行，可你看一看一期已入住的房子，再看看二期正在装修的房子，哪一家没有搭建？只不过搭建的体量有大有小而已。尤其是对已入住的业主，执法部门再凶,你还能把他们赶到大街上去住?大家心知肚明,睁只眼闭只眼,叔,你懂的。

萧不系生怕被认为连一个小姑娘的见识都不如,连说,我懂、我懂。一边说,一边笑眯眯看了巧蓝一眼。这一眼,让小赵差点把激动露在了脸上。现在,夫妇能做的,唯有三个字,跟到走。

小赵提议再看一遍,于是三人又楼上楼下走了一遍。边走,小赵还边指着厨房、阳台等处,说哪家哪户是如何如何搭建的。她的动作,比起之前的按部就班,现在可用手舞足蹈来形容。

三人出样板房,门口,或坐或站,用各自的身姿脱鞋套。

三期房正在封顶,还是一个工地,围得像铁桶一般,不准闲杂人等尤其看房者进入。夫妇想看,只能止步。

三人回到售房大厅,小区沙盘,繁星闪烁,一墅一价,随价位高低,夫妇视线落在激光笔射出的小红点上,心率忽高忽低。沙盘前,小赵用尖细的射得很远的激光笔,和圆润的贴得很近的口辞,向萧不系夫妇介绍了小区在省城和都安的地理位置,以及三期别墅在小区的方位与朝向。对于前者,萧不系太熟悉了,完全可以不听不看,但还是又听又看了,当然,听的是声音而非内容,看的也不唯沙盘。但该听的,一字也不敢漏。漏了也无妨,一提出,小赵就补了回来。

夫妇针对所选户型的分布点位,首先将小区边缘的宅子排斥在选择之外,按萧不系的说法,这种房就是小区的围墙。当初,他们的婚房筑巢围墙,虽享有视界辽阔和私密之乐,却深受噪音和灰尘之苦,直到搬入岷苑,才得以解脱。此刻,夫妇的眼睛与提问,集中在三期中轴靠近二期的部位展开,此地既避了边界房之苦,又减少了入住后受三期业主装修之扰。之后,他们又考量、比较了朝向、阳光、房距、视线、道路、门牌、绿化诸因素，最后选定了自己的新家园。当然，选择的依据，完全来自小赵、规划、效果图与沙盘提供的信息。夫妇知道，没有踏勘实地，相当于图纸上选期房，多少有些打赌的性质，但没办法，游戏规则如此，只能如此。

别墅一户一价，按照夫妇选定的这套，小赵初步匡算出总额多少，首付多少，月供多少。巧蓝觉得按揭二十年的月供尚可承受，但累计付出的利息太多，实在心疼。小赵说，什么时候有钱了，随时可还，一次还完可以，分几次还完也可以，一点不必为利息背负压力。再说了，越往后，收入越来越高，钱越来越不值钱，比起土地、建房，印钞票太容易了。现在听起来月供近万元很多，到时可能就是少喝一两瓶酒，少抽一两条烟的事。巧蓝总觉得小赵说的哪里不对，可又说不准到底是哪里，索性不管了，反正听来顺耳、舒服。

小赵说，叔，阿姨，如果确定了买这套，小赵就开始准备签合同的相关资料了。

萧不系说，这也太急了！容我们回家跟孩子商量一下。

小赵说，理解、理解。叔，你看这样行不，你们今天先交两万定金，一万也行，我将这套房给你留到，否则，万一来个客户，东不要，西不要，偏要买你这套，说话间钱已出手，小赵可就真保不住了。

萧不系一指大厅，说，你看，来看房的都没几个，更别说下手买房的。放心，咱不急这一天两天。一两天后，准来。对了，如果买，有什么优惠吗？

小赵说，有啊，在公布的售价表最低价的基础上，小赵有优惠零点二个点子的权力，售房部经理是零点五。到时小赵一定去找经理申请，让你们获得经理级的优惠。

巧蓝一脸桃花，一把抓住小赵的手说，那敢情好，小赵费心了，处处为我们着想，谢谢！

小赵回礼，应该的，谁叫我们有缘呢。

萧不系问小赵，那你们公司高层能够给出的优惠，那不就更大哦？

小赵说，当然了，大小股东、各级别高层，都有这个权力，只是点子大小不一而已。具体多少，小赵不敢说，保密的，叔能理解吧？

萧不系说，理解、理解。

正待走，巧蓝去了洗手间。

小赵说，叔，我们加个微信，可以吗？

萧不系说，加微信可以，但一口一个叔，我有这么老吗？

这个萧不系，人不显年轻，还蓄有络腮胡，人家没把他喊大叔、大爷，已经算饶他一命，端的是人心不足蛇吞象。

小赵说，哪里老，萧哥年轻着呢，小赵喊错了，改正，大人不记小人过。

萧不系说，还是妹儿懂事。萧哥就算老，也不能被妹儿往老处喊，否则，本来不老，喊都喊老了。

小赵说，跟萧哥的心理年龄相比，没准小赵是姐，萧哥是弟呢。

萧不系嬉皮笑脸，说，莫大莫小。

小赵说，其实，小赵是想喊你老婆姐的，那样一喊，就得喊你哥了，而喊你哥，又怕你老婆吃醋，车身走人。你说，你是小赵，该怎么喊？

趁萧不系一愣间，小赵嗲着声说，都怪萧哥，谁叫萧哥不一个人来呢？

萧不系大气地说，你呀，不仅小嘴厉害，脑瓜儿还这么灵光，哥喜欢。

二人一边打情骂俏,一边加了微信。

小赵网名,春风又一波。

大厅越来越热,萧不系浑然不觉。

3

返回岷苑路上,萧不系让老婆给女儿打电话,知会一下。女儿说,这么快就去看了,真棒!不多说了,在开会。

夫妇没想到,女儿并不满足于知会,当天晚饭前又来了家里,手上拎了几根卤猪尾巴根和一瓶茅台王子酒。买别墅,天大的事儿,一个电话哪里说得清楚,我要听详情。女儿一进门就嚷开了。

萧不系指着女儿手中物说,还算懂事,听详情,不空手。

小鱼儿说,知道你好这一口。

小鱼儿的装束,充分体现了极简主义者的主张,裹在身上的本就一张小得不能再小的布块,却由更小的碎片镶嵌缝缀,它们像一些美丽的鱼鳞,闪着不跑光的光。小鱼儿也是在办公室憋的,成天穿得中规中矩,像穿的枷具,所以,遇到周末、节假日,就由着性子来,想怎么招展就怎么招展。

巧蓝将一个装了纸物的袋子放在女儿面前,说,这个是售房员给的广告、资料什么的,也有她粗算的按揭情况,你先看下,我去烧个汤,咱边吃边说。程非又在接待客户?小鱼儿说,广告公司的人,不就干这事?甭管他,就当没这人。巧蓝从厨房门探个头出来说,女儿,你别说,天著青城还真没得说,那些人一见到你,立马站得规规矩矩的,就像你喊了立正一样,哪像岷苑,物业公司的人,个个是爷,业主找他们办事,就跟求爹爹告奶奶似的。小鱼儿大笑,搞了半天,你就看起了这个?可妈,你也不想想，岷苑物管费，每月每平方米五毛，天著青城每月四元，近十倍之差，你的舒服，得由钱付出代价。巧蓝附和道，那也是哈。

还没等到上桌，翻看广告的小鱼儿，就惊乍乍叫了起来，你们这岁数，可以首付三成，按揭三十年？

萧不系说，不是三十年，是二十年，新规，人家置业顾问专门咨询了银行的。

小鱼儿说，好事，说明房市真是到了低谷。

一上饭桌，小鱼儿就拿了酒杯，开了酒，给老爸掺上。

萧不系给女儿盛了一碗汤，说，先让这个把你的胃占领了吧，免得碳水化合物去捣乱。

小鱼儿说，爸，你嫌你女儿胖就明说嘛，我就搞不懂了，人家的老爸，生怕女儿要了面子，亏了里子，你却相反。再说，我胖吗？

萧不系哈哈一笑，我女儿不胖，老爸只是打预防针，谁叫你老爸是一个唯美主义者呢？

萧不系这样说，也不算太离谱，他虽然这把年纪了，除了摄影像个样子，文音舞美，门门会，样样瘟，但至少可归为文青吧。文青，当然算唯美主义了。

巧蓝说，什么唯美主义，谁都知道，凡是艺术家，都是怪人！

萧不系对老婆坏笑道，可不，你当年看中我的，还不是一个怪字。

巧蓝伸手给了丈夫一拳，那是我瞎了眼！

萧不系说，我才瞎了眼，怪得为了一棵树，放弃了一片森林！

小鱼儿说，看看你们的样子，秀恩爱秀到女儿面前来了。买别墅,调档升级下半辈子生活质量,下决心了?

萧不系揶揄道,你和小程都下了,我们能不跟着下吗?什么家庭最好?和睦家庭最好。

小鱼儿一努嘴说,爸,看你说的,我们还不是为你们好,当然,为你们好,也是为我们大家好。来,爸,妈,为你们下的决心,女儿以水代酒,敬你们一杯。喝了酒,又说,买别墅是咱家大事,户型、位置、朝向、环境以及建面外的可利用空间,都很重要,这两天我和程非再去看看,帮你们参谋参谋,免得有什么差池。

萧不系说,也好,有空你们就去看看吧。对了,你们不是去看过吗?

小鱼儿说,是啊,离我们芒成小区那么近,我们散个步就去了,但我们看的是整体,再去,就是看细节,你们选中的那套,第三期,17幢2号。

巧蓝说,应该去,三个臭皮匠,顶个诸葛亮。

小鱼儿说,钱的事,你们是怎么考虑的,需我们出多少……

二两酒下去,萧不系的声音就起来了,不管买不买,钱的事,你们就不用操心了,你还要怀娃生娃,生娃带娃,可是要花不少钱的。你们的车子,也还差一辆,你上下班坐公交,不是长远之计,有余钱,房子也该再买一套。我们呢,既然政策允许,当然要尽情享受,用足用够用充分,首付三成,按揭二十年。按照置业顾问的算法,首付应该有个小缺口,你们手头有现钱,就借你们的,一年半载就能还上,你们没有,没关系的,我找朋友借,你爸这张脸,十来万的面子还是有的。

女儿说,你怎么还,拿什么还?

巧蓝说,咱家就没几个定期存款?说这话,你也太看不起你老爸的作品了,一年下来,多少是有些稿费收入的。再说,岷苑这套房子，就不是钱了？

女儿显得很兴奋，哇，太好了，老爸老妈太牛了！我和程非十分支持，万分拥护！到时差多少，告诉我们就是，一家人说什么借，算女儿女婿孝敬二老的！

女儿的态度，令萧不系备感欣慰，宽下心来，甚至为自己防这防那的小心思感到脸红。女儿毕竟是女儿，血脉相连，女婿什么态度，他也这样想？

萧不系说，谢谢你们的孝心，你结婚前，我们三人是一家，现在我们是一个大家，大家下面，还有一个小家，都是单门独户的。因此，送，我们是肯定不会要的，增加了你们的经济压力，我们住在里面心安吗？再说，买别墅这事也太大了，除了房款，还要考虑装修款，家具设施什么的，容我和你妈再合计合计。

小鱼儿嚷道，说了半天，你们还没下最后的决心啊。

巧蓝说，女儿，你又不是不知道，你爸这人做事就是想得多，签合同之前，都算不得数。如真定了，今天我们就交定金了。你爸的脾性，记得你用三个成语说过，优柔寡断，瞻前顾后，还有一个……

萧不系说，首鼠两端。

小鱼儿说，好好好，理解的。老爸做事的风格，我还不晓得？首先是想到最坏的底线，最坏都能承受，次坏，次次坏，算什么呢。再一个，就是想到最好的上限，最好的都想到了，那不管出现什么样的好结果，好上天，都不会让人措手不及，忘乎所以，兴奋得疯掉。

萧不系很高兴地说，还是闺女知爸心啊，不愧为小棉袄。

小鱼儿说，爸，小棉袄再说一遍，钱的事儿，真不用愁，我虽然是死工资，却是稳稳的进项，每月十号，一准到卡。程非的收入，更是不俗，并且，上升空间也大，他说要不了几年，就能成为公司合伙人。对你们,不用保密,他去年一年入卡五六十万,今年才半年,就进账三十多万了。一句话,大胆买吧,钱的事,女儿女婿兜底。

晚饭后,小鱼儿守着电视追剧,收到程非微信,说他那边已散场,等他,他来接。她说喝酒不开车,他回说老板安排了代驾的。

只过了一夜,萧不系夫妇就把最后的决心下了,换房,买别墅。

折腾了一夜,白天清静了,萧不系睡了个懒觉起来,刚打开手机,就跳出一条微信留言,一看是春风又一波发来的,萧哥,早安,起床了吧,在干啥,我正在晨浴。祝萧哥周日欢喜!缀在文字后边的表情包是鲜花与拥抱。他闭上眼睛,笑了一下,回道,周日愉快,睡了个懒觉,迟复为歉。表情包,拱手。然后,将手机调为振动模式。昨天下午,萧不系就收到春风又一波的微信,说已在经理处为他申请到零点五个点子的优惠。

老婆在厨房忙早餐。

萧不系坐在马桶上,给西瓜发了微信,希望他通过县规建口的那位副局长,给天著青城打招呼,少点子。西瓜,他哥们,阆中人氏,在报社负责房地产版块,因父母是县川剧团的台柱,他从小在吹拉弹唱的声音中鬼混,也多多少少沾染了些皮毛,至今都能拿出手的功夫有二吹,一吹牛,二吹笛。西瓜很快回复了,好的萧哥,你的事,就是我的事,明天上班即办。萧不系知道这内里的卯窍,也是在一次酒聚中,这哥们自吹自擂透露的。萧不系没给小赵交定金,一是因为还未最后决定,二是有这层关系,怕交了定金,已然套牢,找关系打招呼的力度就弱了。萧不系凭着自己的经历,自忖老江湖,道上的事,门儿清。

正待出洗手间,手机振动了下,是春风又一波发的,两字,懒鬼，表情包，捂脸。他笑了下，没理会。想想不对，就背靠门板，回了，别墅留好，过几天就去找你签协。刚发送，就收到回复，那我开始准备签协资料哈。

好滴。

乖。

早餐时，夫妇聊到别墅事，巧蓝就给女儿拨了电话，接听电话的是女婿。女婿说，妈，小鱼儿在阳台晾衣服，我马上把电话递她。巧蓝说，不用了，给你说一样，程非，我们决定了，还是换个房，买别墅。程非说，好的，妈，我和小鱼儿这就去看你们的别墅。

让夫妇痛下决心买别墅的，不是上述的种种，而是老鼠。如果这句话不准确，可以这样表述，压死骆驼的最后一根稻草，是老鼠。可能还是没准确，总之就是这个意思了。

4

老鼠在夜里折腾的动静，之前也有的，但自女儿来家怂恿买墅后，动静不光是有，而且更大了，尤其昨晚女儿的再次入室，夜里鼠声竟至大得都无法让人入眠。一家人墅不离口，口口相传，难道，鼠把墅字，听成了鼠？如果听成了鼠，鼠是把这个语音信息，理解成了爱的呼唤，还是恨的杀戮？

川地口语，墅与鼠，一个音。人是川人，鼠是川鼠，语音混为一谈，不足为怪。

萧不系睡眠本就不好，按惯例，先是在床上看书或手机信息，睡前半小时吃一粒褪黑素维生素B_6、二粒谷维素，然后躺平开睡，四至五小时后醒来，头脑清明。如果开睡一个小时都没睡着，就再吃一粒艾司唑仑片，之后很快入睡，四至五小时后醒来,头脑微昏。也有吃三种药都不管事的情况,但极少。之所以开启吃药模式,是因为尝过无数次不吃的苦头。神经高速旋转,苦撑一宿,翌日头昏眼花,仿佛死后游魂倒悬着飘,那样的痛苦,叫人直想跳楼、上吊解脱。除了吃药,再一个入睡办法是喝酒,饭局上喝得二麻二麻的,回家,倒床就睡,大多时候能睡着,偶尔睡不着,就只好扛到天亮,不吃药,是怕酒后吃药出现大问题,甚至直接把小命要了去。

昨天晚上喝了酒,按说可以入睡,可还没入,就被老鼠骚扰了。辗转反侧,睡不着,想到喝的酒才二三两,不算多,就大着胆子吃了褪黑素维生素B6和谷维素,但还是被老鼠闹腾得心慌。一个小时后,也就是凌晨一时许,又冒着极大的危险吃了艾司唑仑片,心想,这次就是电打雷击,也奈他莫何了。但这次还真不是电打雷击,直接就是地震。鼠们敲锣打鼓,吹拉弹唱,手舞足蹈,有的独唱,有的合诵,有的独舞,有的群舞,像在举行一场盛大的欢迎仪式,抑或欢送仪式。

巧蓝最怕老鼠,大开空调,早把自己团在凉被里,弄得像一具进了裹尸布的僵尸。萧不系也怕,却不愿在女人和鼠辈面前,丧失自己应有的荣光与尊严。他首先打开主卧灯,翻身起床,一阵鼠们跑动的声音后,主卧消停下来,但其他房间依然鼠声喧天。他依次打开其他房灯,握着一只拖把,一番奔跑、扑打,地震终于回归平静。不再关灯,重新上床睡觉,还没将身子伸直,如地震般的盛典又开始了。又起床,又奔跑、扑打,如是反复,鼠们视若无人,仿佛自己才是这套房的业主。萧不系无招无语,再不招惹老鼠,只在床上生闷气,哪知这样还走不脱。你不招惹鼠,鼠偏要招惹你,一只老鼠的眼睛,打着电筒的黑色亮光,将夫妇的凉被,当成越野赛道,闪电一样,从上边跑了过去。

萧不系翻身坐起,大喊,老婆,这鬼屋不是人住的地方,是鼠窝,定了,咱换房,买别墅去!

巧蓝的声音沿着凉被的边缘游走,见缝插针地传了出来,好,老公,定了,咱买别墅!

萧不系说,鸠占鹊巢了!

巧蓝说,鼠占萧家了!

萧不系看过法国存在主义作家阿尔贝·加缪的《鼠疫》,鼠疫有多可怕,他是知道的,从鼠到鼠疫的距离,也许只在一夜之间。现在,面对可能的鼠疫,他学不了贝尔纳·里厄医师的坚守,只想逃离。

萧不系说这屋叫鬼屋,过了,叫诡屋,应该是贴切的。最大的诡异之处在于,萧不系夫妇买了这房,一住十年,一根鼠毛都没见过,一周前,突然就出现了鼠。最开始,是一大早,萧不系在自己的电脑桌上,发现了一二处黄豆大小的水渍,他抽了两张面巾纸去擦,结果发现是黄色的油渍,狐疑一下,没当个事。过一天两天的,又发现了,凑上鼻子一嗅,嗅到了异味,他喊来老婆说,咱这屋,可能有老鼠了。

老婆说,怎么可能呢?只有一个入户门,又常年关着,所有窗户,又都安了铝合金纱窗,它们从哪里进来呢?再说,咱们这套房,在第四层,加上车库,有四层半高,老鼠会飞呀?真是见鬼了!

萧不系是个唯物主义者,他化身侦探,开始寻找鼠迹。首先寻了最可能的入室处,窗户。果然,从黑色大理石窗台表面斜着看过去,一个窗台一个窗台看过去,他发现了数处闪闪发光的油渍,十几粒疑似鼠屎的黑色颗粒,厨房操作台面也有。夜里,偶尔会出现莫名的声响。这些发现,坐实了萧不系的怀疑,鼠入人居,已成事实。但是,依然有诡异之处,夫妇搬箱挪柜,旮旯角落寻遍,哪有一只老鼠的影子?你走我出,你返我没,你息我作，与人斗智斗勇，神龙见首不见尾，难道，这就是它们的身体活动与生命哲学？其实，包括夫妇决定买别墅之夜，老鼠举办的俨然地震的盛大仪式，也只是他们对鼠声的想象与赋形，包括那道打着电筒的黑色亮光。萧不系追逐、扑打的，只是鼠的动静，真真切切看见，得益于粘鼠板的加持与赋能。

粘鼠板是周一午后买的。萧不系认为，周六之夜出现地震式鼠灾，或许只是一个偶然，气候反常，天气作怪，过了就过了，有动静，不会太大，哪知周日之夜，鼠们重蹈覆辙，依然故我。不眠之夜让夫妇决定痛下杀手，以除鼠患为己任，毕竟，从买别墅到入住别墅，正常情况，也需二三年的时日，二三年人鼠同眠，不可想象。实地、网上双管齐下，一番咨询，方知人类杀鼠手段多多，粘鼠板，就是其中一种。夫妇也动过毒杀念头，但一想到不知会从哪个死角逸出鼠尸恶臭，蛆虫满屋，就断了念头。

按照广场舞朋友群里的指点，巧蓝去杂货店买强力粘鼠板。岷苑小区附近有好几家杂货店，她随便进了一家，问价，一元六一张。她说，先来十张，试下效果，好使，再买。看了说明书，将购来之物一张一张摊开，在厨房、卫生间、卧室、书房等七扇门的门槛位置摆放。哪知门宽，要完全封住一道门槛，得两张粘鼠板。这样一来，十张就不够了，她想再去补买四张，一看，到了搓麻的点，就疾疾出门了。回家时，满脑子都是点炮、割牌、自摸，早忘了自己埋雷一般为鼠辈布下的天罗地网。直到听见吱吱声响，慌忙收住前行脚，才发现厨房门那块粘鼠板上，有两只小鼠像陷入沼泽，又像半陷地震废墟，不能自拔，见到巧蓝，就像见到前来施救的女恩人。但女恩人还没完全看清面前情势，早吓得花容失色，一声惊叫后，转身摔门而去。女恩人的惊叫与摔门声，让两只小鼠莫名其妙，瞬间闭了鼠声。

巧蓝一口气跑下楼，惊魂稍定，就给丈夫报告了家中鼠情。

萧不系在电话中说，莫怕，我马上回来。她说，那也没必要，我叫程非来处理一下就好，还有，你若今晚不回来，我去女儿家住也可以的。

萧不系说，不必，这事我亲自处理，再说，我今晚本就要回家安粘鼠板，哪知你提前行动了。

巧蓝说，你是说过今晚要回家，但我想，大白天的，我安个粘鼠板怎么了。

萧不系说，对了，你让程非今晚将车停我们家，明天我们用下。

巧蓝出去吃一碗小面，刚挑起一筷，就吐了，她看见的碗，不是碗，是一窝鼠。去麻将馆，不打，只看，再然后，又去杂货店买了十张强力粘鼠板。

凉山州木里县文联副主席布的石坡来省城出差，萧不系等几个搞摄影和文学的朋友，为他组了饭局。中午喝酒，萧不系心系墅事，不想喝，架不住劝，浅尝辄止，但也不敢开车，一下班，便乘地铁至犀浦转轻轨，至都安出站，打的回家。小区门口，见到迎候他的巧蓝，样子像迎候援军。那时八点许，天刚黑不久。巧蓝拎一袋粘鼠板，跟在男人身后，与手捧十个文件夹的秘书无异，回了家，站在门边，不再挪步。

两只被粘小老鼠，见到男房主，深感末日来临，只待执刑人一阵乱棍打死，随着执刑人的逼近，它们发出惊恐的吱吱声。男房主这边呢，看见两只老鼠因与胶液鏖战多时，更显肮脏、丑陋、恶心的惨状，一阵兴奋，这不正是自己希望鼠们得到的惩罚与下场吗？他是完全可以按照老鼠的想法，行棍杀之能事的，就算家中无有称手的棍棒，拖把、垃圾铲、晾衣竿，乃至钉锤、半截砖头等硬物，找找，总是有的。但他放弃了棍杀、砸杀，更放弃了几脚踩死老鼠的做法。恐怕只有傻子才会脚踩，一脚下去，甭管老鼠死伤如何，粘鼠板肯定就把鞋当鼠粘了，脱身的唯一办法，就是脱鞋。萧不系不是傻子，不会以脚试法，让脚脱不了爪爪。一见老鼠，他一边兴奋，一边瘆得起了鸡皮疙瘩，一时不知怎么下手，从哪儿下手，以处理眼前的尴尬，女房主还在旁边呢。终于有了主意。他找到一个纸箱，几下撕成一块蒲扇大小的纸板，捏着纸板，像捏着一柄铁铲，向老鼠走去。

  蹲在老鼠面前，发现老鼠正拿眼观察他，他立即闪开，与鼠目对接与交流，令他心虚、胆寒。他小心翼翼，用纸板将粘鼠板一侧轻轻挑起，使之自然叠合，像扣起摊开的书页，夹上两枚书签。这一过程，改换了两只鼠的身姿，让其变成在两片胶板之间抱团取暖，也像从人类的阳光下，回到鼠洞中。它们以为生命的最后时刻到了，没想到，自己却毛发不伤，连同粘鼠板，被男房主用纸板铲了起来，像乘飞机一样，舒舒服服起飞，至一米二高空后，开始平行地面飞行。如此敬畏，如此礼遇，难道是手下留情，要放生我们吗？原来来者不是仇人，是恩人呀，我们真是有眼无珠，错怪了他。萧不系一手端着如有千斤重的纸板，快速又万般小心地穿过客厅，另一手拉开阳台纱门，终于到了阳台护栏前。他伸头朝灯光晦明的地面认真看了下，确定无人后，将纸板一扬，千斤重的粘鼠板就放飞了出去，仿佛过了千万年，然后，砰一声响，不重不轻，砸在水泥车道上。

  此般行为，很不文明，他觉得做到了将祸鼠扫地出门，没有做到自扫门前雪，损人利己，对不起邻居，更对不起小区清洁工。他有点内疚，有点自责，但他除了这样，真没别的法子，是老鼠把他逼到了绝路。又一想，家里的鼠，也是小区的鼠，我家的鼠，不定是你家跑来的，我家的鼠，不定哪天，也跑你家去了，一句话，鼠事，你的是我的，我的是你的，一家人莫说两家话，除鼠保家，清扫鼠害，毁尸灭迹，人人有责。改变想的向度，多少缓解了对邻里、对清洁工的歉意。刀不血刃，手不沾鼠，将鼠清理出户的过程，有了一次，就有二次，直到搬出岷苑前的三四年间，都在重复，不多，也不少，估计有一二十回吧。胶粘老鼠，这个门那个门，有时一二只，有时三四只，更多的时候，一只也无。

萧不系用如此手段处理被困胶板的老鼠，主要有两个原因，一是胆小，怕血，不敢杀生，二是心存慈悲，不愿杀生，更不愿亲手杀生。前者应该没问题，因为他连一只鸡、一只兔都不敢杀，小时候杀过，随着读书的增多，年岁的增大，不敢杀了。后者存疑。把老鼠从四层半楼房高空奋力扔出，希望摔死，让地心引力成为杀手，而不是他。又希望，鼠的轻巧，粘鼠板的仿若翅膀的浮力，将它们送至地面，让不大不小的撞击力，成为它们飞离粘胶的救星，或者遇到佛系的清洁工和路人，将其放生。但到底是死是生，他一概不知，出门下楼，也从未看见过粘鼠板，更未看见过鼠尸与血迹，天下无事，仿佛什么也未发生。事实上，这次，两只小鼠凌空飞落时，程非的车刚好进入岷苑小区大门。程非是独自来的，小鱼儿已乘公交车回家。程非进屋将车钥匙递岳父时，除了不停嘴说买别墅的好，其他什么也没说。进岳父家所在楼房单元，两只小鼠坠落处，是程非的必由之路。

巧蓝问，你在楼下没看见地上有什么？

程非答，没有啊？有什么呀？

这有点吊诡。

但吊诡的，不只老鼠是生是死，还有另外一些。

譬如老鼠来自何处？萧不系从阳台上、从空调外机上，发现了鼠屎鼠尿，从纱门纱窗，发现了未关严的窄缝，从空调机墙洞，发现了电线边的缝隙，分析得出，鼠应该来自室外，而不是从室内滋生出来。可是，那些比美女幺拇指尖还细的窄缝，真能挤进鼠身,即便是小鼠?但窄缝终究是缝,发现问题后,夫妇随时把纱门纱窗,关得严丝合缝,萧不系壁虎一样爬在墙上,堵了空调机漏洞。即便这样,室内老鼠却总有,又总找不到其匿身之处,好在布下粘鼠板后,动静小了很多。再者,为什么粘到的,只有前赴后继的小鼠,没有一只大鼠?难不成,大鼠的智识,早勘破人类的机关,或者大鼠也被粘到过,只不过,它的力量足以使它战胜胶力,得以成功脱身?又或者压根儿被窄缝阻挡在外,不曾入室?

譬如老鼠来干吗?住了十年的房子,早不来,迟不来,偏偏在房主动了买墅念头前夕来,难道希望给予房主搬离的意念与灵感,可搬离了对老鼠有什么好处呢,未必是为了迎接新房主的到来?或者没有这些功利与目的,此房进入鼠时代,仅仅为了证明和宣示,此地鼠力的强悍?

譬如一屋老鼠吃啥喝啥,怎么得以生存下去?要知道,萧不系夫妇从发现鼠迹之日起,早已森严壁垒,坚壁清野。还有,为什么没听说,小区其他住家闹鼠灾?是没有,还是不严重,再还是闷葫芦做事,阴悄悄处理?总不可能人鼠和平共处吧?!

再一个情况,新房东接手这套房子,是否也将房里包括老鼠在内的一切,尽数接收了去?之所以这样设问,是夫妇并不知道,新房东接房时,房内是否还有老鼠,因为那时,他们已搬去别墅半年多,这套房也空了半年多。空房内无饮无食,老鼠又不是仙人,可以靠吃空气蓬勃于世。出于此般想象与识见,更出于卖房的需要,他们向中介介绍房情时,鼠情,只字未提,当然,中介也没问。初谈电话中,中介说,买主入住前,会对房子做一个简单的翻新处理,比如粉墙、换部分家具什么的。萧不系边听边想,房子里即便还有成仙的老鼠,也会在新房东这一翻新过程中,逃之夭夭或死于非命。至于新房东入住后,老鼠是否会爬楼翻窗，卷土重来，就更不为萧不系所知了。但这一切，在萧不系夫妇与新房东小靳见面后很快就有了真相，因为小靳什么都说了，没说的，小赵也说了，此乃后话。

5

周日上午，萧不系夫妇搬箱挪柜，再次寻找鼠穴，再次归于白忙活。

被老鼠折腾了一夜，夫妇起床晚了，早餐、中饭跟到后延。刚端起中饭饭碗，女儿来电话了，打给萧不系的，爸，我和程非在天著青城，早上接到妈电话，就来看了，你和妈挺有眼光嘛，选得好，我们没意见，全力点赞、支持！对了，定了就早点拿下哦，不然这套被别人选了，就得另选了。女儿还说，程非认为这套别墅的搭建空间大，性价比高，特实在。

夫妇已定了买，即便托西瓜请人打招呼没少到点子，也买，但既然托了，还是多等几天，能少白不少，少了也白少。并且，萧不系相信，如果真有人也相中了这套，不管属于哪个置业顾问的业务，小赵一定会第一时间递信息给他，并为之转圜周旋的，就算不为他，为她自己，也会这么干。

但仅仅隔了不到一个月，萧不系就对自己的这个相信，有些不相信了。一个平常的家聚，大家聊天，聊到别墅，从女儿无意中的一两句话中，萧不系听出了一个信息，女儿女婿去看长辈选的那套别墅，接待的置业顾问依然是小赵，但女儿女婿并未向小赵提及自己与萧不系的关系。问题来了，既然那套别墅，出现了可能的竞争对手，小赵为什么不给她的萧哥吱一声？难道是两位年轻竞争者，没有言明要买？可万一，面前的客户，现场立马付定金咋办？进一步说，即便客户不买，也该来个信息，发个片片，刺激一下自己，让自己尽快出手吧？想到这里，萧不系无声地哼了一声，摇了摇头。很快，他便调整好了心情，一个男人，即便老男人，其正常的心理和生理，都应该是喜美的、好色的，即欣赏、喜欢世界上任何一位有颜值的年轻女子，即便她有点坏，他之于小赵，正是这样的。同时，理性地想，他对小赵也表示理解，卖房才是她最大的道德与职业操守，其他，无非技巧与氛围耳。男女之间，开玩笑，打情骂俏，逢场作戏，太正常了，谁要认了真，多想了，想多了，自己往里面陷，那就莫办法了。

虽然如是安慰了自己，心里还是有了梗，为了去梗，便直接问了小赵，小赵说，他们一来，你女儿将名字一写上登记簿，几句话工夫，我就知道你们的关系了，我如果连这点业务素养都不具备，哪敢吃这碗饭？

萧不系下意识摸了下自己的肚子，不光摸，还可着劲，掐了掐自己的鼠腹鸡肠。但经过这一通想，他也想通了，顾客一旦真要从小赵手里买房，小赵一准卖。

为进一步坐实置墅财务的可行性，整整一下午，夫妇将家中的银行卡、存单、债券、收据、协议、证书等含金物，全部找出来，花花绿绿撒在地板上，对家庭的可支配资产，做了个全面而精准的统计，活期、定期、股票、债券等，一番累计，得出一个数字。进一步厘清后分出，哪些目前可动，哪些半年后可动，哪些一年后可动，引入首付、月供、收入形成的数字，结论是，家里的财政及未来预期，是支持买别墅的。结论证明，预估靠谱。只是事出突然，导致目前的首付款还有一个缺口，到底多大，只有在知悉优惠点子后，由开发商财务部门给出具体数据了，才能精准算出。

次日，早上六点刚过，天麻麻亮，萧不系就出门驱车进城了。起床时，对老婆交代了三件事：一、鼠，一定要灭，咱俩都去咨询下，怎么灭；二、我上班去了，有几个事，包括收入证明等，必须去单位办理，另外，需要面见西瓜，加强联络；三、明天，我请个假，我们去天著青城签协，你把几个账户上的钱集中在一张卡上，再准备好户口本，两人身份证，对了，别忘了给那个置业顾问，叫什么来着呢，对，小赵，给小赵说，让她将签协的各种资料备好。

交代得很细，口气就像给学生布置作业。在他的意识里，女人都是感性动物，做事不分轻重缓急，缺乏逻辑与条理，天大的事也由着性子来，所以不细不行。

在传媒大楼负二楼泊了车，乘电梯上楼，刚出电梯，就收到西瓜微信，哥，事已办，三个点子，妥妥的，放心。他回道，还是兄弟牛×，到时感谢哈！

知道了优惠点子，萧不系大致算出了首付款缺口大小，但他不想对女儿开口。

萧不系给朋友A发了微信，哥们，俺看起一幢别墅，今找你拆借十万元，月息1%，三个月内还你，行不？他以为只需向一位朋友开下口，十万元就到卡上了。哪知还真被卡上了，A回复说，对不起，哥们，钱都套在股市了。又B，又C，又D，各有各的理由，所有理由振振有词，表情包比乞丐都可怜，直到中午组局接客，直到返回都安，夫妇上了床，老鼠登了场，直到G，十万元才有了着落，银行短信提示，十万元到账。最可气的是C，居然回都不回，萧不系好面子，最怕求人，哪好意思打电话追问。在给G留借款言时，犹豫了好一阵，是放弃G找女儿，还是求G失败后，再找女儿，最终还是找了G。G跟自己走得不远不近，酒都少有喝，但出手的偏偏是他。萧不系还有最要好的朋友，比如卢画家，比如老家同学严勇，还比如西瓜，但他不敢冒险，一开口，不定连朋友都没得做了。他现在相信了一句话，世界上对朋友与非朋友的鉴别，方式只有一种，那就是向他借钱。世界上最难的事，当属借钱，比挣钱都难。

一夜无声，睁眼又是新的一天。上午，开了程非车，载上老婆，去天著青城。早上的风，轻拂过路旁的绿植，一枝一叶散发出无尽的清凉。夫妇很兴奋，妇比夫，还多了一层兴奋。

坐在售房大厅客户室，小赵一边拨拉桌上的一大堆资料，一边说，叔，阿姨，你们要先交首付款，我们签个内部合同，开具收款收据。然后，你们到银行验证个人征信，通过后，与我们公司签正式合同，收据换发票。接下来，持正式合同和发票，还有单位收入证明，账户流水，到银行办理贷款。

萧不系说，明白。那首付款的具体数额是……对了，你可能不知道，你们高层应该给这套房下浮了几个点子的。

小赵说，收到财务通知了，下浮了一个点子。萧不系愣了一下，还没愣干净，小赵又说了，叔，阿姨，你们可真厉害，连公司高层也能说上话。

萧不系问，加上你的零点二，你们经理的零点五，那共下浮一点七个点子？

小赵说，不，就一个点子。优惠不能叠加，只取最高值，又有个最高限额。所以，小赵的和经理那个，派不上用场了。

萧不系把阴沉的天装在心里，装得很大量地笑笑，明白了，小赵，不管你和经理的点子算不算，你的情，我们都领了。不好意思，我打个电话。

小赵说，叔，你随便，小赵去下财务室。

萧不系拨了西瓜电话，西瓜，咋回事，只有一个点子，不是三个。并且，这边销售本身就少了零点五个点子，你这边的关系实际只少了一个点子的一半。

西瓜说，什么，不能呀，萧哥等下，我马上问问。

西瓜很快回了电话，我问了，本来是说好三个点的，哪知另一高层那里，已有个中间人闯入，要提两个点的促销信息费走，所以就只能一个点子了。

萧不系说，见鬼了！西瓜，真的就不能再低了？

西瓜说，人家说了，成本管到的，再低就做不出来了。

萧不系说，明白，谢谢兄弟！

老子出资买房，有人却从中渔利，这是个什么鬼呀？萧不系真想转身走路，不做别墅梦了，但一想到人家那些没关系的客户，不优惠也得买，一想到优惠再少也是赚，尤其想到老鼠，就把想的方向转了个弯。

他对老婆说，情况有点小变化，优惠点子变少了，我怕你带的钱不够，你去打个电话，让小鱼儿马上给你的卡上转几万应个急，免得一会儿尴尬。

巧蓝问，几万？

萧不系说，我哪里知道，她卡上有几万打几万吧。

巧蓝与女儿通电话。

小赵过来，给夫妇详细介绍了首付款的计算方式，以及增加什么，减少什么，最后给出了一个数据。

夫妇交换了一个眼色，卡上的钱，应该够了。与此同时，巧蓝收到一条银行短信，入账十万元。巧蓝跟小赵去财务室，刷了POS机，拿了收条，跟着，将十万元退还了女儿。

内部合同也签了，该撤退了，小赵送夫妇上车，问，叔换车了？巧蓝说，换什么车，女儿家的，昨天叔喝了酒，车搁单位上了。

车已开出二三公里，萧不系越想越疑，心有不甘，索性调转车头，回到停车场。他没熄火，开着空调，让老婆在车上等他，顺便看看小区风景，说自己几分钟就回来。

刚进售房大厅,小赵就看见了他,一波春风迎上来,笑盈盈问道,萧哥啊,有什么东西落在小赵这里了哇?

他故作阴险地笑了下,萧哥落了什么东西,春风又一波还能不知?

小赵说,萧哥玩笑了吧,你的东西,小赵哪知道。别贫了,说吧,啥事?

萧不系收起笑容,一脸正经说,小赵,听说你们公司高层和股东,都有促销任务,可以给中间人两个点的信息费什么的?

小赵笑了,是啊,这也知道,萧哥厉害啊。

萧不系问,中间人不会是虚构的吧?

小赵又笑了,怎么会?如果没有中间人,那位高层或股东,一定自己就是中间人,整个信息链、事实链摆在那儿,别墅也卖了,假不了的。

萧不系说,我这套别墅,有个中间人提了两个点的信息费,我想知道这个中间人是谁。

小赵的笑,不是在笑春风,就是在笑萧不系,她说,你都不知道?怎么可能,开什么玩笑?

萧不系一拱手,哀求道,能帮我问下吗?

小赵将萧不系带到财务室窗口,对里面的人说了几句,又对萧不系说,她说查一下,查到就告诉你。透过大厅大玻窗,见有疑似客户车辆驶向停车场,小赵说,萧哥,小赵去忙了。她的背影,风吹杨柳,袅袅娜娜,但他并没留意。不一会儿,窗口飘出两个字,程非。

萧不系回到车上,一字未说,开起车就走。很快,调整了情绪,怕直性子老婆知道实情后,说出不好听的话,伤了女儿的婚姻。嫁都嫁了,还能说什么呢,有什么事,就让它烂在我一个人的肚里吧,天下无事,就是天大喜事。老婆说,对了,老公,你说优惠点子变少了,咋回事呀,西瓜不是说三个点子吗?萧不系说,西瓜是局长还是董事长呀?人家要变,他还能放个屁?能给出一个点子就不错了。对了,孩子面前,别提这些点子的事,人情呀关系什么的,一点不正能量,孩子听了不好。老婆点头说,也是。

回到家,首先看粘鼠板,静悄悄的,一只也没粘住。现在,进任何一个房间,夫妇都习惯了跨过粘鼠板的门槛,这个动作,在暗处的老鼠看来,一场长达三四年的跨栏比赛,一直在一对中国中年夫妇那里进行,直到离开赛场,两者也没决出胜负,但如果把这对夫妇,看作跟俺们鼠类比赛的话,他们就是双双败北了。

草草吃了个午饭,夫妇马不停蹄赶去建行。好不容易才找到泊车位,到建行还有几百米距离,又是午后,进大门前,巧蓝扯了一张纸巾,为男人擦了额汗。排号,终于把按揭贷款申请和相关材料,递交了出去。

刚结束银行流程,女儿女婿安排的流程就来了,首先是当爸的手机嘀了一声,跟着,当妈的手机唱起了歌。巧蓝摁了接听键,女儿在电话里说,妈,我和程非今晚请你们吃饭,庆贺一下,餐已订好,导航地址已发爸手机。巧蓝笑呵呵的,明知故问,庆贺什么呀,今天什么日子呀,有什么事值得庆贺呢?女儿说,你就装呗,买别墅成功,这么大个事,亏你还装得下去。巧蓝说,也好,反正我和你爸也不想回那个鼠窝,待一分钟都难受,能在外边蹭一顿就蹭一顿吧……

萧不系嘀咕说,女儿在上班,别影响她工作,再说,银行贷款审批还没下来,庆什么贺呀。

巧蓝说,银行不是说了吗,资料、手续齐全,没问题的。

萧不系看了眼导航地址,直想对老婆说,我宁愿回鼠窝,也不想看到女婿脑瓜里面的那个贼头,那张鼠脸,但说出的话却是,他们订的餐馆就在南桥附近,时间还早,我们先去南桥上吹吹风,歇歇凉吧。老婆说,女儿专门说了,南桥不好停车,先把车开回岷苑,吃了饭她去开。

他们的车库就在房子底楼,倒车入库后,家都没进,直接出小区,步行去了南桥。倚在桥栏上,岷江的风很好,萧不系的心情总算吹开了些,跟着江风好了起来。

程非知道岳父好酱酒,拎了一瓶十五年的红花郎来,巧蓝也不客气,喊了冰啤,小鱼儿也想来瓶冰啤,因要留一人开车,忍了。四人聚的家宴,围绕购墅签协之喜,进行得很正常,该敬的敬,该喝的喝,该说的说,到最后,还剩小半瓶白酒,程非让岳母拎回家,留给岳父喝。萧不系突然说,不,这点酒,咱翁婿一掰两半,干了!说罢,将瓶中酒倒满两只分酒器。大伙儿一怔,小鱼儿说,爸这么高兴,干小钢炮哇,程非,陪爸!翁婿二人碰了分酒器,翁一仰脖子,咕咚咕咚干了,婿见状,立马跟上,也咕咚咕咚干了。女儿鼓掌,巧蓝怪罪程非,你爸什么年纪,你什么年纪,他叫干就干?

出餐馆,程非建议,爸、妈,去哪儿?我请你们洗个脚吧,要不,看电影也行。

萧不系说,小程,看不出,你老实巴交的,名堂还多嘛,我喝高了,你们去吧。喏,车钥匙,还你。

程非眼明手快,迎着声音,接住了老鼠一样飞来的车钥匙。小鱼儿上前一步,从程非手里抢了车钥匙。

喝高了还能放心萧不系自个儿回家?迎着爽惬夜风,四人以走路的方式解酒消食。将两位老人送到岷苑家中后,女儿开车,小两口回芒成。

当天晚上,鼠非常奇怪地再次集体哑默,仿佛给至亲致哀,萧不系酒也到位了，按说应该睡得很香，但还是失眠了。

为买别墅而举办的欢庆家宴，共三次，上述的，是第一次，签协。第二次，交房拿钥匙。第三次，装修完工，别鼠入墅。三次都是女儿女婿主张的。

从签协到接房，时逾两载。

萧不系收到女儿微信发来导航地址，巧蓝接到女儿电话，女儿心细，对父母的爱，总能一碗水端平，避免这个吃那个的醋。女儿电话里说，接了别墅，这样大这样好的事不庆贺一番，说不过去。上次聚餐在城里，这次我们选的青城后山一家民宿，一次比一次靠近咱们的新家，下次乔迁之喜，就在别墅里办，程非说，这叫"上山下乡"，从城市包围农村。

萧不系同意女儿女婿的庆贺建议，同时提出，日期延后三天。巧蓝明白，没吱声，只深情地望了老公一眼。女儿稍后给巧蓝打来电话说，我知道爸的意思了，延后三天，正是你五十岁生日。我都忘了，还是程非提醒我，说爸改日期必有深意，我一想，这才想到了你的生日，不好意思哈。妈，把电话递爸。爸，两桩事本可分两次办，你却一锅端，你这是图省钱哈，吝啬鬼！萧不系说，一锅端，强强联合，才盛大，才隆重嘛。

女儿说，既然是两件事，咱就搞两个活动，先秋游，再聚餐。

秋游是在熊猫谷，看了憨憨的熊猫，玩了清清的山溪，然后，寻了块草坪，支起帐篷，吃自带熟食。午休后，巧蓝、程非骑车，父女打羽毛球。下午，移师民宿，茶歇、晚餐。

这家民宿，叫碧屋曼生活，做的是私房菜，不准点菜，三百六十元一客，厨师上什么吃什么，味道一般般，比起城里的餐馆，太不实在，可它本就没打算给你实在，它给你的是浪漫，你不就冲着浪漫来的吗？秋天，置身莽莽原始森林，一条古老的味江在窗前奔涌，鸟语里有花香，花香中有鸟语，蜀雾飘上桌，菜肴浮空中，如此这般仙境，是另一种实在啊。

女婿一边开青花郎，一边说，山里凉快，妈，你也喝点白的嘛，今天可是你老亲自过生。

巧蓝说，好，我喝点，但今天只是过生，不是过五十岁的生，五十岁生日，你们知道的，去年已过了。

萧不系说，你妈说得对，男过实，女过虚，女的过虚岁。今天两桩喜事，一是庆贺巧蓝同志光荣退休，开启人生幸福自由的退休生活，二是庆贺实体别墅到手。

令萧不系万万没想到的是，酒过三巡，女婿呈上了一个大大的红包。女婿说，买得起，装不起，装得起，住不起。这句话，一定出自买过、装修过和住过别墅的人，听说光是物管费、水电费，都让人望而却步。别墅的金贵，我是不知道的，但住过的人知道。爸，妈，接了别墅，接下来，就要面临找装修公司，设计和装修了，装修是要花大钱的，为助力装修，女婿今天给二老递上一个红包，掐头去尾，一个整数，四万元，顺祝二老四季发财，岁岁平安。

除了程非自己，其他三人，无不露出惊讶的神色。程非将一个砖头大小的红包递给岳父，岳父傻傻的，未动，他便双手按在了岳母的手掌间。岳父是傻了，女婿哪里知道，是被他伪君子行为气傻的。放了暗箭，又来装好人疗伤，女儿怎么嫁了这号郎？装，看你装到什么时候，龟儿子！萧不系在心里骂道。

程非接着说，这四万块钱，说来也不是我的，是岳父岳母你们自个儿的，我是借你们的花，献你们的佛。是这样的，岳父有别墅梦，我和小鱼儿就希望成全，你们定了买别墅，我就琢磨着怎么为你们省钱，省一分也是赚的嘛。你们知道，我在广告公司做事，成天跟老板尤其大老板打交道，恰好认识天著青城的一位高层，就扮了一个"串串"，为二老优惠了二个点子。做了这事儿，我谁也没告诉，连小鱼儿也瞒了，就想今天给大家伙儿一个惊喜，为今天的酒聚，增个话题，助个兴致。

三人尽皆释然，为程非鼓掌。

小鱼儿说，程非，行啊，藏得够深。我问你，你上次为啥不递红包，不送惊喜，偏要这次？

这话，也正是萧不系想问，而不便问的。

不知酒故，还是害羞，程非脸有些红，话却坦然，上次哪敢，上次是买房，不，买别墅，我们送钱、借钱给二老，二老都不要的。这次不一样，这次是装修，不是别墅本身，也就是给别墅穿一件衣服的事。再说了，上次，我这个串串的信息费还没完全到位呢，哪来四万的红包，你当是垫资工程吗？

小鱼儿大笑，看不出，你娃想法多嘛。

萧不系怎么听，都觉得女婿这话是说给他的，于是连干了两杯酒，让脸上的血红与酒红混作一团，这样一来，他分明感到，脸，更烫了。

巧蓝说，买别墅，女婿是功臣，对了，俺老公也是，他也出手了，少了一个点子。小鱼儿，举杯，我们母女，敬他们翁婿一杯！

程非抹了抹嘴角的酒液，竖起湿润的大拇指，一脸佩服地说，爸，没想到，您的关系这么硬。

萧不系把一腔骄傲和复杂的心思，化作了一句淡淡的，哪有，人托人，走的官方这条线。

小鱼儿说，程非，我这算明白了，咱俩怂恿二老买别墅，除了圆二老的别墅梦，也是有自己的私心的。我的私心，是支持型的，一方面想挨到爸妈近些，另一方面也就要个面，别人问起家庭背景什么的，咱就说，爸妈住别墅啊，以后有了娃，娃就说，外爷外婆住别墅啊，你看多有面。而你的私心是建功立业型的，一声不吭，悄悄干，只顾给人惊喜，也不管手段阴险不阴险。

程非说，这叫阴险？这叫胸有城府，扛得住事儿！不过呢，我撺掇二老买别墅，真有个私心，那就是别墅车位多，好停车，还能自个儿洗车，哪像岷苑，别说外来的车了，连那些没有车库的业主，一旦回来晚了，也只能把车泊在大街上，然后仰望星空，乞求交警千万别给自己的车贴单子。

女婿的话，萧不系信，女婿太喜车了，车子什么时候都是亮锃锃的。但女婿的话，还是让他和巧蓝有些许的不悦。

女婿什么眼力，立马又说，当然，跟小鱼儿一样，我也是巴望住得挨爸妈近些，彼此有个照料，这一点，尤为重要。

萧不系望着家人，开始了他幽默的总结，看来，咱家买别墅，人人都有自己的诉求，小鱼儿要挨到父母住，程非要停车，你们的妈要尊严，我呢，要一个梦。还有那个置业顾问，要的是业绩。这么多人都要，不买，成吗？对了，还有老鼠，老鼠要什么呢？

小鱼儿说，老鼠又不是人，提它干啥。又说，妈，你的手机好像响了一下，不看下？

巧蓝一看，声音茫然，小鱼儿，我卡上进了六万元钱，你这是干吗？

程非笑了，这是我和小鱼儿送爸妈别墅的装修红包，如果说刚才那个红包是个取巧的小惊喜，这个就是做晚辈的一点实实在在的本分。

巧蓝说，这个我们可不能收。

小鱼儿说，不收？几个意思啊？是不准我们以后上门蹭吃蹭喝了，还是以后不想带孙，或者要跟我们撇清关系？

萧不系骂道，伶牙俐齿，可就是狗嘴里吐不出象牙。

小鱼儿说，是老妈率先没吐象牙。

巧蓝说，饶了我，收还不行吗？

众笑。

小鱼儿没喝酒，上山下山，充当司机角色。

是夜，萧不系什么药也没吃，却睡得像头死猪，连老鼠有什么动静都不知。

从交房到入住，设计、装修、通风排毒，一套程序走完，时一年又半。

第三次家宴，才真是家宴，不下馆子，直接摆别墅，既是庆贺，也是开灶点火，祈求灶神，上天予吉事，下界保平安。拟定筹办方案时，女儿女婿又要做东，买菜拎酒加下厨，二老却不同意，萧不系笑着对女婿说，在这个家里，怎么能由你们做东？我和你妈才是东家嘛。女婿恍然，忙说，那是，那是。

话虽如此，女婿还是没空手来，一进门，把一捆纸抱来，摊在客厅复合木地板上，说，爸，妈，这是六幅字画，用于别墅补壁，请朋友专门创作的。你们知道，广告策划界，画家书法家多，女婿有这个资源，有这个资源就得用，堂堂别墅，不来点真货、硬货，哪里匹配，哪里有神？有些土老肥、暴发户，买个别墅搞个装修，动辄几百上千万，墙上挂的却是工艺字画，仿冒字画，掉价，丑死个人还不自知。

小鱼儿说，程非，原来这就是你送的惊喜啊，还不给我说，以为什么宝贝呢。你也不看看这楼上楼下，哪有空壁啊？抬下头，看这幅，爸的好友卢画家画的。

字画资源，萧不系也有，艺术家朋友提供作品，他找装裱店装裱，上门安装上墙，但女婿的好意，不能不收。再说字画，多比少好，多了，可以轮番挂，永远有新意。若得知哪位创作者将入墅做客，其作品又已然换下，那就立马挂上，宾主高兴，免去了尴尬。

第三次喝的茅台，萧不系像老鼠掏窝似的，不知从哪个黑咕隆咚的地方，把存了好几年的一瓶掏了出来。程非一喝，喝出是假酒，看岳父在兴头上，哪敢败兴，只大喝一声，好酒！其实，萧不系也喝出了假，但他不想在女婿面前丢份儿，就粗着嗓门跟了一句，嗯，好酒！酒是一位经常在副刊露脸的作者送的，估计也是别人送这位作者的，别人也可能是另一位别人送的，几轮转送下来，哪去寻假酒的始作俑者？

乔迁之喜遇假酒，让萧不系有一种入住别墅不得安生的兆头，但他果断否认了。不否认又怎样，覆水难收了。

腊月间入墅的，十来天后，又家聚了一次，盆地和盆地边缘的亲戚来了不少，吃团年饭，辞旧迎新。萧不系老家不在平原，巧蓝却是当地人，来的亲戚，自然娘家人多。他的家，女儿的家，筑巢都安，细究起来，皆因巧蓝是都安人。对此，巧蓝很享受，说这个家，以她为中心，她是太阳。萧不系说，是啊，我和程非，两个大男人，都是异乡人，都是入赘的行星啊。程非说，向爸学习，入赘光荣，入赘伟大。小鱼儿搐了老公一拳，算你懂事。

享受着冬日里的地暖，听满堂人对别墅的赞美，萧不系有一种恍惚，自己高坐宫廷大殿，下边哗啦啦铺排着满朝文武的朝贺。

现在，萧不系总算实现了一个文人的，一个准中产阶级的别墅梦，不对，是两个梦，一个有墅的梦，一个无鼠的梦。

6

买了别墅，还没入住，萧不系夫妇就动过卖别墅的心思。

原因很突然，也很简单，装修的时候，巧蓝从别墅梯子上跌倒，左手肘部粉碎性骨折。难道风水不好，不宜人居？于是，在想卖不想卖之间，请唐风水看了风水，改了风水，这才勉强安了心，入了住。

入住半年后，又想卖了。

原因依然简单，但不突然，因是一天一天慢慢累积形成的——萧不系夫妇膝头出了状况。

他们认为，膝头隐痛，是爬别墅楼梯，爬出来的。当初住岷苑，四层半的梯步，就让巧蓝痛苦不堪，上楼了不想下楼，下楼了不想上楼，以为住了别墅就解放了，哪知，每天爬的步数更多，别墅从负一楼到顶层房间搭的阁楼，共五层。巧蓝除了拎菜扛米爬四楼半伤膝，大尺度跳革命式激情广场舞也伤膝，而萧不系的登山、跑步和日行万步，何尝不伤膝？但二人的膝痛，却是入住别墅后才出现的。这样一来，按过往不究原则，将账记在了别墅上，冒出的包，由别墅扛。下半辈子还长，不可能坐轮椅度过吧？夫妇一边琢磨和研判卖别墅的可能与利弊，一边寻找健身而不伤膝的法子，于是开始了游泳，哪知这一游，还真游好了膝头。膝头既好，卖别墅之事，随之搁浅。

他们也知道，这个搁浅，只是权宜之计，暂时的。理性想，人总是要衰老的，随着岁数的增加，就算膝头再好，心脏的供力也冲抵不了上楼下楼的耗力。再者，就算身体每个部件都好，谁能保证一不小心，在别墅的爬坡上坎日课中摔跤？甚至，身体越好，跑得越快，越易出事，巧蓝摔伤就是例子。由是，不管身体怎样，马失前蹄，一不小心总是避不开的，所以还得再花一笔钱，给别墅安装电梯。但电梯不是每套别墅都可以安的，一要看你的别墅室内室外有无安装位置，二要政府部门批，室内房管局批，室外规划局批。他们这套，室内没有设计预留空间，要想安装电梯，必须牺牲一个卫生间和一个房间。想想，别墅已装修入住，再破土动工加安电梯，又费马达又耗电，值当吗？再说，一幢别墅，没有了梯步的空间转换美学，电梯上电梯下，还叫别墅？跑规建部门，找电梯公司，一番调研咨询下来，电梯计划作罢。

  综合所有因素和利弊，权衡再三又再三，夫妇认为，卖别墅，换成通电梯的大平层，是必须的，就看何时行动。大平层好，没了梯步隐含的安全性烦恼，别墅不能跑轮椅，大平层可以。大平层的大，又可容纳你要的全部室内功能。萧不系夫妇不想住高层，地震来了，摇起害怕，火灾来了，不便逃之夭夭，电梯停电也是麻烦事。他们就想着，要买就买花园洋房。可问题是，钱呢？现在的大平层，一般都是精装成品房，价格高得离谱。卖了别墅，就算有这笔钱，可卖了，住哪里？买房、配套、搬家，再快也得有个过渡期吧？关键是别墅购买年限不够，卖的话，税费老高了。当然，最大的问题还在自己心里，早动手、晚动手，由心情决定。时间在纠结和权衡中一天一天过去，不知不觉，连宅主与别墅的磨合期都度过了。事物的相处，关系的相处，都有一个磨合期。入住别墅磨合期中，一会儿手机忘楼上，一会儿茶杯忘楼下，一会儿忘了某件东西放哪儿了，喊人喊破喉咙老是没有回应却忘了动用电话；后来习惯了电话、微信喊人，又忘了喉咙的存在，这次忘了关门窗进了蚊子，下次忘了关窗进了偏东雨……磨合期一过，样样适应，别墅生活进入常态，他们又觉得住别墅不挺好的吗，别墅的天空、花园、阳光、空气、清静,泊车洗车自由,建筑之美,大平层有吗?最重要的是,住别墅有面啊,有面心情才爽嘛,心情爽了,哪舍得离开。他们赖上别墅了。王安忆那么多小说,萧不系都喜欢,喜欢她的小说内容,只有《我爱比尔》这部,喜欢的不光内容,还有书名。为此,他说,他哪天毛了,开笔写小说,处女作一定献给《我爱别墅》。后来真写了,在女儿当上社区主任后,本是诳女儿的一个说辞,诳来诳去,假戏真做了。

可是,鼠来了,鼠也赖上墅了。

岷苑是回不去了,回得去也不敢回,谁知那满屋的鼠还在不?他听闻没有鼠了,可他心里是狐疑的。

那个时候,他们早卖掉了岷苑的房子,还清了装修借款和银行按揭贷款。对了,包括欠西瓜的情,也还了。萧不系递给西瓜一个装有二十张百元钞的信封,西瓜说,咱哥们说这些,才一个点子,最多省一万元,有什么好谢的,收起!萧不系说,不是给你的,是让你请副局长大人喝酒的。萧不系拉住西瓜,直接将信封插在他兜里。西瓜一摊手,嗨,你这人,手手清,没劲。

入住三年不到,夫妇发现了老鼠,先是萧不系在车库门前发现,后是巧蓝在后花园发现。

萧不系家的别墅,可泊两辆车,一个车库,一个室外车位。所谓室外车位,也就是毗邻前庭小园,连接车库与公共车道的一小段斜坡。车库内侧墙,有扇小门,里面是间小仓库。通过车库后门,可达负一楼,再沿木梯向上,可通往别墅各个空间。负一楼一半在地面下,一半在地面上,用作萧不系的工作室。为了通气和防尘,车库铝合金卷帘门,通常是开一些时间,关一些时间。萧不系偶然发现老鼠时,卷帘门处于开启状态。

一次黄昏,一次清晨,一次小鼠,一次半大鼠,它们踩着春天的水筢子,悠悠闲闲走过车库门,却不进门,就像测量员用步幅，完成车库门洞的测量。令萧不系后怕的是，如果它们进了车库尤其进了车库后门，那是不敢想象的。岷苑的错层房都寻不到鼠，不啻城堡迷宫的别墅，哪能寻到？

因无监控视频做证，巧蓝一直没有真的相信老公发现的鼠情，直到她隔着客厅大玻窗，看见一只大鼠，正在后花园大胆偷窥她，方才信。

萧不系笑着对老婆说，你以为咱小区是无鼠区呀，幼不幼稚。

巧蓝讥道，这世上就你萧不系不幼稚，行了吧！

抛开飞檐走壁、梁上君子一路不谈，进萧家别墅，三扇门，前边入户门、车库门，后边花园门。三扇门，都有故意没关，或忘了关，或没关严缝的时候，这也正常，人不是机器，就是机器也有失灵的情况。所以，藏在暗处，智商超群的鼠，趁机溜进墅内，也不是没有可能。可就算成为可能，已然入户，没有真凭实据支撑，也白搭。室内并没发现与鼠相似的身影与声音，唯一值得怀疑的是一点异响。夜晚，躺在床上，偶尔会有不明声响，从不明方向传出，短促得你还未及判断与捕捉，便消失了。从科学的角度看，萧不系认为，是装修材料尤其木作，在释放内部应力，或作热胀冷缩反应，但这只是他的想象与推断。萧不系不能确定老鼠是否已然登堂入室，能确定的是，老鼠进入了车库。库门大开，库内有壁柜、杂物、盥洗池，以及一间长期不关门的小仓库，凭什么不进？但他找遍车库犄角旮旯，也未找到，连鼠迹也无。即便这样，他也相信，没找到，是因为鼠的藏身术高明，或入了库，又踏雪无痕出了库。

为了证实鼠迹，夫妇听从女儿建议，引进高科技，在别墅前和后，分别安装了一个叫什么萤石云视频的摄像头，说是三百六十度监控无死角，哪知安上之后发现，入户门、车库门和花园门，均处于摄像头眼皮子底下的死角。如果老鼠沿墙根进门，根本看不见。要拍摄到三扇门的门情，必须将摄像头安装在门的对面，但这纯属空想，因为门的对面，要么没有生根的地方，要么不属于自己的领地。安都安了，总要有些用场吧，巧蓝就成天盯着手机上的监控视频，扫射三门死角以外的区域，其目不转睛的职业精神，一点不逊于站在公安指挥中心观察视频的刑警大队队长。

岷苑时期，萧家鼠情那么严重，左邻右舍却没有一点反应，难道曾经那个独门独户的反应，会随房东搬家，在新家继续反应？夫妇实在闹不明白，自己咋这么有鼠缘？就像老鼠生来怕见光，他们的这个鼠缘，只能藏在心思的洞中，投鼠忌器，不敢与外人谈。

别人家的老鼠，到底是出现了，不在地上，在云中。

有人在天著青城物业与业主沟通群说，自家水池中的鱼，被猫吃了，顿如一石激起千层浪，众多养鱼爱好者浮出水面，群情激愤，纷纷斥责猫的种种恶行，吃鱼、叫春、拉屎、抓鸟、钻垃圾桶等，对小区内的散养猫和流浪猫，要求物管采取霹雳手段，严厉并迅速处置。萧不系想到猫是鼠的天敌，便冒群内之大不韪，发帖讲了个一句话故事：有天清晨，我来到花园，看见一堆鱼骨，却没发现老鼠。此话一出，群内讨论开始转向，厌鼠怕鼠者浮出水面，老鼠过街，人人喊打，痛骂鼠的同时，纷纷表扬起猫来，一时间，鱼沉水底，自生闷气。

又一天，有人在小区邻居群晒图片说，她家发现鼠情，安了五个笼子，一夜捉了两鼠，小区鼠患既已冒头，希望物业公司在小区内掀起捉鼠灭鼠运动。那两张图片，均为铁丝笼中关着一只老鼠，一张图片为大老鼠，一张图片为小老鼠。有人跟帖说，物业的人，不在这个群，在另一个群。萧不系见了，乐了，终于有了鼠友了，于是跟帖打趣道，很好奇，在室内捉到的，还是室外捉到的？怎么捉到的呢？捉到后又如何处理呢？有人回帖道，自然是买个捉鼠笼放鼠道上噻，捉到后，连笼带鼠直接闷水中。萧不系赞道，铁笼捉，沉水毙，手不血刃，耳不闻声，好法子！又问，闷在水缸中，还是溪河里？发图片的那位业主说，我们捉到老鼠后，交给管家处理了，管家怎么处理，就不是我们的事了。

萧不系觉得这法子比粘鼠板好，就去杂货店买了两个捉鼠笼，一个放车库内小仓库门前，一个放后花园门道旁，好几天没动静。些许时日后终于捉了一只，是车库笼子捉的。捉到后，他给春风又一波发了微信，小赵，我家捉了只老鼠，麻烦处理下。小赵回道，好的，萧叔，小赵马上到。很快，小赵来了，身后还有一名保安。小赵指着笼子，对保安说，你拎去处理下哈，然后把笼子洗干净，给萧叔还回来。

天著青城别墅售罄后，小赵离开房地产开发公司，到了物业公司，成了一名别墅管家。一名管家管几十户业主，萧家正好归她管。她毕业于四川航天职业技术学院，拥有售房和物业管理两个上岗证。萧不系买别墅签了正式合同后，小赵对他的称呼，经过一段时期的过渡，从萧哥复又改回到萧叔。改岗管家后，为收物管费顺当，又想改称萧哥，但被婉拒了，萧不系说，就喊萧叔吧，喊萧哥，我已不习惯了。小赵说，那喊萧老师？他说，随你。

保安拎笼，甩臂开走，鼠在笼中打秋千。巧蓝邀小赵进屋喝口水，小赵进屋，坐了，没喝水，跟业主夫妇聊了一阵天。萧不系不再忌讳聊鼠事，话赶话，竟聊到了岷苑旧房的买主，小赵说，她认识买房那家人中的一位，并简单介绍了那人的情况。正是这一简单介绍，透露的一个信息，让萧不系有些吃惊，岷苑买房者，一家人都属鼠。吃惊之余，对巧蓝说，这个情况，那个小靳怎么没说呢？巧蓝说，你又没问，他干吗说？萧不系在心里坏坏地幽了一默，幸好不属蛇，否则，鼠蛇一窝了。

　　再一天，萧不系在负一楼修补照片，无意中转身，竟看见一只大鼠，沿木梯向楼上走去，情切切，慢吞吞，一副少小离家老大回的样子。他追上楼，大鼠没影了，却见一位多年不见的朋友，在小区别墅与别墅间，在人字形屋顶峰谷间，纵越展腾，如履平地，不由大吃一惊，醒来，却是南柯一梦。

二、多米诺骨牌

1

萧不系终于住进日思夜想的别墅。可买墅之初预设的欢喜、骄傲,尤其以低矮居所,但高人一等的那种感觉,却早已在步入装修程式后,一天一天消减,直到荡然无存。

都是拜搭建所赐,甚或,直接就是袁总所赐,虽然萧不系至今都不认识袁总。

萧总好,你的别墅要搭建吧?我们是专业的搭建施工队。房子还没到手呢。我知道,但这几天就要交房了,请相信我们的搭建,质优价廉,包你满意。明白,这是你电话吧,到时联系,就这样。

萧不系快速挂了电话,想了下,还是存了电话。这样的电话,他已存了好几个,看来搭建市场不仅大,竞争也白热化。自己肯定要搭建,肯定要找搭建队伍,但不是这些个只闻其声,不见其人的推销广告。也可能回头与这些广告产生联系,但那一定是经过现场看房,方案研判,多次比较权衡之后。促销性质的电话,保险、贷款、买房什么的,哪天不接一个两个?买房之后,承揽装修的电话,更是前脚走,后脚来,没断过线。

别墅交接，萧不系专门向单位请了假，开车载着老婆巧蓝向未来新家驶去。车过青城山下时，一望无际的金色银杏纷纷扬扬，扑面而来，喜欢风景的他，却并没因为车窗外的美丽秋色，而切换他接墅的兴奋。

物业公司管家小赵，美女一枚，那时是开发公司置业顾问小赵。身份变了，说辞就变了，所谓在什么山头，唱什么歌。萧不系买的是期房，从签合同买房，到从管家小赵手上拿钥匙接房，已是两年后，这个秋日的早上。

小赵说，是的，萧叔，拿到钥匙就可装修了。但装修前，得把你家的装修图纸，拿到我们物业公司审查、备案。若发现有改变房子外观的搭建，拆除室内承重构件的改造，则不予开通水电，也不会给装修工人办理小区出入证。

萧不系吃了一惊，说，卖别墅时，你不是说允许搭建吗？怎么，这又……

小赵说，萧叔，小赵什么时候说过准许搭建？这话可不能乱讲。小赵只是说，有人搭建了的，至于这句话的意思，小赵相信，我们每个人都有自己理性的正确的理解。说话违不违法，小赵还是有数的。再说了，此一时，彼一时，小赵说的是一、二期，而现在是第三期，两年多了，水过三秋，还怪得上小赵？再再说，小赵也就一临聘人员，水平有限，用词用语，不比你们文化人讲究，说错话在所难免。在此，小赵给萧叔、巧蓝阿姨真诚地、正式地认个错，道个歉，望二位大人不记小人过。你们是有同理心的人，相信一定能理解，小赵就是跟你们关系再好，公司的规定，一个朝不保夕的打工妹也不敢放水啊，除非不想要饭碗了。

萧不系不悦，说，别给我戴高帽子哈。我还没说，你就说这么多，好像错的是我。再说，不理解又能怎样，理解又能怎样，还能把房退给你？哎，算是被你们套牢了。

小赵嘿嘿，露出有些嗲的憨笑，对巧蓝说，阿姨，你看，萧叔这话说得。

巧蓝冷笑，幽幽说道，他没说错呀。

萧不系说，你们的规定，一视同仁吧？

小赵说，必须的呀，一条硬杠杠，没有人可以例外。外观造型和色彩，室内承重墙体、梁柱和屋顶，一点都不能动，这是底线。一经发现，立即停工整改。

萧不系说，既然都这样，我们也无话可说。哪有什么天上掉馅饼，怪只怪自己想捡便宜的心理，认了吧。

萧不系这最后一句话，不是说与小赵听的，是萧不系夫妇离开物业公司，去往自家别墅的路上，说与巧蓝听的。

站在高大黄葛树树冠上的那只白头翁，看见了一男一女、一老一少两位管家，并注意到二人交接钥匙的一举一动。萧不系背着手，拎一大串钥匙，在屁股上叮当哐当的，活像民国影视剧中大宅院里的某位大管家。巧蓝空心人一般，是因为白头翁看不见没拿钥匙的人。

从萧不系一路上的身姿看，显然，严禁搭建的不适，早已被即将打开自家别墅大门的喜悦冲抵了，且冲抵后盈出的部分，到底还是既喜且悦。两年多以来，建设中的第三期别墅，一直处于合围状态，夫妇想看自家别墅想得心慌时，就驾车到售房部，在沙盘上反复推演入住后的各种可能，获取眼福与遐思。一个说要这样搭，一个说要那样搭，多番吵吵闹闹，差点把二三十年的老感情，伤残到退墅离婚、一别两宽的程度。最后，压住冲动，各让一步，总算有了个折中。自此，不再去看沙盘，免得重蹈看一次吵一次的覆辙。但，小赵的说法，还是让夫妇做了无用功，搭建的瓦解，导致了蓝图的坍塌。折中既已化为乌有，接下来面临的装修新方案,必将又是一番吵吵闹闹。

小赵将一串钥匙交到萧不系手上时说,看看你家别墅有什么问题,里里外外都好好看下,若有,告诉小赵,小赵让开发公司来处理。正查看,萧不系电话响了,一瞅,直接拒之,来电显示为"搭建施工4"。萧不系第一次听到,电话在空空的别墅响彻,居然有置身老家花萼山谷般的回音。

2

萧不系莫名其妙就在一个群里了。群主姓包,不知他哪来的本事与人脉,短短几天,就将一个一二十人的原始群,你拉我,我拉他,三下五除二,发展成了一百多人的群。只二三年时间,坐在屋顶露台眺望山景的萧不系,怎么也回忆不起,是谁将他拉进群的。只记得刚接房没两天,巧蓝五十岁生日,他们一家四口,在熊猫谷草坪上野营,晒太阳,他没事玩手机时,才发现不知怎么多了一个群。群友中,跟他有微信好友关系的,只有一人,巧蓝。而巧蓝,还是刚才发现后拉入的。难道是某微友拉他入群后,改了昵称?若不是,那么,还有一个可能,自己在一个仿佛从未存在过的酒局中,喝高了,把入群的方式,失了忆。如果这也不是,那就跟鬼怪、灵异之类的,搭界了。但他又自以为是一位坚定的无神论者,所以,即便想不通顺,也不去往那方面想。

这个群,就是天著青城第三期业主专属的邻居群。

邻居群草创阶段,群友们纷纷冒泡,群里一派歌舞升平的祥和气象。这个说新闻热搜,那个说风花雪月。一个说欢迎爱好麻将的邻居今后来我家打麻将,一个说,我爱好冬泳,可有同好的邻居?又一个说,本人是资深老酒爱好者,喜老酒的邻居到时轮流坐庄走起哈。更有文青式人物，专转发一些住别墅、栖小院的纯美视频与抒情软文。萧不系毕竟是操持有摄影手艺的文化人，又熟悉本土情况，他转发的链接，基本都是自己的原创作品，且大多有关都安县自然风光和风土人情，外加多少有点专业的即兴临屏点评，收获了满屏点赞与褒奖式跟评，这让他很是享受，充分感受到邻里们的和睦美好。

他也有为该群贡献一些创意文案，他说，别墅业主微信群，也就是云别墅，在群里玩，相当于提前住别墅，快乐是类似的？

有人说，咱还没入住呢，你咋知道云上与地面是类似的。

他说，人之所以为人，是因为人有经验借代自觉，有先验性，有建设和修补能力。

群里一片哈哈，厉害。

那时，他家的装修队伍还没进场，夫妇还住老城岷苑小区。元旦节家聚，聊起群事，萧不系沾沾自喜，毕竟是纯墅区，业主整体素质就是不一样。女儿呛了一句，老爸的意思，住的都是受过良好教育的贵族、绅士呗。他呵呵一笑，仰首，一杯酒下肚。他说，不，也有一夜暴富，穷得只剩钱的土豪，否则，就不是一个真实的社会组织了。女婿说，小鱼儿，要相信姜还是老的辣，爸才称得上双目如炬，洞若观火。

这一阶段，萧不系不记得袁总在群里是否发过帖，发的什么帖。尝试去搜过，一无所获。但从袁总后面的表现看，他应该一直处于潜水观察状态，在潜水中积蓄白浪掀天的能量。跳得最高，又铮铮有力的，当然是群主包总了。见群员纷纷拉人入群，管理失序，他果断利用微信群设置功能，在入群环节，赋予自己一个特权，即必须经群主同意。他说，此举，是为保证本群人员身份的纯洁性与合法性。他说得最多的一句话是，请不要在群里妄议时政，发广告，发黄赌毒，否则踢出群！说得第二多的一句话是,请按规定改好自己的昵称,否则踢出群!每次说这两句话,文字大同小异,永远不变的,是最后的感叹号。在萧不系眼里,那感叹号,像古代猛士,或金庸小说中,一柄陡插进岩石,浑身抖动不休的铁剑。他由此判断,群主应该是从没拥有过权力,品咂过权力滋味,所以,一旦权力在握,必须用足用狠,狠得发抖。事实证明,他的判断,基本正确,待业主体入群完成,装修告毕,别墅生活进入正常后,群员们才突然想起,咋个很久不见包总的感叹号了,他是什么时候消停的呢?

别墅语境中,萧不系叫萧总。

群内所有人,包总规定的昵称,皆为第三期的幢数、门牌加姓氏,譬如袁总的昵称是61-1袁,萧不系是17-2萧。但打招呼尤其是需要尊称时,唤对方的昵称,总觉不是那么一回事,又不知对方全名、性别、年龄与身份,故,不管是老板、公务员、教师、律师、艺术家、厨子,还是退役军人,一律以姓加总作为称呼。姓梅称梅总,姓海称海总,姓米称米总,既然都别墅了,不是总,还能是啥,至少,从大概率、大数据看,墅区人等,老总毕竟占多数,甚或大多数。

萧不系是不满意这种切换与代称的,他知道,那些早年发迹的香港企业家,均不喜别人称自己是什么什么总,而是什么什么博士。例如,李嘉诚就不喜别人呼他李总,而是呼李博士,还有曾宪梓、何鸿燊、杨受成、李家杰等,亦有这个爱好。一生以赚钱为己任的商人,都有如此境界与三观,萧不系就更不愿改弦易辙,变更门庭,自投孔方兄怀抱了。再说,萧总萧总,他本来就不胖,既非账上肥得流油的土豪,也非高屋建瓴、一览众山小的大官,哪需"消肿"?依他在报社的身份,文件称谓应为文化部萧副主任、副刊萧主编,落地身份按取官帽最大值惯例,则为萧主任、萧主编。但他更喜别人喊他萧老师。总算什么,弄份虚假验资报告，几千万把块钱注册一家皮包公司，就是总了，再大的总，一觉醒来破了产，就什么都不是了。主任、主编更不算什么，一张纸呗，今天可以是，明天可以不是，组织上一句话的事。老师就不一样，过得旧，是了，一辈子都是，称谓入骨入血入命，没人拿得去。再说，都是总，满山的绿，一点红都没有，怎么把自己与他者区别开来？他想让自己就是那点红，他想让身份变脸。一个不以钱见长的主，却被人呼成钱的长相与声响，怪怪的。老总所有的努力，都是希望自己长成钱的样子，人民币、美元、欧元、日元、卢布、英镑、加元，都行，反正都可以像川剧变脸，一摆头，这钱，一摆头，那钱。萧不系也喜钱，长成钱也行，但不希望长得像钱，那样，不就冒名顶替、弄虚作假、名不副实了吗？

为了让邻居们将萧总呼成萧老师，在群里，他不仅日常发点有文化品质的原创性文图，还在不经意间，转发含有他艺术成就与身份介绍的链接。这天，终于有一位头像为女性的邻居，将他称了萧老师。那是下午，上班时间，女邻居刚一发出，他就看见了，虽兴奋难抑，但按捺住激动没马上回应。晚上八点，人多，他@了女邻居，说，谢谢，但我哪是什么老师，不过是吃的这碗饭，干的这件活儿而已。七十二行，行行出状元，八仙过海，各显神通，邻居们都是各自行业的优秀人物，身怀绝技，藏而不露，你们才是我萧某的老师啊。

刚一发出，老师二字，就前呼后拥，叠浪涌来。这样，萧不系在人人都是总的墅群里，成了唯一的老师。后来，他听说，重庆人见人就叫老师，即便棒棒、船夫也叫，他只好苦笑，自言自语道，成渝两地，山川一脉，风月同天，然橘生淮南则为橘，生于淮北则为枳，称呼各异，何足道哉。

他说得没错，老师的称呼使用，虽各地有异，但影响不大，小姐、美女、小妹、帅哥、先生什么的，才呼得喊得更滥呢。但他的这个看法，后来也被自己否认了。去华西医院参加单位组织的体检，他发现，在医护人员的亲切称呼里，所有患者、患者家属，清一色成了老师，这都不叫滥，还有什么叫滥？

这是邻居群的蜜月期，小桥流水，云淡风轻。其间，萧家择定、签约的装修公司，完成了勘测、设计和队伍组织工作。公司叫生活嘉，是程非从省城找的，以精品整装和德系工艺见长。程非对萧不系说，爸，装修挺烦人的，如果基装找一家，墙面、顶面、地面、门窗等又各找一家，太难协调，太累，看上去省钱，结算下来更贵，交给整装公司，省事。跟介绍购房一样，这次，女婿依然将公司返的点子，尽数奉呈了岳母大人。

对于装修方案，因有前车之鉴，巧蓝就退到一边，享清静，叫丈夫一人拿主意，不想意见相左，再生争执。老婆的高姿态，令萧不系不好意思，自惭形秽，但还是半推半就应了。也让了一步，自己拿大方案，把定总体框架，框架内具体细节交由老婆自主安排。这样一来，巧蓝身陷工地，事无巨细，一应躬亲，活路更多了，反倒是老公当起了甩手掌柜。

元宵过后，工人返城，萧家开始装修。因系现代轻奢风格的简装，又没搭建，最后的结算价为一百五十余万，工期也短，一年不到。装得凶的，动辄几百万上千万乃至几千万，工期二三年三五年不等。

接下来，针对搭建，群里开始了深恶痛绝的声讨。

3

在第三期业主中，萧家入场装修时间名列前茅。萧不系认为是第一名，巧蓝认为是第三名。问管家小赵，她说第三期有三名管家，各司其职，各有各的服务对象，她只知道自己这一块，她说，你们家，估计是小区的前三名吧。

邻居群，一人问，可有哪家已入场装修。又一人问，哪位亲晓得，入场装修需要什么手续。再一人问，哪位邻居已有装修设计方案，可否发群里让我们学习下。发问的，当然不止三人，但意思，也就这三人的意思。让萧不系感到奇怪的是，明明有三户在装，为什么竟没一人出来吭一声？既然一树的鸟儿都窝着，咱也没必要当出头鸟，又想，自己如是想，那两户何尝不是？但还是当了出头鸟，因为有人在群里@了他，点了他的名。

萧老师，我女儿回国了，今天上午，我带她来咱小区逛了逛，看见你们家在装了，能否分享一下设计方案，期待哦。

彼时，正值午休，看没看手机都正常，但他偏巧是看了。看了，吱个声，回复一下，本没炫耀的意思，可你一回复，就是这意思了。但没办法，总不可能一直装睡，不理不睬吧，那样人家又说你高傲，端文化人臭架子，毕竟，全群的人，都猫在水底瞄着呢，毕竟，人家对你的称呼是老师，而不是萧总。即便如此，他还是可以揣着明白装糊涂，当睁眼瞎。但他最终给了自己一个理由，选择回应。细究起来呢，这个理由，不是自己给的，而是小赵给的。

下午，小赵巡视萧家装修现场，见到萧不系，说，萧叔，装修没什么问题吧，有任何问题，尽管找小赵。

萧不系说，问题倒没什么，就是这心里有点发虚，都交房快三个月了，动手装修的，就三家人。你说，房子空着，还要照交物管费，一月少则六七百，多则三四千，业主们咋就不急呢？

小赵莞尔，有钱呗，土豪呗。

萧不系说，住别墅就有钱呀？偏见，我就没钱。再说，有钱就可抛撒呀？

小赵说，萧叔谦虚哈。但不管怎么说，有钱无钱，不能不交和欠交物管费嘛。萧叔是按时交了的，如果评优秀业主，一定当选。

萧不系说，他们不交，也有他们的道理。我见邻居群里有人说，之所以不交，是因为房子有问题，漏雨、浸水、裂缝、排水、车位等，还有说合同面积与实际不符的，尤其是花园面积。也有说公共服务设施问题的，健身、休闲、会馆、绿化等。

小赵说，如果有，也是开发商的问题，房屋保修期内，人家都会无偿处理的。面积有争议，协商不好，可请房管部门来仲裁。事实上，处理好了这些问题，还是有人赖着不交。想不交，总有理由。并且，好些公共设施问题，是永远无法解决的，没地儿呀，公共地带就那点，建停车场、游泳池、休闲广场，可能吗？其实，有些争议，是广告带来的，业主把企业的宣传说辞当成了承诺，甚至合同条款，这是业主的不智。

萧不系心里咯噔一下，有些不悦——当初信了小赵搭建之说，是俺萧某的不智？一个做服务业主工作的小女子，都敢侮辱包括俺在内的业主的智商，到底是谁不智啊？晕！

萧不系说，应该是他们觉得没入住，交了就显得吃亏似的。

小赵说，对了，萧叔，群里不是请你们已开工装修的业主晒设计方案吗，你咋不吭声呢？

萧不系说，我只是简装，晒出去，笑死个人。家丑不外扬嘛。

小赵说，萧叔幽默。小赵看过你们家的装修方案，属轻奢型，既有中国传统风格，又有现代元素，二者自然融合，干净、简捷，看上去时尚、舒服，又过得旧，非常实用。

萧不系说，谢谢小赵认可。可开装的，又不止我家，人家不晒，我干吗显山露水，出这个风头？

小赵说，这不是出风头，而是出榜样，出样板。为什么这样说呢，因为你的带头作用，可刺激他们学习、跟进。别忘了，你可是德高望重、大名鼎鼎的老师哦。

萧不系说，他们跟不跟进，关我什么事？他们不装，那两家也不装，整个小区就我一家，像住在私家公园里，容积率低得可忽略不计，还有一个物业公司团队，为咱做星级服务，安逸！

小赵说，萧叔幽默。

萧不系说，所以不关我事吧。

小赵说，当然关你事了。你想想，他们不装，偌大一个地盘，就你们三家入住，天一擦黑，阴森森的，散个步都怕。再说，等你们装利索，住得舒舒服服，却又遭遇东一家西一户的装修，短则二三年，长则三五年，乃至十多二十年，整个小区成了建设工地，一片狼藉不说，仅尘土、噪音，都会让你烦躁透顶，苦不堪言，其惨状哪像住别墅的淡定一族？

萧不系说，嗯，那倒是。

萧不系有一种被人带节奏和使唤的感觉，好在使唤者乃美女一枚，加之，不回复群里的声音也不礼貌，就拿被使唤当成心甘情愿，当晚@女邻居，做了回应。他发了三张图片，一张客厅局部效果图，一张室内施工图，一张打了围，只能看见广告布的建筑外观实景图，还发了一句话，献丑了，抛砖引玉，请批评指教。他才不会傻到发设计图，心里说，我这设计多有创意啊，方方面面都考虑到了，全世界独此一份，堪称完美。这样的心血之作，若被同户型业主抄了作业，家家一样，那喝醉了酒，入了别人家，还以为入了自己家呢。即便不一样的户型，被局部抄袭剽窃，还不是也让自己的个性特色，大打折扣？

小赵虽然说得头头是道，句句为他好，他心里明镜似的，她不单使唤自己，还把自己当枪使。她的小九九算盘，说千道万，就一个目的,不就是为收取物管费顺当吗?小区尽快完成装修,业主尽快乔迁入住,秩序进入正常化,物管费收取才能正常化。只有物管费收取正常化了,她的饭碗和收入才能正常化。发了帖,突然想到,小赵不是业主,咋个晓得群里情况?难道她有线人在群里,抑或以暗度陈仓、移花接木大法,穿了马甲,她本身就蛰在群里?

萧不系没想到,自己的回应,在群里掀起了高潮,引来绝大多数人的点赞与好评,这让他又高兴又失落。因为他更没想到,大家赞美的不是他家的绝妙设计,而是没有搭建的实情、正义与美德。

大家你一言我一句,发表着自己狭义和广义的意见,归纳起来,也就两种。

绝大部分人说,不搭建好,人家开发商请的国际建筑设计事务所,由大师设计的地中海风格,各户型外观形状与色泽,跟小区整体规划一致,该凸的凸,该凹的凹,已非常协调、美观,你来个填平补齐,让房子增胖长高,那成个什么了?筒子楼还是棺材楼?如果大家都未搭建,就一家搭建,那就是一颗老鼠屎,毁掉一碗汤。所以,不管怎么搭建,搭多搭少,都是对美和公共关系的伤害与破坏,都是让宜居,变成不宜居。咱买别墅的初衷,不就是追求美和宜居吗?

个别人说,一点不搭,不切实际,毕竟原设计师在彰显、顾及美观的同时,多多少少还是在使用功能和个性尊重上,留下了遗憾。所以,在不影响他者环境的前提下,适度的搭建,合情,也合理,应当理解乃至支持。

大家一致认为,过度搭建,无序管理,万万不可取。这方面,一、二期就是例子,有没搭的,少搭的,至今没装的,被强拆成烂尾楼的,更多的是胡搭乱建。好好一个别墅区,一派乌烟痒气，说句不好听的话，看上去跟城中村、农村自建小区，甚至棚户区，没什么区别，一个样！买房除了住，还有保值升值的诉求。覆巢之下，安有完卵？他们的做法，让整个小区的宅子，大大贬值，无一例外。前车之鉴，后事之师，为了公共利益，我们三期，千万不能无序搭建，重蹈覆辙啊。城门失火，殃及池鱼，事实上，隔壁的这个烂摊子和坏影响，已让咱们的家园环境受损，价值打折，真金白银困墅区，一江春水向东流。

对于这些帖子的说法，萧不系总体上是赞同的，认为跟他的三观基本一致，可也让他莫名其妙，这些道理哪需讲啊，不都是一些常识吗？再说，法规也罢，物管也罢，既然都明确规定了，一律不准非法搭建，那还对搭与不搭，意什么见、讨什么论、表什么态呀，这不是脱了裤儿打屁，没事找事，多此一举？虽则如此，他也还是发了二三个言，从哲学生活的角度，别出心裁地阐述了建筑艺术之高雅美，搭建现象之恶俗丑。他不能发了装修设计片片，就没了下文，也不能不合群随众，从善如流，否则会被人视为异类，让好不容易挣来的老师声名一落千丈，不复存在。他的遵循公序良俗的发言，以及盼望大家早日入住，成为名副其实邻居的愿望，自是赢来掌声一片。

在满群阳光、正能量爆棚的氛围烘托下，另外两户入场开装的业主，忍不住手痒，也晒了几张自家的装修图片。出乎他们意外，更出乎萧不系意外，掌声稀落，评语几近无。

此后大半月，春雷响，蛇出洞，邻居群却进入吊诡的哑默期。仿佛有人在指挥，所有人，整齐划一，不出一声。

不仅云上如此，地面也如此，整个小区，装修工地，还是老样子，三户装修，不多一户，不少一户。

自认智识颇高的萧不系，表示不理解。他不理解的，还有邻居群里的大多数人，一谈到搭建，人人都满血复活，理论一套一套的，个个都是反搭建研究大师，又是呼吁早日开工入住的吹鼓手，既如此，行动啊。好在，春天一词，已在大地上呈现出生命的蓬勃。萧不系的相机，把机主的注意力，转移到了大自然。若是大师使你们却步，不妨请教大自然，他知道这句话是一位老外说的，但忘了老外的名字，想了整一年，直到住进别墅才想起，此人叫荷尔德林。

4

萧不系那时的工作，已退居为不需要打卡那种，明着暗着，都可到他的家装工地转悠。即便这样，也很少碰到小赵，有什么事，电话联系，比如，拉材料的车进小区大门被挡，有人将车泊在萧家车库门前，停水停电什么的。这天，萧不系提前下班，径直到小区，碰到正在别墅丛林巡查的小赵。停车，打完招呼，刚开出去十来米，又倒回来。他要问问小赵，业主们咋个还是按兵不动。

他说，你让我在群里做榜样，当表率，我都照办了，甚至直接鼓噪大家，早装早入住，可没用啊。他们一个二个，嘴上应着好好好，快了快了，就是不动。

小赵说，小赵琢磨，他们之所以不装，多半是因为还在观望。

他说，观望？观望啥呢？

小赵说，他们是在看哪家装了，搭没搭建。若搭了，有没有被制止和查处，后果怎样。根据这些情况，再决定装不装，怎么装，什么时候装。因为，搭建是一种装法，不搭建又是一种装法。而这种经验，应该是他们那些住过，或正住着别墅的朋友传授的。

他说，谋定而后动？晕，不是说一律不准搭建吗，还观什么望呢？

小赵说，谁知道呢，他们一定是不相信我们物业会说到做到，严格管理，而是寄希望于万一，以待绝处逢生吧。

他说，这么说，我们先装的几家，成了在前边为他们试错和蹚雷的瓜娃儿了？

小赵说，他们明显带着一种赌徒心理，住别墅的人，多多少少，应该都有这种心理。可谁瓜谁不瓜，真是两说。到时候，你们先享受别墅，而他们既掏着物管费，又白白观望了，情况就掉了个儿。但小赵认为，出现这样的情况，也不好，毕竟有缘成为邻居，就该和睦相处，而不是形成反差和较智态势，一方取笑另一方，一方怨恨另一方。

他说，那万一他们等一阵子后，又准许搭建了呢，他们不就如愿以偿了吗？到那时，我们不是瓜娃儿，谁是瓜娃儿？

小赵说，好吧，就按你说的，万一真的准许了搭建，那你们先装的可就真的悲催了。你想，你们几家的房子，外观、色彩、风格，跟小区设计的一样，而他们的呢，却是这幢这样，那幢那样。如此一来，那小区成什么样了？还能和谐……

他说，所以呢？

小赵说，所以呢，还是要起个带头作用，引导他们早装快装，并且，不能乱装，让大家尽早入住自己的暖巢，这样，小区才能正常、美好。

他说，小赵啊，你这是答非所问，搪塞敷衍。再说，该做的，你萧哥，不，萧叔，已做了。更何况，让他们早装，不乱装，这恐怕不是我这个小业主该干的活儿吧。

话虽这样说了，萧不系还是按照小赵的建议，先是在群里找到没搭建的那两家，有意识互动，套近乎，形成线上同盟军。然后，他率先在群里进行诚挚的呼吁性质的发言。发言当然有回应，并且给予了高度评价，只不过，上蹿下跳的，总是那六七人，即三户同盟军中的户主与家人。只过了一夜，同盟军便发现了这个尴尬情状，于是，集体潜入水底，不再冒泡。

哪知沉寂了二三天的群，又突然活过来。

群员们纷纷发帖，表示特别支持三户同盟军的倡议，迅速设计，尽快入场，早日入住美好新家园。但发归发，支持归支持，雷声大，雨点小，一周过去，仍不见有新的开工户。事后来看，群员们一窝而上的唱和，原来只是对同伙们的煽情与忽悠。自己的心思，正是别人的心思，于是，小阴谋成了大阳谋，怎么努力，都沦为无效。这种操作，有点像一边高呼向前冲，一边却躲在安全之所，让别人成为炮灰。

群，冷寂下来，再次进入冰封期。

云上的冰封期还未过，地面就有了望见初夏的喧哗。萧不系像发现新大陆一样，一觉醒来，发现有七八户人家，几乎同时入场开工了。才几天没来，这一来，就看见小区东一处西一处的宅子，从楼顶到地面，蒙上了喷有物业公司和文明施工字样的广告布，其遮得严严实实的程度，跟防贼一样。即便如此，还是有机声、人声和随风扬起的灰尘，从围布中突围，与他狭路相逢，而他，只能避而远之。按说，这样的污染场景，是不爽的，但他又真真切切爽了。隔着车窗玻璃，拍了几张照片，丢在邻居群，辅以竖大拇指和鼓掌的表情包。随之，满群满屏，都是竖大拇指和鼓掌的表情包，仿佛入场开工的业主不存在，他萧老师才是真榜样，而榜样的力量又真是无穷的。

次日，萧不系参加省摄协组织的甘孜采风活动，往返半个月，回到平原，只在报社露了个脸，就往工地跑。车入小区，看见又有几处宅子，严严实实蒙了广告布，而原先蒙广告布的宅子，因广告布的大幅度卷曲和撕裂，多多少少露出一些真颜。

萧不系惊呆了，完全不敢相信自己的眼睛。

他看见了搭建！

他看见小区变天了！

半个月前他看见的开工，不是他认为的开工，而是在合围的空间里，闷声闷气搞搭建。他一户一户看过去，看见近一月来，陆续开工的十几户别墅，或多或少都有搭建，并且，大多趋于完成式，开始战略大转移，进入室内装修阶段。

巧蓝正在自家装修现场东瞅西瞧，见丈夫铁青着脸走进屋来，问道，刚回来就这样，谁惹你了？

你惹我了。

我怎么惹你了？

小区搭建得热火朝天，你怎么不告诉我，打个电话就那么难？

你不是说这次采风很重要，必须拍几幅获奖作品回来，我打电话告诉你这事，还不影响你心情？再说了，告诉你又能怎样，还能让他们停工不搭？

不是说不准搭建吗？咋又……

是啊，女儿听我说了这事，立马拉我去物业公司，找了小赵，又找经理，但没找着经理，不过即便找着了也没用。我对小赵说，不是说不准搭建吗？你说，这是咋回事嘛？当初，我们说封个阳台，你说破坏了建筑外观，不行。我们说换个玻璃窗，你说颜色有异，不行。我们说搭个雨棚，你说超过了屋檐滴水线，不行。我们说在屋顶搭个风雨亭，你说超了建筑物高度，不行。我们说给后花园围个栅栏，你说可以，但不能偏离你们统一的标准。这不行，那不行，好，不行就不行，你怎么说，我们怎么听。可现在呢，这也行，那也行，只差掀了别墅，把地基扩大到别人的墙根下，重新起一幢比青城山还高的楼宇！小赵，对人对事，不能此一说，彼一说，两个标准呀。

小赵说，巧蓝阿姨，莫生气，听我……

女儿说，管家，换了你，你不生气吗？搭建这事，多大呀，我们买这别墅，就是冲着小区品质来的。可现在呢，你看看，这样下去，连新农村建设安置点都不如！住别墅的人，足不出户，本来是可以多看点山景，多看点远方的，可这四面八方的建筑，如果一夜之间全都狂生疯长，希望还能不破灭，天空还能不变窄变小？本来是极目远眺，三百六十度无死角，现在却成了井底之蛙，坐井观天；本来是观风景，赏美图，现在却成了看垃圾，吃灰尘。不生气，才怪！

小赵说，萧姐说得是。叫你们莫生气，其实小赵更生气。小赵面对的可不是你们一家业主，而是几十家，不管那些业主装没装，搭没搭，小赵的做法，都是打脸，被自己打，被小赵的上帝打。可小赵也冤呀，从小到大，小赵都是一个言必行，行必果，一诺千金，一言九鼎，吐字如钉，有一说一，说一不二的人，你们若不信，可到湔山龙池村走一遭就明了了。那是小赵的老家，十六岁走出大山求学前，都待在那里，小赵是个什么人，老家知根知底。

我说，那就是你十六岁后变了。人说，揭底的是老家，兜底的也是老家，我们信你那个湔山龙池村，但去一趟就不必了。

小赵说，小赵没变，是小赵的领导变了。一个领导，一个说法呗。你们可能不知，我们物业公司对各项目，也就是各小区的服务管理工作，采取的是经理轮岗制，都说铁打的营盘，流水的兵嘛。一个月前，原先的那位李经理，已换成了现今的刘经理。

女儿说，多久轮换一次？

小赵说，这个说不准，少则几月，多则两三年。

我说，什么公司呀，这么随意。

小赵说，没有随意，物业公司这样操作，已成业界惯例。这么说吧，业主与物业既相互依赖，又相互对立，始终有尖锐的矛盾搁在中间。业主方呢，总希望晚交、欠交、少交物管费，同时获得最好的服务。物业方呢，总希望在让大多数业主满意的前提下，将自己的利益最大化。而业主对优质服务的诉求与追求，是没有完全对位的标准的，也是无止境的。而物业利益的最大化，又受制于服务质量与服务成本的博弈。并且，人上一百，形形色色，业主们的三观五花八门，大相径庭，物管人员也不是机器人，素质远近高低各不同。这样一来，小区业主与管家与物业的矛盾，上升为冲突，三天两头都有发生。于是，在冲突积累到临界点，即将爆雷的时候，也就到了业主不良情绪得以消解，吐槽通道得以开通，时任项目经理背锅，亦即物业公司轮岗项目经理的时候。新来的经理，视才能、作为和小区矛盾大小，从陌生到熟悉，或快或慢，将这一过程走一遍后，就到了轮岗时间。这样的操作，周而复始，使小区的管理得以进行下去。

我说，这不就是耍手段，回避矛盾，糊弄业主吗？

女儿说，兵来将挡，水来土掩，对付业主，你们还真是办法多多。你说了半天，意思是出现目前这种违法搭建情况，与你无关，你只是受命于人，受制于人，无能为力？

小赵说，不然呢？所以，还是萧姐理解小赵，谢谢、谢谢。不准搭建，一律不准搭建，看见一个漂亮的纯墅区变成这样，小赵交房时对业主的振振有词，信誓旦旦，变成一个屁，小赵何尝不生气，不苦恼，真是没脸见人，尤其没脸见你们这种信赖小赵，支持配合小赵工作，一点没搭建，还按时交物管费的业主。看见你们，小赵真是羞惭得要死，直想找个地缝钻进去。换位思考，将心比心，真是有愧于你们，让你们的利益直接受损。在此，小赵向你们说声对不起了。

小赵立正，向面前的母女鞠躬。

萧家母女到访，小赵专门找了间无人办公室接待，此时，一位工作人员进来，装作没看见，从办公桌上随便抓了一个文件夹，迅速离去。

小赵直身说，阿姨、姐，你们喝水。你们是明白人，知道不管小赵说什么，做什么，小赵就是物业公司一个无足轻重的打工妹，又不能为公平和正义去丢了饭碗，所以只能一会儿听李经理的，严格执行法规，不准搭，一会儿听刘经理的，可适当放宽标准，适度搭建。总之，唯唯诺诺，百依百顺，唯上司马首是瞻，像蝼蚁一样卑微地活着。

巧蓝还未复盘完她们三人的对话，萧不系插话说，那我们去找刘经理吧。巧蓝说，小赵说了，找刘经理也没用，因为刘经理会说，他的做法，来自物业公司某分管领导的授意。萧不系说，那我们去找某分管领导。巧蓝说，小赵说了，找公司分管领导也没用，因为分管领导会说，他的做法，来自公司、社区、街道、政府相关部门的打招呼。萧不系说，打招呼，就是说没有文字依据吧。巧蓝说，小赵说了，没有，但不能因为没有，就不执行。萧不系说，打太极，乱弹琴！

当晚，女儿女婿在玉垒火锅店订了一桌，给采风归来的老爷子接风洗尘，兼压惊洗恼。一家子边烫边聊，一聊就聊到搭建。

巧蓝说，老萧，莫生闷气，不搭也好，省钱了。

女儿说，小赵当时还说了这么个情况。她说，物业公司只有管理权，没有执法权，装修前与业主签《装修管理协议》，装修过程中发现违法问题后，向业主下达《装修整改通知单》，必要时拉闸停水停电，不准工人、材料等入场，他们制止搭建的手段，也就这几招。一旦遇到蛮横业主，对他们完全不当回事，我行我素，甚至动粗威胁时，他们只能退缩，然后向县执法部门反映，至于执法部门如何处理，与他们无关。她说，住别墅的人，跟其他群体不一样，社会各阶层中，属于强势群体，要么有钱，要么有权，权钱又能变成打通各种关节的门路。再一个情况，国家尚无一部专门针对搭建的法律，更没对搭建的内涵外延做出明确界定，实际的管理，执行地方政府制定的法规，而执行的主体，却是多部门的重叠与交叉。这种繁复杂乱的现状，别说我们业主一头雾水，找不着北，连他们物业也深感头疼。还有就是，造成如此被动局面，与历史原因和地理原因有关，刚开始兴起别墅那些年，别墅项目不多，政策粗放，地方急于卖地以增加财政收入，加之别墅用地，大多在地多人少的郊外，虽搭建十分普遍，却没形成大的影响与冲突。而现在情况变了，别墅多了，土地少了，城市大了，这就导致前后政策矛盾的问题。业主提出，都是别墅，以前准搭，为啥现在不准，一碗水没端平，他们怎么回答？所以，面对业主，跟他们物业一样，执法部门也是缩手缩脚，处理起来慎之又慎。至于我们小区最先入场的三家，之所以没有搭建，她分析说，一是户主太老实，太胆小，对外界相关信息又知之甚少，二是身家资财不足，不敢对未来的政策作赌徒式押注。

萧不系酒杯中的酒愣了会儿，很快恢复常态，与主人唇齿相依了。萧不系第一次感受到社会基层治理的复杂性和难度，但他更相信正道和美学的力量。

都什么事啊，乱七八糟的，这可是文明社会，法治国度！不就是一个搭建吗，我就不信，从上到下，从国家到基层，还没个招？笑话，荒唐！萧不系愤怒了。

萧不系想起在贡嘎山雪峰下采风时，接到的一个电话，当时感到特别莫名其妙，现在一想，再正常不过。电话说，萧总好，我是搭建施工队的老板，小孔。你家别墅还需要搭建吗？我知道你已开装，但没关系，毕竟刚装不久，现在搭建还完全来得及，否则悔之晚矣。

萧不系说，开什么玩笑，咱小区不准搭建。

孔老板说，准不准，萧总你就别操心，物业公司和地方上的事，我小孔负责摆平，你只告诉我搭不搭。

萧不系狠狠说了句不搭，挂了电话。他还想大吼一声神经病，又怕身边的女摄影师认为他才是神经病。但从小区的现状看，孔老板不是神经病，自己才是。他相信，自己挂断电话那一刻，对方大声骂了一句神经病。更相信，小区所有的业主，都接到过孔老板的电话，并且，一部分业主，选择了相信与合作。

搭建信息像群蜂，嗡嗡而至，越赶越多。事出反常必有妖，萧不系不知妖是谁，谁是妖。

5

有些书生气，又有些江湖气的萧不系，决心追溯到物业公司分管领导的上游，条分缕析，一一厘清。不管分岔的河道有多少，不管是否遇到天花板，都要进行到底，不达目的，绝不罢休。但他等不及了，他深知这一过程的繁复与冗长，于是决定先在邻居群试水，看能不能只付出较低的时间成本和情绪成本，就揽获到需要的答案。

袁总就是在萧不系的这一决定里，逐渐浮出水面的。

邻居群，依然冷冷清清，好几天里，只有那两户同盟军业主，发了几张在小区随手拍的打了围的别墅图片，光秃秃的，没一字旁白说明。萧不系后来才知道，两户同盟者不发文字说明，是不想公开招惹搭建者，可又对搭建行为心有不甘，于是便发了图片，希望有人顺着这一线索，引发群内一片讨伐之声。可惜，同盟军递刀子的手法，太过明显，导致一些人心知肚明，捂嘴偷笑，一些人视若无睹。

正在气头上的萧不系，偏遇了三五两酒的催化，突然就有了路见不平拔刀助的豪气，初生牛犊不畏虎的野气，舍得一身剐敢把皇帝拉下马的胆气，遂一口气在群里抛出若干搭建现场图片，并附上一段义正词严的谴责文字。顿时，天下大乱，群内炸开了锅。这次跟以前不一样，以前分成两派，绝大部分为不搭建派，少部分为适度搭建派，虽各抱一说，并不互驳。这次分成了三个阵营——不搭、适度搭、自由搭。

令不搭派萧不系大跌眼镜、巨毁三观的是，他坐得端行得正，遵纪守法，追求美好与公理，观点公开公平公正，纯良民一个，居然成了发杂音的极少数，站在了大多数人的对立面。不应该好人是大多数，坏人是极少数吗，怎么一到别墅这里就倒了拐，翻了面？有人甚至指责他们三户，玩清高，假正经，充好人，差钱钱，吃不了葡萄说葡萄酸。他认为这实在荒诞、魔幻，可现实就是如此。一夜之间，风向大变，选边站队，真理倒戈，黑白颠倒。他把自己的感慨发在朋友圈，微友们笑了，有说"真理"从来都站少数人一边，有说他幼稚，不懂贪婪、私欲乃人之本性。

同样处于少数人阵营的，是主张自由搭建的业主。在群里发言的他们，也只有三四户中的七八人，但从后来实际呈现的搭建看，户数远不止这些。毕竟，逆潮流而上、顶风作案的发言，是需要一些孤勇乃至豪横的，而一声不吭，闷到干，才是要紧事。虽然人数不多，他们的啸叫却是直杠杠的，非常硬朗。一帖说，你们告诉我，有几个别墅区不准搭建？我当初买，就是因为这里可以搭建，否则，干吗砸钱？不准搭建，买它个屁！老子在自己的地盘搭建,想咋整咋整,碍你几个啥事!一帖说,最好的娃,是自己的娃,最好看的别墅,是自己的别墅。所以,哪有众口一词的美观,只有自个儿认可的美观,才叫美观!这是在咱四川盆地建房,搞地中海风格,不是扯淡吗?海边人又不来住,住的是咱内陆人,可哪有一处适合咱内陆人住了?净扯花架子!一帖说,锤子哦,我家五代人挤一屋,不搭建往哪住,住你家呀?还有五辆车,不把花园硬化成停车场,停哪里呢?停路边?那也行,到时叫我移车,别怪我不搭理你哈。一帖说,我家有八九吨老酒,不挖地下室,去哪里存放?风水大师也看了,俺这别墅,若不改变朝向,宅主断财不说,非病即死。

对于这些透出狠劲的帖子,邻居们采取的是惹不起躲得起、退避三舍的策略,并不回应。也不是不回应,是不针对性地使用@回应,而是海阔天空、风轻云淡地聊乱搭之弊之害,双方这种自顾自的作态,井水不犯河水,各走各的道,仿佛在同一小区群,谈论两个小区的事。此时双方形成的两条道,是指自由搭一条,不搭与适度搭一条。不同阵营二合一,乃敌变我变,因势而为。

归属适度搭的业主,占群员一大半以上,他们在对自由搭建表达深恶痛绝的同时,针对自己的户型、自己的个性诉求,对别墅的使用功能设计表示着不满,希望通过各个方面皆能接受的适度搭建予以完善。为此,有说厨房太小,墙体不外移,根本没法用的;有说家有恐高一族,为安全计,也为拓展各房间空间和阻挡噪音、灰尘计,必须封阳台的;有说要在负一楼安放乒乓球桌,故需将后墙朝后花园方向移动两米的;有说客厅光线较暗,需拆除前后墙体,以全玻窗代之的;有说露台太小,应拓展一些的;有说露台太浪费,应在其上加盖一层,将露台抬高一层的;等等。

萧不系虽然引爆了一场口水大战，但没有被带节奏，让自己淹没在混乱之中。即便因突变为一小撮"反动派"而身陷尴尬境地，他也决心积蓄能量，对黑云压城城欲摧的恶劣形势，展开正义的绝地反击。他潜入水中，冷静观察，收集信息，研判破绽，只两天多时间，就形成了一个论据充分、不容置辩的腹稿。就在他准备重磅发布的时候，群里却响起了天摇地动、山崩地裂的声音，出现了摧枯拉朽、飞沙走石、硝烟弥漫的场面，其阵仗绝不亚于十万辆坦克，对着一座城池，轰隆隆碾压过来。声音和场景，是群内连续不断的视频和图片带来的。

强拆开始了。

萧不系当时还在报社开周例会，一见群里的情况，惊惶了一下，很快镇定下来。虽然不知为什么强拆，拆了几幢，但他相信自己的别墅不在其列。相信归相信，毕竟是臆断，不到现场，哪能彻底放心。装作接电话，捂嘴，自言自语，疾步出会议室后，一边走一边给会议主持人，也就是分管他们部门的一个编委，发微信，告个假，咱小区正强拆，不知什么情况，我得去看看。时值春夏之交，又出了太阳，驱车去往青城山享受民宿之趣者众，紧赶慢赶，也开了近两个小时。

现场情况，令萧不系意外。他以为会升级演变得像影视剧中上演的那样，一方在强拆，持盾牌，喷高压水枪，另一方在阻拦，群情激愤，挥铁铲，扔石头，躺地拦道，最不济是无可奈何，抱头痛哭。事实上，撞入眼帘的却是，强拆的一方呢，庞大的挖掘机，高昂骄傲的头颅，像一只黄色大公鸡，一嘴一嘴在天空啄食，十多个穿马褂的男工人，站在房顶，轮二锤，一锤一锤砸向大地，这让包括萧不系心脏在内的万事万物，在人机共振的频率中，处于痉挛式震动。

两辆白色执法车，泊在二三十米开外，柔曼地闪着威严的警灯,八九位身穿深蓝制服的执法队员,站在警车前聊天、抽烟。一位年轻女队员,胸前挂相机,单手执手机,对着强拆场景摄像的身姿,煞是好看。

另一方呢,男男女女,约二三十人,看不出有哪一个,像出自遭到强拆的人家。他们都挂着一副吃瓜群众的表情,像看一幕精彩大戏,议论得又兴奋又不安。时不时还有人拿手机偷偷拍摄,其神态,像怕被人发现后自己的身坯也会遭到强拆似的。他们的偷拍,在执法队员不经意的鹰眼那里,无疑掩耳盗铃,却又置若罔闻。物业公司的人,巧蓝认识好几个,萧不系只认识小赵,他没在围观群众中见小赵。

嗣后,萧不系从邻居群得知,当天在场的,除了地方城市管理综合行政执法局和拆除公司的,还有街道、社区、物业三方代表,以及围观的业主和装修工人。一位疑似在政府工作的群员说,若装修别墅发生群体事件,公安、消防、安监、法院、司法、规划、国土、住建、供电、交通等部门也会介入。后来跟萧不系很熟的社区网格员小史也在,但当时,萧不系还不认识。

从报社赶回途中,等红灯时,萧不系看了一下微信群,见好些人都在呼吁住在附近的业主紧急去支援"受难"业主,阻止强拆。他感到太搞笑,明明自己违法,为一己私利侵占公共利益,却反过来把自己视作受害者,要去开展正义的行动。有人说,今天拆邻居,你不声援,一家一家拆下来,临到拆你时,谁还对你施以援手!有人说,法不责众,我们都去,站在挖掘机前,看他们怎么拆。还有人说,英国诗人约翰·多恩说,没有人是一座孤岛,可以自全,每个人都是大陆整体的一部分,不要问丧钟为谁而鸣,它就为你敲响!

萧不系以为这些见筋见骨、振振有词的热血呼吁,可呼吁来连绵不断、前仆后继、义愤填膺的业主,但从头至尾,现场冷清的人众,让他深感欣慰、吊诡,又有些没看见好戏的失望。

这次强拆了三户,随着挖掘机的移动,一户一户拆过来,萧不系到来时,刚开始拆最后一户。在他看来,拆房极容易,就像他在自媒体短视频看见的那样,一些地方为在规定时间内给筑巢引凤来的企业腾地,将推土机轰隆隆开来,宅子便一幢一幢訇然倒下,土崩瓦解,尘土遮日。而眼前的拆房却相当艰难,他看见挖掘机使出吃奶的力,又是挖又是撞,建筑体却岿然不动,只在着力处,留下碗大一个口子。抡二锤的工人就更惨了,一锤下去,一个白点,若干锤下去,才会出现一道裂口。他终于明白,拆农房,哪能跟拆别墅的违章搭建比,全框架结构,你挖掘机一身钢筋铁骨,我家搭建何尝不是一身铁骨钢筋?拆虽然艰难,好在不需整体拆除,只拆除搭建的那部分就好。甚至也不是将搭建部分,像剜瘤一样剔除干净,而只是东拆一处西拆一处,将一幢基本成形的建筑,破坏得像被炮击过的样子,就算完事。操作庞大挖掘机的那位师傅,个儿特干瘪、小巧,面庞黝黑,手艺却是漂亮,颇有庖丁解牛的韵味,既要让强拆达到杀鸡给猴看的震慑效果,又不能伤及一丁点原建筑本体。这种高难活路,没有工匠的绝技与精神,是拿不下的。

作为吃瓜群众中的一员,萧不系站在吃瓜群众中间,从大家的议论中,得知了强拆的一些实锤信息。强拆之前,政府有关部门先将执法文书递送业主,告知业主他家别墅有违法搭建,请在规定时间前自行拆除,逾时未拆,由政府组织实施,一应费用,业主承担。而业主接到通知后,一般都不会主动拆除,原因有二,一为宣示不服与不满,保持傲慢和高贵的尊严,二为直接成本与间接成本太高。有些建筑的拆除作业、建渣搬运等费用,由拆除公司一项一项列出明细来,并不比建设费用低。显然,这三户人家,对收到的法律文书一律选择了不理不睬。从由违法业主支付强拆费用,萧不系想到少年时听到的一件事,枪毙死刑犯所用子弹,其费用由死刑犯家属支付。让强拆款项与子弹费用搭上线,他认为自己的想象天马行空,太不搭调。

第三户还未强拆结束,萧不系就匆匆去看了自己的别墅,虽然明知无恙,还是要亲眼看看,才算吃了定心汤圆。

经了这一天的事,激动说不上,不平静倒是真的,萧不系就让巧蓝给小鱼儿、程非打电话,一家人约在南桥边吃烧烤。听着岷江涛声,吹着玉垒山凉风,喝着程非一杯接一杯敬上的啤酒,萧不系因没搭建总是觉得受骗吃亏的不爽,终是获得一定程度上的找补。

但一想起下午出小区时,碰见小赵,她看自己的神色,像看一位告密者,就有些报复者获胜的得意,又有些无辜者受冤的郁闷。

他觉得自己的定力还是不足,还需修炼,眼前的江水那么汹涌、湍急,江中的鱼,逆着水,却能一动不动,鼾声大作,安然入睡。

6

一觉醒来,在床上看邻居群,方知昨天还是有五六人去了现场,只不过,他们没认出自己的同盟者,更别说同盟的团结的力量,期待中的双方角力,成了人家一方的闲庭信步。如此,他们本是瓜的一部分,转瞬之间,变为吃瓜群众的一部分。

种种迹象表明,大多数邻居对过度搭建是反感的,对强拆呢,内里幸灾乐祸,又在明面表示抗议,因为自己屁股上,多多少少都有一点屎,怕强拆这种动真格的事体,迟早会从自己屁股动在自己头上。基于这样的研判,萧不系感觉自己又成了大多数人中的一员，底气噌噌往上冒，于是又开始在群里发表看法。他说，我早说过，乱搭乱建害人害己，自讨苦吃，照规装修，咋会强拆？又说，不管怎么说，搭建都是错的，因为违法是错的。又说，强拆行为实在野蛮，令人痛心，受损业主实在令人同情，可早知如此，何必当初。此番遭拆三家中的一人，发了一帖，刚发出，又撤回了，写的是，放什么屁呀。萧不系只看见了最显眼的那个屁字，推测是一句对他不满的话，但既没@他，又秒撤了，就装作一个字也没看见，不，只当看见别人放了一个屁。

萧不系的帖子，又引发了新一轮的争论，依然是不搭、适度搭、自由搭三派，依然是各执一词，各有道理，互不相让。

但，这波争论，最终却被压倒性的声浪，引向了一宗新话题：举报者谁，谁在举报。而被完美压倒的，则是主张不搭建、由三户人组成的一派。萧不系，正是不搭派的代表人物。

成为一个派别的代表性人物，按说，当有个本派成员推选的程序，萧不系没有。萧不系成为代表性人物，是他在群里的表现，获得大家伙的默认，但认起真来，默认究竟只是一种自我感觉，一点不科学，不硬肘。当事者太拿自家感觉当事，只能叫自以为是，自娱自乐。对此，萧不系心知肚明，就想搞个线下活动，将另两户同盟者召集起来，走完程序。之后，以一派之代表身份，在本门议事会上抛出诸多议题，如何抱团取暖，如何狙击违法搭建，如何共建美好家园，等等。但，想归想，他却不愿充当活动联络员、召集人角色。做任何事，都以要面儿为先决条件，毕竟是臭知识分子，烂进骨子的臭德性。

想法落地的第一步，就是通过邻居群招呼对方，加微信好友私聊，密谋举事大策。而萧不系能做的，是等待对方加微信，他按键通过。只能做这么多，也只能做到这一步。但他的等待，始终没有得到应有的回应，直到入住别墅已五年多的今天，也没有。记得那一阵子,在小区遛弯,有意无意,遛到两户同盟军别墅边,就装作不经意瞄上别墅几眼,时不时看见自己的同盟军,就迅速收回姿态,正常遛弯。当然不正常了,他不喜狗,撞见遛狗的人,会不自觉捏紧手心,用想象之绳遛空气之狗,把自己扮成遛狗人。

萧不系去看同盟者,偷窥他们的生活,与线下相聚无关,因为他早对当不当代表性人物释怀了。不释怀又能怎样,邻居群早就不理睬他们的萧老师对是非曲直的评判与说教。曲高和寡,一身洁癖,一股不愿同流合污的清流,除了被远离和边缘化,你叫人家怎么办?既然自己所在的整个门派,都在群里成了多余,那代表自然是什么也代不了、表不了,毫无存在的价值了。萧不系逐渐明白,两户同盟者不找他,不是不信任他充当代表性人物的能力,而是对邻居群派别林立的大失所望。

思及种种,尤其群里众人在袁总点拨下,转移强拆议论,开始将矛头直指告密者后,萧不系就更觉自己毫无存在的必要。

浮出水面的袁总,是这样发声的,大家不要老是指责政府执法部门,更不能对执法部门恶语相向,增加对立情绪。我们要想想的是,都安县作为全国著名的休养宜居地,别墅那么多,别墅区那么多,执法部门为什么偏偏来我们小区强拆,凭什么来?要我说,他们是凭举报者的举报来的!执法部门的人,也是人,是人都想躲清静,何必多事,给自己惹麻烦?不做事,什么事没有,每月工资入卡,一分不少。做事,就有可能出事,做得越多,犯错越多,就这么回事。但是,电话响了,举报来了,谁还稳得起,坐得住?只能立即拿上取证设备,登车往举报地而去。不去?不怕追责担责就可不去。可谁又不怕呢,考公务员那么难,仕途那么险,谁愿意节外生枝,痛失前途?在政府看来,举报是人民的一种权利与诉求,是群众反映情况尤其反映不安定因素的一条路径，对送上来的问题，不及时处理，果断行动，就是懒政、怠政，尸位素餐，不作为不担当。所以，人家来强拆，也是职责所在，照章办事，正常工作，我们应该端正心态，理解才是，大家说是不？

45-3文说，照你的意思，不举报，人家就不会来强拆？

袁总回答说，肯定是！

袁总又说，就算他们自己在例行巡查中，发现违法搭建，但邻里们相处和睦，彼此认可，并无异议，他们也会视而不见，何必主动挑事，给小区和当地社区制造不稳定因素和舆情危机呢？所以，但凡无举报，无上级要求，他们都会揣着明白装糊涂。

84-1陈说，难怪，这次遭强拆的三户中，有的违搭的程度，还不是小区最突出的，居然也躺枪了，看来真是拜举报所赐。

13-1马、73-2黎、61-4王、5-3刘、17-1姜……来了个同问，晕，哪个没事玩举报呢？

袁总说，说得是。正常人，没事是不会举报的。举报的，都是知情的，有事的。有什么事呢，当然是趋利避害之能事，这是世人的本能和正常反应，无可厚非。

有人抢话，发表高见，明白了，按照袁总的逻辑，举报这三户的，一定是小区业主内部的人，有可能是一人，也可能是二人、三人，或更多人。有可能实名，也可能匿名。

又有人抢话，要说有利害关系的，应该是因为邻居的搭建，影响了自家与邻居墅距空间的那些业主，也就是被强拆业主隔壁的业主，或周边近邻，他们就是举报者。

袁总说，给两位点个赞。大家继续探讨，共同学习进步。

一人说，除了隔壁和近邻，小区内其他业主，也可能举报啊，没搭的，举报搭的，少搭的，举报多搭的，搭得漂亮的，举报搭得丑陋的。公共蛋糕，也就是小区公共空间，摆在那儿，就那么大，谁愿意见别人占便宜，多吃多占，据为己有，自己吃亏？并且，搭建让小区环境变差，整体升值空间受损，换你，你爽啊？所以啊，这种千里奔袭、隔山打虎的多空间交叉举报，较之近邻使坏，更不易被发现，且达到由互陷变互利的奇妙收效。

又一人说，那是，换位思考，将心比心，换我，我也不爽，人的本性和欲望如此。

再一人说，最不爽的，应该是一丁点都没搭建的，当然，最爽的也是他们，因为即便把小区拆个底朝天，也拆不到他们头上。截至目前，我们小区都有哪些业主没搭建啊？

再一人说，你老兄这不是揣着明白装糊涂吗？谁不知道哪几家没搭建？别让人家难堪了，人家和我们搭界吗？我们有污点，人家没有，你让人家纳投名状，人家凭啥？哈哈。

萧不系看到这里，心头一紧，仿佛自己就是告密者，至少，也是最大的告密嫌疑人。有句老话，没做亏心事，不怕鬼敲门，但他没做亏心事，也怕鬼敲门。他没法自证，也不能自证，能做的，就是沉默，因为说什么，都是此地无银三百两，都是做贼心虚。已然够紧张的了，没想到还有让他更紧张的言辞。

一人说，举报者应该就在这群里吧，有种举报，也该有种出来走两步噻。

一人说，人家的别墅，一砖一瓦都是血汗钱，都是奋斗一辈子的居家梦，你们一个举报，就被拆成那样。人家痛哭，你们偷笑，这也太残酷，下手太狠了吧。其实，何必呢，山川异域，风月同天，大家同住一个家园，低头不见抬头见，这是上天赐予的缘分。违法搭建是不对，可搭都搭了，生米煮成熟饭，你就放人家一马吧，是人总得有点同情心，相信因果报应，山不转水转，水不转人转，得饶人处且饶人，多行善事有好报嘛。

一人说，我幸好还没装，如果举报不断，干脆卖了得了，换个准许搭建的小区。

一人说，老子搭建了，怎么了，不满可以明侃，想怎么办，希望赔多少银子，开口就是，桌面上的事，一切好说。谁要给老子玩阴的，当面一套，背后一套，一旦揪出来，别怪老子翻脸不认黄！

一人说，亲们，团结起来，挖出万恶的告密者！

萧不系有了被人肉和网暴的不安，从头发尖到脚趾尖，一会儿发烫，一会儿发冷，像一块被缚的铁，在热处理车间，走着淬火的工艺。

群里的人，要么不发言，发言就是对告密者的指摘、声讨和炮轰，可谓千夫所指，天怒人怨。大多发言，是敲的文字，也有用语音的。袁总喜语音，偶尔辅以表情包和少许文字。由此，可大致得出一个结论，除了他们最先入场装修、完全没搭建的三户，其他人，多多少少轻轻重重，都是支持搭建的。令萧不系不解的是，他看见听见，开装的，没装的，几乎各类人，都有发声，而最该发声者，最有理由仇恨告密者的人，即这次被强拆的三户，却没有一人发声——难道他们在另一空间，有了发声发泄的通道和平台？

三户被强拆后，萧不系以为还会继续强拆，于是，每天都尖起耳朵，静听挖掘机开进小区的声响，但一直没听到。

从甘孜采风回来，听了家人转述的小赵的说法，他本来是横了心，把搭建的底因层层上追，一查到底，讨个说法回来的，现在，犹豫了，确切说，是怕了，熄火了。能不怕吗？全群都在挖地下告密者，加之还有"黑恶"威胁气息发出，自己却跳出来，成为明目张胆的告密者、上访户，这不是找死的节奏吗？就算没什么事，可还能在天著青城待下去吗？自己的别墅梦，全家的资财，任其打水漂？罢了，罢了。又一想，我不举报，不等于别人不举报，别人举报，不就相当于自己举报？事实上，既有举报人，当仍在隐蔽战线战斗，而新的，注定前仆后继。他不再认为自己的行为是自私和胆怯，而是对老婆，对女儿女婿，以及未来子嗣的爱，诸多案例表明，"黑恶"势力对自己下手，往往先对其家人下手，打草惊蛇，围点打援嘛。但他，还是对英雄的无名举报者，有了一种占便宜的歉疚。

没搭建，本是自己守正理，吃大亏，可实情表明，反而感觉是自己有错有愧，亏欠了全世界。夏虫不可语冰，井蛙不可语海，沉入水中的萧不系，沉得更深了。

从买别墅结识小赵开始，包总、刘经理、袁总等，这些长得像雾一般的人物，把萧不系裹在其中。一波三折、跌宕起伏的墅事，让名正言顺的萧老师，在不断反转的剧情和光影中，成了一名永远都有新知识学习的学生。

7

沉得越深，感官越灵，水面的一切，即便最细微的风吹草动，也能牵动萧不系神经的细枝末梢。当然也清楚，自己随便怎么逃逸、潜藏、穿戴严实，在邻居们和物业人员眼里，都是赤条条一丝不挂。没搭建的就三家，萧不系你又是三家中的代表，解释、辩护没用，就算后来挖出举报人，真相证明不是你，至少现在而今眼目下的最大嫌疑人，当仁不让，是你。说遵纪守法，合规合矩，洁身自好，都是屁话，一点没搭建，底因就两个，比小赵的分析都简单：一、胆儿小了，二、装修早了。

群员们在袁总导引下，揪出告密者思维，笼子一样严密，没有一起同过窗，一起扛过枪，即便居邻，即便尊称老师，哪敢称铁，哪能容睡卧榻之侧？

乱世出英雄，沧海横流方显英雄本色。在乱搭乱建和强拆的暴风骤雨中，袁总立云层之上，横空出世，振臂一呼的"领袖"风范，势不可当，势如破竹，没有任何回旋余地地展示了出来。

袁总说，邻居们听我一言，咒骂告密者，挖出告密者，重要，也不重要。挖出一个，就没有第二个？我相信，违法搭建不止，举报搭建不息。但，我们有多少钱，愿意让它们变成建渣？有多少心情，愿意让他们变成泪水？反正，我是没有的，也是不愿的，同时相信，即便本群里的大富豪也不会愿意，因为这已不是钱不钱的问题，而是傻不傻和要不要尊严的问题。所以，个人认为，我们接下来做的，是继续搭建，而不用躲闪举报者的明枪暗箭。

11-2秦说，搭建，而不怕举报，天方夜谭吧。

82-3晏说，我倒是希望哦，可这不是空了吹吗？

群主包总说，袁总是有什么好法子吧，别卖关子，藏着掖着的，说来听听。

袁总说，大家一定要清楚，官方受理举报，不是因为搭建，而是因为违法搭建。咱不违法，合法搭建不就得了，到时候，谁还去做无效的举报，有效的构陷？搭建属于改建的范畴，事实上，任何建筑都有改建的合法路径，即，获得相关部门的批准。这几天，我走了几个地方，咨询了几位朋友，了解到一些情况，要想取得包括别墅在内的房屋改建，需要走的程序是：首先拿出改建规划方案，经房屋开发公司同意后，到当地规划局提交规划许可申请并获批复，之后将规划批复和资质机构出的设计图，呈报住建局办理建设项目许可和开工许可，工程竣工验收合格后，如有需要，可到住建局重新申办平面图和建面变化后的产权手续。事实上，这个程序，还可整合、简化，走个形式即可。老旧楼加装电梯的改造工程，大同小异，归根结底，就是使的这法子。

22-2慕容说，说来容易，操作起来，可行吗？多部门行走，就咱这关系，悬。

17-3郑说，可有成功案例？

袁总说，室内改造的成功案例，比比皆是。实事求是讲，住宅小区里，对某幢某套的室外搭建，是否有成功案例，我还真不知道。不过，前几天，我专门去县规划局咨询，他们说有新规了，小区内各业主的搭建方案，在征得小区三分之二以上住户签字同意后，可报他们备案。我请他们再指示具体些，他们说这已经很具体了，再问，不再多说一字。我的理解是，我们的搭建方案，只要在他们那里报备成功，就意味搭建合法，举不举报，都不会遭强拆了。

33-3文说，这样啊，太好了，还是袁总厉害！

89-2吕说，这么容易？靠谱不哦？不过，反正违不违法都要搭，死马当活马医，赌一把也没啥。可前期协调、组织工作，老繁复了，谁有精力、有水平又愿意去无私奉献啊？

全群出声，五花八门，意思就一个，此乃咱邻居群的举群大事，胜任者，非袁总莫属。

袁总不语，只发了个意味深长的微笑表情包。

不知71-1甘是个什么角儿，他，抑或她，用打阶段性总结的口吻说，袁总辛苦了！一个小区的美好，没几个像袁总这样甘于奉献、热心而有能力为邻居们做事的主，还真不行。有袁总为邻，是我们的缘，更是我们的福分。袁总，你说，我们下一步怎么办，我们听你的。

满屏都是举手同意的表情包。萧不系注意到，包总也举了手，是最后一个举的，他甚至透过表情包，看见了包总的另一个表情。

袁总说，听我的，不敢当，我最多也就是提供一种思路，供大家研究、讨论、决策，待大部分人觉得可以实施后，我再给大家服好务，跑好腿，协调好与物业、开发商、社区、街道和县上的关系，将决策压实、落地，变成现实。在抛出我的建议前，我先阐述一下我的搭建观，如果大多数人认同这一观点，则可往下走，否则，就此搁步，安于现状，该怎么着就怎么着，一切听任命运安排。我的观点是，支持适度搭建，不支持自由搭建。至于一点不搭建，则持不闻不问顺其自然态度，毕竟，这一群体占比太小，不影响大局。虽则如此，我们还是要对他们因为自身各个不同的原因，放弃自身权益的牺牲精神，表示同情和敬意。总之，一句话，三观决定方向，方向决定行动，行动决定诉求，三观不一致，对牛弹琴，很难合作。

萧不系明白了，袁总是适度搭建派，且正在成为这一派的代表人物。萧不系一方面对这种公然搭建的群哄无语，一方面又有些许的庆幸，毕竟人家也反对自由搭建。他有一种感觉，在邻居群舞台，越往后走，袁总的戏份会越重，而自己，正相反。这种感觉，让他这个红极一时的老师，派生了尴尬、吃醋和失落，他觉得自己活了大半生，活成了一个笑料。

支持袁总观点！同意袁总观点！大赞袁总搭建观！

袁总不是群主，却得到了群主级的满屏礼赞。

也有杂音，比如，有人发帖说，不搭建一类就不提了，关键是如何界定适度与过度，二者的主要区别在哪里？

袁总说，适度和过度的区别，还用多说吗？最典型的案例，就是这次的强拆事件，拆的，没拆的，稍作比较，就有个大致的答案。我这里也就不说一半留一半，直接告诉大家好了。规划局的意思是，在尊重原建筑风貌的前提下，只能对原建筑设计中有公认的明显缺陷的地方，做适当的改造和搭建，把握好分寸与尺度，将各方的非议，控制在皆能容忍和消化的公约数取值内。这个意思，说白了，就是让我们的违法搭建，安全化，合法化，此机会不抓住，怪不了天，怪不了地，怪不了任何人，只能怪我们自己。

有人喊，袁总，你是明白人，说话靠谱，意思我们已明白，你就说，接下来，我们该咋干吧。

袁总说，大家都知道，我们小区第三期别墅，共有五种户型，也就是说，我们必须首先对每种户型拿出一个方案，共五种方案，让咱小区三分之二以上的业主签字认可，公示一周，报政府职能部门批准后，即可正式实施。现在，我建议，已开始装修，搭建了但未被强拆的业主，十来家吧，以及已设计但没开装的业主，请将你们的搭建方案，也就是搭建图纸，我估计五种户型都有，发到群里，供大家讨论、评议，形成大致统一意见。只有小区整体统一了，大多数人认同了，你们才真正安全了。

群外地面，大夏天的，四川盆地的闷热，在西边，遭到了岷山和岷江的联手阻击，人众置身其中，左右为难，多患冷热病。群内空间，图纸雪花一样飘落，白茫茫一片真干净。

同一种户型的搭建方案，虽说大同小异，究竟是有差异的，这样，五种户型，就成了五花八门，五彩缤纷。面对方案，大家从各自的使用情况和美学修养出发，各持道理，大述自己之长，别人之短，只有极少数人，表达了取长补短的好学气度，同时又惋惜羊已入锅，不便亡羊补牢。于是乎，各种声音齐登场，万马奔腾，团团打转，找不到出口。群内的天气，迅速超过了盆地的闷热。

于是乎，江姓业主说，五种户型搁一块讨论，目标分散，有点文不对题的意思，哪种户型都很难取得一个统一方案，觉得还是承包到户，自扫门前雪好。故此，建议，各户型业主再另行建个小群,大家一分为五,在五个专门小群里,各自讨论自家户型的搭建,恐怕这样才靠谱些,袁总,你说是不?

袁总说,江总说的极是,建议非常专业,本人完全赞成,谢谢江总了!大家若无异议,我看可立即行动起来,说干就干!

群里一阵吆喝一阵骚动后,再次归于寂静。萧不系后来听说,那个提建议的所谓的江总,实则是袁总的媒子。

邻居群,至此,成为一个大群加五个小群。

没有人拉萧不系入他家户型所在小群,他也没主动让人拉他。不搭建,进去干吗?唯一的作用,是窥私和多事。

萧不系猜测,除了未搭建的三家和遭强拆的三家,大群里所有的业主,都应该有了自己的别园。更疑心,所有人都归了位,站了队,只有自己一家,是唯一的落单者。换言之,自己已成搭建王国中的独户。怎么不可能呢,那两户盟军,如果财大气粗,推倒重来,不就成了?

直到现在,萧不系也不知五个小群的群主是谁,群主是否就是搭建组长。

8

也就一个星期,群里再次沸腾,恰似这夏季清晨,百鸟闹林,叽叽喳喳一片。

起因自然是五种户型的搭建图,放进了群,并且,不是由五个小群的群主或户型代表人,先先后后、各自为政、杂乱无章放,而是袁总一次性打包,又一次性解包放的。显然各小群形成自己的方案后,很讲规矩地,将方案发给了总牵头人,并获得了认可与通过。

这次的沸腾,特别单调,声浪都朝着一个方向喷泻,除了点赞、鼓掌，还是点赞、鼓掌，间或夹杂的，是袁总辛苦了。

萧不系发现，还是有个别业主，逆水行舟，发出了不屑的表情，他判断，这几人应该是自由搭建派代表。

萧家的别墅户型，如果以袁总他们认可的方案搭建，会凭空增加七十平方米。是的，就是凭空，凭着空无的方向，伸展出属于自个儿的混凝土空间。按别墅时价一万六一平方米算，搭建成本按一千元一平方米计，价值差不多就是萧不系夫妇岷苑那套房的心理卖价了。就是说，搭与不搭，得失，一套房。

萧不系深感无奈、无语、无所适从。他在群里寻找那两户虚拟的同盟者，还有那三户遭强拆的业主，看他们是否也欢呼雀跃、欣喜若狂，或破口大骂。但他没有看见，连他们的昵称身影也没看见，这让他感到，他们也潜在深水中，与自己抱作一团。突然觉得，自己内里的梗，是勉强可以接受的孤独。

袁总说，很高兴邻居们的高度认可，这让袁某做起事来，信心十足，干劲冲天，成就感爆表。现在，可以进入下一程序了，即签字画押程序。大家看这样行不，时间，明天下午，地点，物业接待大厅，也就是曾经的售房部，我和五个分群的群主，把五种户型的图纸和签名画押造册登记表带上，在那里等大家，先来先签，随签随走，知道大家都是大忙人，耽误不了多少时间的。

有人问，物业同意去我们那里签字？他们不是不同意搭建吗？

袁总说，这有什么不同意的，事实上，也由不得他们同意不同意，业主就是他们的主子！放心，去吧，我已协调好。

群里左一个好，右一个OK，皆说一定去签，但次日，真正去现场者，并不多。袁总说，他已在物业办公室等起了，并再次通知，确有事来不了现场的，可委托其他业主代签。

但，即便允许代签，也老是达不到规定户数。是故，从开始签字,到公示出来,这一程式,拖拖拉拉,七拱八翘,用时达大半月之久。

公示贴在临小区大门的宣传栏上。刚贴,就有人拍了照片放群里。阳光下,照片很清楚,一目了然,但萧不系还是想着,趁没人时去现场瞅瞅。哪承想,现场压根儿没有去看的人,只有看门的俩保安和一只溜达的小狗,不时瞅他一眼,这让他的瞅瞅,不仅孤绝,还奇怪。

前言,五种户型搭建图,七八张业主签字表,共十几张歪歪扭扭张贴的A4白纸,构成《天著青城(三期)搭建方案公示》。出于职业习惯,更出于好为人师的臭德性,萧不系想在群里,指出公示上出现的诸多毛病:文字错谬多,文辞不如初中生作文;公示的基本格式和文体不对,缺失公示周期;文理不通,逻辑混乱,目的、意义牛头不对马嘴……尤其因为没在落款中,显示发文机构和举报电话,导致该公示是谁向谁公示,读者有问题该以什么方式向谁反映,一片茫然。但萧不系是老师不假,却不是个二愣夫子,深知自己在群里,不管怎么点评,都不合时宜,哪怕讴歌与赞美,也会被认为是低级红、高级黑。但他毕竟又是老师,手痒,没忍住,终是指出了公示中的几个错别字。他的指出,不是很透彻,故意留了后手与伏笔,等着有人发问,以便狠狠给袁总们上一课,但什么也没等到。有钱之人,谁拿几个错别字当回事啊,他们那儿忙,一顺手带出几个错别字,正常啊。

因为信息不对称,萧不系后来才知,签字一事,还埋着一个大问题,或者说,挖了一个大坑。合法的搭建,其中一个一票否决的硬条件,是其搭建方案,必须经有直接利害关系的相邻业主签字认可。而当时的签字,每个业主都以为只是对自己这套户型的认可,哪知却是对一种共性的全面认可,也就是说,只要一签,则意味同意包括相邻业主户型在内的,全部五种户型的搭建。这一做法，促进了搭建，却为后来的举报与强拆埋了雷。还是后来，小区十六户别墅的大板玻璃，被不明飞物击裂，报案后长时间未能破案，也被怀疑与此事之滥觞，脱不了干系。

一周后，袁总在群里宣布，公示结束，他已将五套图纸，三分之二以上业主签字造册表和公示图片，交到了县规划局等相关部门。一些人说，这下好了，终于可以合法搭建了，还是袁总能干，有路子，关系硬，神通广大。也有人问，他们怎么说，批复了吗？有人说，同问。又有人说，袁总可能下线了。好一阵后，江总说，怎么可能出批文，人家凭啥为我们担这么大的责？袁总之前不是说过吗，只是报备，而报备，就是默认，默认了就是合法了。惯例如此，潜规则如此，还不理解？懂不起？那就好好悟悟吧。

哦。懂了。明白。嗯。好滴。谢谢。这样啊。理解……

绝大多数业主，仿佛创优争先，争先恐后开了工，只有大约百分之十五的业主，因事业忙、筹装修款、炒房待价而沽、家况变故等各种个人缘由，还没动静。从孟夏至次年仲秋，小区成了搭建、装修大工地，成天机声隆隆，尘土飞扬。春节前夕，萧不系夫妇迁居别墅，身处工地，苦不堪言。夫妇很不想赶着竣工，急着迁来，但没法，买墅按揭，装墅举债，只好卖老房还新债，遂按二手房交易平台业务员建议，尽快腾房交钥匙，方便买主看房。

夫妇此前来小区，纯属巡查性质，过客而已。并且，自己就是工地主人，并不在意机声、灰尘什么的。入住其间就不同了，声响吵得人毛焦火辣，即便闭紧门窗，屋里也是铺灰起尘。巧蓝唠叨加剧，说丈夫的别墅梦成了灰尘梦。萧不系的差事，本已划归弹性工作性质，待在家里干活是常有的事。这天那天，按轮值表可不去报社的，现在是宁愿去了。领导、同事见到他，一脸惊讶，他不说家中之窘，只说单位资料多，做事方便。而巧蓝却不这样看，认为丈夫去干那些只能背着自己干的事了。他说，你老公啥年纪了，若真有那魅力，你该荣耀才是。巧蓝说，你想哪去了？我是说别去喝大酒，打大麻将。

　　萧不系真的是被吵烦了，如果是合法的噪音和灰尘，也就忍了，可它们是非法的啊，不仅血统诞生非法，环保指标也非法。这是个问题，必须解决掉，至于怎么解决，他想了若干办法，像过秤一样，称过来称过去，减斤添两，掐盈补亏，不是成本高、时间长、难度大，就是不靠谱、不可行。他最终择定的方案，是自己最憎恶最不想使出的两字，举报。为让自己不成为那个最讨厌的自己，他找到的师出有名的名是，他的行为不叫举报，叫情况反映。退一步讲，即便算举报，他也没针对具体人，而是针对一宗事件。万一被发现，也有个开脱自己的说法，不致遭遇可能的可怕后果。

　　举报的路径不少，打电话，邮递书信，发网络邮箱，上门直陈，以及可能的微信、QQ和帖后留言，等等，都行。萧不系却认为，都行，却都有这样那样的弊端，要么陈述不力，要么效果晦涩，要么容易暴露真身，关键是，还难以取得上路的路条。他采用的是手机短信方式。路条好找，在县人民政府网站简单浏览一下，执法、规划、住建、国土，四个职能部门一把手的大名和电话，都到手了。然后，用一个远在五服之外亲戚的备用手机号码，一封一封，将举报信发了出去。

　　他想象举报信从O处，射向ABCD处的样子，脑海中竟冒出一个电影名——《让子弹飞》。

　　举报信，言简意赅，只写了两层意思，一层陈述，一层质问，陈述搭建方案公示的荒唐性，质问如此方案，你们是否也欲批准或已然批复。落款：天著青城业主李成富。信的内容，真的。李某，自是随意虚构的假名。四家回复了三家，没回复的一家，代表傲慢，又不代表傲慢，万一人家电话号码变更了呢？万一人家手机不显示陌生人短信呢？回复的三家，还算利索，最迟一家，也没超出二十四小时。执法局回复，没有批准。规划局回复，收到。住建局回复，收到，我们会调查此事，放心。国土局没有作复。

萧不系释然了，住工地，也有住瓦尔登湖森林的快意，但快意得不是很快，总觉得有什么后续和下文，让自己多少有点走悬崖的危险感。望着想象中最后的搭建工地，他的人格，竟莫名分裂出几分歉意和悔恨。

但最后的搭建，一直都是最后，总也到不了终点。一天过去，又一天过去，春天都快过完了，他期待的轰隆隆的挖掘机，一直没有开进邻居群，挥舞的二锤，也没能在视频里画出漂亮的弧线。

说话越来越少，开始失眠，先是半醒半睡，很快就整夜整夜圆睁双眼，大脑清明得像丛林中夜行的老虎。而白天则头重脚轻，昏昏欲睡，行尸走肉，可真要倒上床去睡，却又辗转反侧，一万年睡不着。他想到了安定片，但小鱼儿说，能不吃就不吃，免得上瘾，到时想不吃都不能。但他最终去了医院，本去买安定片，医生却给他开了抗抑郁药。医生问了他症状，得知他有自闭、轻生念头等情况，又检查了几个指标后，说，你患了抑郁症，轻度，不严重，不用怕。

萧不系得病，是不想让人知道的，但由于是巧蓝陪着去的医院，家人也便知道了。程非见岳父吃药只能控制，不见好转，又托人找了名医看。名医说，这病是心病，药效慢，心病还得心药治。按照名医的指点，萧不系纠结了好几天，终于决定去看心理医师，但还没对接好具体时间，就已经能睡囫囵觉了，脑海里也没了那些要死要活的妖怪。先前的少言寡语，像冬眠的蛇，现在翻了个身，复苏了过来。

强拆，治好了萧不系的抑郁症。

到底是来了。到底是奏效了！他又惊喜，又恐惧。举报的事，做得神不知鬼不觉，连巧蓝都瞒了。可这一强拆，要是让被强拆者知道是他干的，还不把他大卸十八块，拆成猫粮狗食？两种心情对垒，到底是惊喜的大，镇压了恐惧的小。

抑郁中的萧不系，仿佛身体中开进了一万台挖掘机，头脑飞速运转，思维超前活跃，妖怪被抛了出去，不再附体。

9

第二波强拆，比第一波多拆了一户。萧不系与巧蓝摆龙门阵，他说，此番强拆的四户中，两户明显属过度搭建，另两户看上去，符合袁总他们公示的户型搭建方案，但是否完全符合，反正我的肉眼看不清楚。

一时间，邻居群里的动静，比挖掘机和二锤的动静都大，再大，就要弄断电了。

91-1白说，什么鬼哦，谁他妈又开始举报了？

61-4孟说，白总好，听说拆违也不完全是举报，有时也与上边的巡视、检查、评比等各种专项活动有关。

4-2邵说，不是搭建方案都公示、批准了吗，怎么还来拆违？到底谁违法了？如果说我们合法，那这次强拆就是执法者知法犯法！

9-3仝说，邵总，据我所知，那个方案和公示，如果交执法等部门了，也只起个报备和存档作用，人家是不会批的，想批也批不了，因为没有政策可以支撑他们的权力。他们能做的，就是难得糊涂。

11-2秦说，他们应该有口头同意吧？

12-3荀说，口头即便说了，也得有录音吧？有吗？没有？那说了也没说。留痕，不出问题，什么事没有，出了，是要担责的。能在体制内混的，哪个不是人精？

33-1夏说，袁总，你出来说句话吧。

77-1安说，夏总，你让袁总说什么，他能说什么？他做的一切，只是尽力满足小区大多数人的诉求，将违法变"合法"的一种努力和可能。作为个人，他已经尽力了。

57-1穆说，那袁总的做法，不就是一种事实上的忽悠吗？

77-1安说，咱们都是成年人了，谁能忽悠谁，谁能被谁忽悠？请问穆总，如果袁总不忽悠，你就不搭建吗？不会吧，如果不搭建，恐怕早装好了，都住进去了吧，何必跟大家伙儿一样，白交物管费，坐等几个月？

44-4纪说，安总说的是，袁总不求名，不谋利，纯粹奉献，是为大家做事的当代"活雷锋"。我相信，他倡议适度搭建、统一方案的做法，是正确的，是大家可以受益的，因为中国有句俗话，法不责众。当然，这一切，是理论上讲，理论与实际有出入，正常，嘿嘿。

37-1谌说，我就闹不明白了，看起搭得差不多的房子，并且是按公示方案搭的，我的被强拆，人家没事。好吧，既然可以瞎举报，疯狗乱咬人，那就别怪老子不讲规矩了，我不好过，大家都别好过！

89-2裘说，谌总不服，可去讨个说法，甚至直接打官司呀，千万不要意气用事，把我们这些无辜者举报了哈。

37-1谌说，人家是拆违，又已经拆了，讨说法、打官司有用吗？你要能打赢，人家还会来拆？

78-1李说，谌总，你之前不知要强拆？

37-1谌说，收到整改通知了的，以为只是吓一吓胆小鬼，不承想还动了真格。

袁总不冒泡，邻居们只好各尽所能，自我解惑。既已走到这一步，还能怎样，回是回不去了。一闹二哭三上吊，打砸抢杀，找袁总说聊斋，又能怎样？萧不系站在别墅三楼卫生间镜前冷笑，早知如此，何必当初，不听老人言，吃亏在眼前。

抑郁痊愈后，程非打来电话，说请一家人聚一下，不下馆子，就在家里吃，祝贺老爷子痊愈。这天是周末，夫妇出门，到女儿女婿所在的芒成小区，步行十来分钟就到了。饭前，四人打了近一个小时的羽毛球，混双，父女一对，岳母女婿一对。

小两口备了好酒好菜，几杯酒下肚，萧不系的话开始活络起来。提到强拆事，女婿敬了丈人酒，开玩笑道，爸，搭建被强拆，您老这么高兴，该不是您老举报的吧？丈人把杯子往桌上一蹾，说什么呢，我举报的？我干吗举报？女婿吓了一跳，忙说，说错话了，开玩笑也不该的，罚酒三杯，爸，看哈，倒壶里，一杯，两杯，三杯，喝了。女儿说，爸，我知道谁举报的。萧不系脸上的羞耻感，被灯光和酒精揉在一起，混作一团，心里咯噔一下，但没吭声，只看着女儿微笑。女儿说，大运会和世乒赛，是它俩举报的。

原来，萧不系想多了。新一轮强行拆除违法建筑，是因为大运会和世乒赛两三年后将在平原盛大举行。女儿说，各相关区市县，正按照市委、市政府当好东道主、办好国际体育赛事要求，全力整治城市环境，提升市容市貌形象，并将此项工作与比赛场馆建设，谓之一号工程。整治城市环境的硬任务与重头戏，不就是拆违吗？不拆违，何以从明面上、大视域上，直接又快速地提升市容市貌，展示平原城市光辉形象？

女儿在都安老城灌口街道办党政办关饷，信源可靠。

原来如此！萧不系又失落又欢喜，心想，事因大运会和世乒赛，肯定的，但自己言之凿凿又堪称高明的举报，应该也是起了一点作用吧，至少，可算人民群众一分子的呼声吧。

萧不系脸上的那点羞耻，心头的那点恐惧，被两个国际体育赛事尽数拆除了，带着安全的成就感，他忍不住敬了女儿一杯酒。这高兴的时刻，他不明白，自己怎么这样贱，不争气，竟想到了云上，群里，那个姓袁的总。

袁总有关将违法变"合法"的言行，无疑打脸了，萧不系据此认为，此人不会再现身。谁知，只过了两三天，也就是昨天，就在群里露了面。袁总说，大家提的问题，和对问题的讨论，我都看了，说得很好，思考中有广度，也有深度，但抱歉，我回答不了。还是要谢谢邻居们的理解和不理解，我们都属于需要时间的人。但，我回答不了，不等于别人回答不了。这两天，我一直在忙一件事，就是协调县执法局来现场办公，面对面回答大家的问题。到时，大家想提什么，问什么，尽管提，敞开问，不用顾忌什么。这事很难，但他们到底是答应来了，来五人，副局长、科长和三名工作人员，当然，还有街办、社区和物业的陪同人员。机会难得，有问题需咨询的业主，明天上午，十点，小区见。

袁总的言行，消除了邻里对他的误会，令人折服，羞愧。

好的，好滴，要得，巴适，安逸，谢谢，收到，参加，OK……群里的响应之声，俨然飘洒着一场岷山千里雪，喜洋洋的。

萧不系敬了女儿，还想敬巧蓝和女婿来着，想到袁总，失了兴致。回家，小两口相送，一进屋，萧不系突然感到了热，就对巧蓝说，把空调打开吧。巧蓝说，这才几月份，就要开空调？钱多得没处花是不？女儿说，妈，开吧，别墅安装中央空调后，还没正式投入使用吧，就当我和程非，今天专程来参加你们的开机仪式。巧蓝去二楼阳台开了总控，回到客厅，手扶墙面温控板，说，那开热还是开冷？女儿看了一眼老爸，说，开冷吧，比室内温度低一二度就好。说话间，程非手机突然噼里啪啦，响起鞭炮的热闹，小鱼儿要的仪式感，一下就呈现了。萧不系笑了，笑得挺好看的，孩子般，纯天然那种。

岷山千里雪，是一场理论之雪，理论与实际的距离，有千里雪之远，也不足为奇。现场会设在小区中央地带十字路口旁，谁都没想到，接袁总通知后，第二天实际到场的业主，十来人而已。而执法局一行人，二十好几。双方人数比例实在难看。执法局副局长瞟了一眼现场，脸皮的内层便阴了下去，他立即用领导涵养制造出内阴外阳的局面，微笑着说，大家好，我们应约前来，但你们，算了，不说了。你们看，人太少，不具普遍性，没有公信力，代表不了小区业主。袁总，我看这个现场会，还是另找机会吧。大家辛苦了，再见。

副局长离场的样子，像一个成语，叫作一去不返。

萧不系才不会去现场，虽然他就待在离现场只有几十百把米的家里。站在别墅顶层露台，让黄葛兰和印度彩叶橡皮树盆栽，遮住自己身形，手持高倍望远镜，观察执法局的现场办公。镜头里的内容，是一场无声电影。既为无声，他脑海中对场景的有声呈现，其实都是邻居群给的。袁总和去现场的几位业主中的一部分，在群里发了帖，萧不系正是从他们的只言片语中，拼接和复盘出了声音。想从镜头中提拎出袁总，但没能成功，谁都像，谁都不像。如果袁总不发语音，甚至不知袁总是男是女，袁总的微信头像，是一泓不男不女的深水，白马在水上奔驰，马背上是一长发美女环抱一纵马男的背影。

几个发帖人,发出了现场尴尬场面,展示了自己无私奉献和大无畏的履约精神,也发出了对未到现场业主不满的声音,但回应他们的,是林林总总的原因,临时要签合同、老人病了、领导不准假、车被堵死、幼儿园开家长会什么的。

前况证明,袁总应该是一名即便永战永败,也永不言败,永不放弃的主。果然,很快,他又协调好了现场办公答疑会。

为证明自己的才干、付出与可信度,群里,袁总复盘了他"单刀赴会"的情况。

这次,他找的社区。坐在社区书记办公室,他说,在新农村建设取得辉煌成果,城市化进程飞速发展的今天,社会转型的焦点、难点和重点,已落到社区基层综合治理上。基层治理是个大事,国家大事,搞好了就好,功莫大焉,搞不好,居民不满意,没有获得感,极易出舆情和维稳方面的事,设立综治办、社治办这两个机构,应该是高层对这项工作重视的结果与产物。崔书记,你看嘛,不知我说得对不,社会的主体是人,而人住在小区里。小区构成社区,社区构成乡镇、街道,乡镇、街道构成区县,区县构成市州,市州构成省域社会,省域社会构成国家,所以,简而化之,小区是国家的社会组织细胞。而小区中,最难治、最有典型性,代表优秀和先进的,是别墅区。别墅区治理好了,社区综合治理工作就搞好了,社区综合治理工作搞好了,社区就搞好了,社区搞好了,国家就搞好了,国家好了,咱中国的大国地位就坚如磐石,稳如泰山了,就可以给地球人做出贡献和表率了。

显然,袁总不仅做足了功课,背后还有高人指点,即便如此,临场一发挥,其论点、论据,在不达目的不罢休的线性推论中,还是出了掉链子、偷换概念和急功近利的问题,如以偏概全、挂一漏万、舍我其谁等。这个,崔书记当然清楚,却并不指出,反而很爽快地说,好,我答应你,我和你们小区物业公司经理,负责跑执法局,你负责组织你们小区有搭建诉求的业主代表参会。现场办公会地点,就定在我们社区。时间落实后,我第一时间通知你。

干过社区居委会主任的崔书记,即便年届四十,即便大热天裹着死板的职业装,也没能掩住她妙曼的身体。不仅人长得好看,声音也好听。袁总想多看多听一会儿的,但找她的人,反映问题的、汇报工作的、签字的、告密的、说八卦的、要挟的、不知干吗的,已在办公室门口排起长队,他们的动静,让他不得不起身告辞。

崔书记的发言,萧不系是在群里听的,录音,很长,又很短,听了多遍都嫌不够。他想对一边在厨房忙碌,一边看手机的巧蓝说,真好听,又觉不妥,到嘴边收了回去。袁总正相反,在现场,他一边听崔书记发言,一边想,俗话说得好,女人的脸,说变就变,几天前还风吹杨柳、鸟语花香的,今天的身形怎么如此干练、凌厉,声音如此果决、陡峭?昨天她打电话告诉他一切搞定时,声音还那么好听,而自己感恩戴德连连说谢谢的声音,再好听,也不及人家万一。

她的指节骨,把桌面敲得嘭嘭嘭的,仿佛给她的发言,打着不容忽视的标点符号和威风战鼓。她在发言中反复强调,一不能让别墅变胖,也就是说,搭建不能超过房子滴水线;二不能让别墅变高,也就是说,不能在楼顶上加层,不能往下挖地下室;三不能让别墅变形变色,也就是说,不能改变外观形状和颜色,阳台不能封,阳光棚不能搭。尤其她对公示方案的说法,更是斩钉截铁,她说,那个所谓的搭建公示方案,谁批准的?有签字吗?有红头批复文件吗?没有。没有而搭建,不管搭多搭少,都属违法违规!

你听,这些话怎么可能悦耳呢,袁总真是一句也听不下去,可又像警犬竖了耳朵,生怕漏一字。

按照崔书记宣讲的搭建"三不能"原则去搭建,实际情况,就是不准搭建,可要直接说不准搭建,又流于简单粗暴,所以,需要绕树三匝,来个软着陆。但即便软,也一点不损她杀伐决断的锋芒。萧不系知道,崔书记的主旨内容和表达手段,袁总心下明白,佩服,却非常不爽,更无可奈何,因为萧不系已看出,执法局来的一位副科长、两名业务干部,对崔书记马首是瞻。至于物业公司经理,点头哈腰的,近乎侍主之仆。街办没来人,一是因为上次来过了,二是相信崔书记独当一面的能力。

现场会在社区会议室举行,执法局副科长主持。流程为:物业公司经理介绍小区搭建现状;副科长亲自宣读并阐解有关违法搭建的处罚条款,即《城乡规划法》第六十四、六十五、六十六条;业主提问,执法局两名业务干部解答;社区书记发言;副科长总结。从最后的情况看,因为副科长的总结只是宣布散会,这就让崔书记的发言,成了事实上的领导讲话与总结。会议桌为椭圆形,与会者围桌而坐。按照袁总估算的到场人数,会议室将达到接近挤爆的状态,但崔书记的估计,是对他的估计打对折。即便这样,她安排的两圈座席,里圈围桌,外圈靠墙,也没坐满,更莫提站席。

开会前,崔书记把袁总拉在一边,笑道,怎么样,袁总,实际到场人数,我说没那么多嘛。

袁总尴尬道,对不起,是我高估了业主的参与积极性和履约自觉。这种事,还是崔书记见多识广,有实战经验。

崔书记说,都是吵得凶,临事了,又是不占理儿的事,都希望别人上,自己梭边边,享现成福。再说了,住别墅的人,分分钟是钱，个个忙得要死，哪有时间？理解。

袁总一字没有，只有笑，笑得聊胜于哭。

10

萧不系没参加在社区举行的现场办公会，却自认为对现场情况，除了不知哪位是袁总真身，其他皆比亲临者更清楚，否则，咋能称老师？他不仅清楚参与者发在群里的信息，还清楚信息背后的文图和声音。

他甚至猜测到，不言失败的袁总，下一步将呼吁并着手成立天著青城业主委员会，且成立的目的，不是为小区更好，而是为小区更坏，还有比搭建更能令小区毁坏的法子吗？这让萧不系紧张，也忧虑。

果然，待群内讨论完社区现场会，并对搭建工作表示不满和绝望后，袁总说话了。他说，我们前期工作，没有达到大家预期的效果，除了鄙人能力有限，还有一个重要原因，那就是缺失组织的名义，更缺失组织的力量。上次，我去协调执法局现场办公，人家是不来的，好在关系硬，来了。来一次可以，还能来两次？不能吧。我算什么，个人，你算什么，个人。对于涉及小区公共利益的事项，人家只接受组织的请托。不得已，这次，我找了社区，社区又通知了物业，结果呢，大家看见了，不理想，非常不理想。违规违法，包括打擦边球，又无合规合法的组织、办法与路径，哪能拿到桌面上说？原先我一直对物业公司抱有希望，现在看来是热脸蛋杵上冷屁股，一头热了。物业除了拿着鸡毛当令箭，对我们业主吼，对我们业主凶，对上边，根本说不上话。

44-1左说，我怀疑，举报我们的，正是物业公司。他们让我们不搭建，我们不听，强行搭建，他们无招，自然向上举报，既撇清自己，转移责任，又借子打子，报复了不听话的业主。

83-3贾说，不是怀疑，肯定是他们举报的，哪家哪户搭多搭少，他们最清楚。为不得罪我们业主，他们的举报一定非常隐秘，很难查到证据。

13-2荣说，我觉得，主要还是我们内部利益受损、心理不平衡的业主举报的。自私自利，人的天性，无可厚非。但不排除物业公司，至少公司里的员工，一定有人举报过。咱设身处地，换位思考，如果我是管家，或项目经理、水电工、保洁员什么的，你得罪了我，甚至侮辱了我，我不举报你，才怪！

60-2阴说，但凡敢于搭建的，尤其过度搭建的，很大一部分业主多多少少都有关系，不是这关系，就是那关系，而这些关系，一环一环，最终会环到物业那里。你说物业，办还是不办？办吧，违法违规，不办吧，得罪关系人。所以，物业唯一可以开脱和解决的途径就一个，一边明面允许搭建，一边暗地举报搭建。当然，拿了人家好处，又不怕扛事的，除外。也有不讲武德、屁眼儿黑的，即便拿了好处，该干什么，还干什么。

55-4敬说，说到物业公司，我们已入住的十多户业主，应该有更深体会。物管费那么贵，服务却完全不匹配，绿化、卫生、安保、管猫狗、灭鼠蛇蚊虫、车辆停放、节庆氛围，还有服务态度，都有问题。所以，我觉得可以考虑成立业委会，对他们有所掣肘。

70-3印说，我倒是觉得物业公司还将就，换一家，未必更好。但如果成立业委会，有利搭建，好，我支持。

50-1葛说，早该成立了，不知咱小区怎么还没成立，人家一、二期，尤其一期业主，都入住好些年了。

萧不系看到这里，知道袁总要出场了。果然，江总说，袁总，你来说几句嘛。

袁总说，大家说得很好，建议得更好，我赞同，就是应该成立我们业主的组织机构、代表机构，只有业委会，才是我们业主自己的最忠诚的家园！有了业委会，就不是我们受物业的气，而是可以随时给物业作指导，提要求，让其全心全意为我们服务，以我们的诉求为己任，不听，就炒它鱿鱼，换一家不行，再换，直到满意为止。有了业委会，向社区、街道、政府相关部门，提出业主诉求，就有了名正言顺的身份，也就不用经常召集大家开会，议这议那，耽误大家宝贵时间了……

有人喊，袁总，不用说这么详细，我们知道成立业委会好处多，你就说咋个成立吧。

袁总说，成立需有成立的条件，具体得按《物业管理条例》的规定和当地政府的要求来。我咨询了，小区成立业委会，对物业交付时间和业主入住率，有硬性杠杠，我们作为天著青城第三期，是不能独立申请的，就算破例申请，也达不到物业交付时间和入住率要求。文件限定得很死，比照相应条款，可看出，天著青城先后交付的三期别墅，只能打捆在一起，才能算是一个独立的、完整的小区。也好，合在一起，两个基本条件，差不多就算有了。

群里又炸开了锅。有说，我们三期文明搭建，这么漂亮，哪能跟前两期裹在一起，混二搞三的。他们乱搭乱建，比农民自建小区都孬！有说，是啊，跟他们搅和在一起，让人误会我们也是一、二期的品质，哪还好意思住这里？太掉份了！有说，大哥莫说二哥，五十步笑百步，我们不是也在搭吗？只不过大多数人都很自律，做到了适可而止，没有他们野，任性，私利重。有说，业委会合在一起是不好，但只是名义上的不好，别墅还是各在各的地盘上。可不合，怎么成立业委会，没有业委会的小区，像什么小区?所以,理性想,还是该合。有说,关键是不成立业委会,我们的情有可原的搭建方案,正搭的和尚没开装的,怎么推动?已搭建完毕的,怎么捍卫,怎么长治久安?

讨论的结果,倾向成立的一派以强大气场占了上风。偏是群主包总持了反对意见,大家有些不理解,萧不系却幽幽一笑,用老家的俗语暗道,你娃屁股一翘,老子就知道屙干屙稀。成立了,三分天下归一统,势必建新群,他包某还能是一群之主?但大势所趋,纵是群主也孤掌难鸣,翻不起浪。

袁总说,成立,不成立,的确各有利弊,任何一种做法,甚至不做,也各有利弊,喝口水还存在被呛死的风险呢。但权衡得失,我个人是主张成立的。大家看这样行不,这个群不动,永远是我们第三期业主的大后方。我们再发起拉个大群,尽可能将三期业主都拉进群。然后,在群里搞个接龙式的网签认可活动,若达到业主人数要求,就成立,达不到,就拉倒。要求就是,占建筑物总面积三分之二以上,且占总人数三分之二以上的业主同意。

萧不系一点不怀疑袁总的执行力,果然,很快,就有了大群的雏形。而袁总,自然而然,水到渠成,众望所归,成为大群群主,也就是小区虚拟空间的共主。邻居们原以为要建A、B两个大群的,毕竟三期业主共有近三百户,考虑到联系不到的和不愿入群的业主,平均每户按两人计,也有近六百人,其规模,超了网规五百人大群上限。但几天下来,也只有不到四百人入群,一个群足堪胜任。这次建群,袁总一再强调,千万别像以前,让几个江湖商人以未入群业主之名,混入群内,时不时兜售装修材料及装饰配套设施,甚至承揽装修和搭建业务,以致用了小半年,才逐渐发现并清理出群。当然,也不能让物业公司、网监机构的人,社区网格员,或他们安排的耳目入群。

邻居群从诞生之日起，在萧不系的近百个微信群中，一直处于置顶状态，得空看邻居群，成了他的日课。这次，听了袁总的发言，他突然意识到，上次那个搭建方案公示的签名人数，应该是有问题的。第三期邻居群，连混杂的商人、物业线人算在一起，天南海北，也不过六十来户，一百二十人不到。除去没入群的，联系不上的，以及像自己并同盟者这种，入群没签的，最后公示的签名者人数，怎么可能达到三分之二以上？别说三分之二，恐怕连一半都没达到。显然，注了水，作了假。

不签搭建方案，萧不系是有十足理由的，想来别人也能理解，不搭建的人去签要搭建的名，有病不是？这次，既已判定成立业委会终极目标的底牌是搭建，原本也不打算签的，却还是签了。人家明面的理由就只是成立业委会，就只是为了业主权力与利益。面对这样的理由，一位被呼之为老师的业主，不同意成立业委会，怎么着都显得怪异，说不过去。这是签的理由。不签自有不签的理由，除了搭建这个梗，如果网签的人中，无论多少，但凡群里有那么几户没签，他也就可以比照人家，浑水摸鱼，坚持不签。但随着签名接龙的不断增长，直到还剩最后两户没签后，他飞快接了龙。他想，成为倒数第二名也好，反正后边还有一个垫底的。没想到，直到接龙网签结束，垫底的主，都没来垫底。后来才知，那位户主从不上网，网事皆由女儿打理，偏偏那几天，女儿手机全天候无信号，高考完的女儿，正跟一群驴友穿越丹巴吉林沙漠呢。

接龙断链，网签结束。袁总说，接下来，没签的业主，我们会在网下寻找，还请各位知道联系方式的，帮忙联系，或将联系方式告诉我，谢谢！与此同时，为不耽搁成立业委会进度，请大家自荐，或推举符合条件的业主，为业委会候选委员。确定候选委员后，再召开业主大会，进行正式选举。

有人发帖说，我百度了下，是这样的，业主委员会由业主大会选举产生，五至十一人单数组成。业委会委员，应当是物业管理区域内的业主，符合下列条件：具有完全民事行为能力，遵守国家有关法律法规，遵守业主大会议事规则、管理规约，模范履行业主义务；热心公益事业，责任心强，公正廉洁，具有一定组织能力，具备必要的工作时间。

当即，有人自荐，有人被荐。一个小时不到，业委会候选委员人数，达十三人。之后好几天，都是十三，第七天，变成十二。退出的一人说，这才知道，委员是有薪酬的，本人太忙，不能为邻居们服务，乞谅。

薪酬这事，萧不系也是首闻，于是想，既然有人觉得，住别墅当委员而拿薪酬丢份，走人，肯定也有人为薪酬来，具体是谁，不知道。但十二人中，一定有这样的人，住别墅，却不舍蝇头小利。成立不成立，委员不委员，反正自己是这些事的空气人，于是下网避之，不再费脑。

但到了地上，还是没能避开。

有人请他出山，任委员。

11

萧不系停了车，伸手取了挡风玻璃上的几片秋叶，进家门，将秋叶往博物架上摆弄时，巧蓝就对他说了。他问，是哪个让你给我说的？巧蓝回答，姓何的，住26幢2号，一个女的，长得还标致，认识不？

我哪里认识。但在群里见她有报名参加业委会。

可人家说认识你，但不知你认识她不。

我在群里没开腔，就表明了我的态度。她凭啥子拉我进业委会？

　　她没拉，是袁总让她来跟你沟通的。可能他们都感觉跟你不好沟通吧，趁你上班不在家，她找上门来，说是邻居嘛，聊聊天。这一聊，家长里短，葱葱蒜苗，什么都聊到了，就是没聊搭建，别说聊，连搭建俩字都没提一下。聊到最后，聊到成立业委会上，她才说出袁总的想法。她说，袁总说，业委会委员应该具备两点，一是德望高、能力强，一是有时间有精力且愿意为业主做事，这两点，缺一不可，萧老师都具备。再一个，萧老师是文化人，而业委会委员的理想结构，除了懂建筑、水电气、园林、卫健、安全、法律、社区公共服务等方面专业知识的委员，还需要懂文化的，萧老师不仅懂文化，本身就是文化人。所以，如果萧老师能够屈尊出任业委会候选委员，乃至在选举大会后，出任副主任甚或主任，再好不过。对了，业委会还要求党员占比，条件成熟时成立党支部，所以，萧老师若是党员，那就太理想了。

　　萧不系还没接话，巧蓝又说了。她说，她还说，袁总不让她说，当业委会委员，是有不少好处的，除了公开的薪水，还有隐性的东西。她说她还是说了吧，让你烂心里，莫告诉别人。

　　萧不系感到好笑，自己虽然缺钱，却一点不关心袁总暗示的所谓好处。不关心，不意味别人不关心，虽然，此关心，不全是彼关心。

　　萧不系对老婆说，你让姓何的转告袁总，就说我说的，兹事体大，容我考虑一下。

　　巧蓝有点意外，动心了？

　　萧不系坏笑，咋会？拖他几天。

　　巧蓝说，其实我觉得这差事还是蛮好的，你退休后钱会少一大截，干上后，正好可以弥补一部分，不然，靠我们两口子的退休金住别墅，恐怕难以为继。

萧不系说，想入非非，尽想美事。我看不用考虑了，你这就给姓何的打电话，回个话，就说你转告我了，但我不同意。

因为左邻17-1邱搭建的事，巧蓝将小赵喊到家中查看现场。事毕，小赵把萧不系拉在一边，神秘兮兮问道，听说萧叔要当委员了，小赵在这里提前恭贺了哈。萧不系假笑一下，哪有的事，见风就是雨，谣言。巧蓝在一边听了，插了一嘴，是有人请老萧当委员，不过，被他坚拒了。小赵问，萧叔，知道袁总他们拉你入业委会的真实用意吗？不好意思，这事小赵其实已有耳闻。

萧不系当然知道，但他说出的是，不知道。

小赵说，他们闹着成立业委会，主要目的是为搭建，他们拉你当委员，是怕你。因为你一点没搭建，看着他们铺天盖地搭建，肯定不爽，且是潜在的举报人，对业委会的决议，不管正确不正确，都会本能地持反对意见。而一旦你成了委员，就不好说什么了吧，说，就是自己打脸。

萧不系说，小赵还真是一个明白人。

小赵说，小赵也是瞎琢磨，没个准，萧叔听着玩。

巧蓝问，听说进了业委会的人，有不少好处？

小赵说，是啊，撇开见月就领的薪酬不提，好些小区还有一些见不得光的东西，比如，免收物管费、补贴水电气费、安排家政服务、打理花园、上门消杀、增加车辆出入名额、送健身卡什么的，所以，萧叔不参加，亏大了。

萧不系大为震惊，没想到里边的水这么深，路子这么野，早知馅饼如此之大，诱惑如此之多，对于袁总的邀请，是坚拒还是顺水推舟，两说了。但这点说大不大、说小不小的悔意，只在心里野鸭一般扑腾了几下，就被搭建一事伸出手来——抚平。他平静地说，神态像自言自语，业主向物业公司交纳的物管费，是用于小区环境建设和维护，享受物业的服务，现在却多出一个消耗环节，增大物业管理成本，这非常不好。可是，没有业委会，谁来监督、制约物业公司？业委会为清廉来，如果搞出不清廉，算怎么个事？荒唐。

小赵没有理会萧不系的自言自语。萧不系同时也心知肚明，因物业公司不想成立业委会，多一个婆婆管自己，小赵张口就来的内幕，多半也就含有一些水分了。

利用成立业委会的正当要求，谋一己私利，萧不系彻底认清了袁总的卑鄙和险恶用心，这让他很生气。他真的想不明白，你袁总不就是自个儿想搭建而不被强拆才去兴风作浪、强行出头，为业主操天大的心，使洪荒之力的吗？

左邻的搭建，改变了第17幢别墅外观，越过了两家隔墙中线，遮挡了萧家的阳光、风道和视线。萧不系让巧蓝找邻家理论，邻家女主人姜姐在电话中说，怎么会这样，对不起哈，都是装修施工的庞经理干的，自己一无所知，她会让庞经理改正。过了一阵，不见改正，巧蓝又打电话问，姜姐又说，怎么还没改，庞经理这人也太倔太犟了，不好意思，我会再去跟他说说，你也可直接找他。巧蓝就直接找了庞经理，庞经理满脸堆笑，频频点头，不说一字，像弥勒佛一样可爱。

一去一回，如是再三，左邻搭建告毕，散矿成铁。萧不系气得不行，本想着一墙之隔的邻居，下半辈子都要低头不见抬头见，和为贵，就采取了直接沟通的方式，哪知却被对方小耍。

沟通之路走不通，萧家喊小赵来处理，小赵在电话中说，她马上来看看两家现场，找隔壁邻居协商，也会向公司汇报。又说，木已成舟，她估计隔壁邻居多半不会听从协调，自行拆改，而物业这一方，又没有强拆的权力或其他能力，所以这事，难。

萧不系听出来了，小赵的弦外之音，是只有一条路可走，那就是举报。并且，没有人更没有哪个机构，愿意蹚这池浑水，为朋友两肋插刀，做损这人利那人唯不利己的事，所以，只能萧不系自己出手。

但萧不系有贼心，有贼胆吗？就算启动匿名手法，人家安心查，还怕揪不出你这个与人家仅距一尺墙体的利益人？再说，住别墅的主，哪个没点孙悟空本事，人家本就怀疑你，目标明确，直奔你查，不更是小菜一碟？而一旦揪出，后果就难料了，走文明人的法律程序当然好，奉陪到底便是。可人家动粗，打上门来，非死即伤，咋办？或者，来阴的，半夜三更，抛一块石头，或扣动气枪扳机，让飞物与你家玻璃窗产生联系，要不玩个更下作的手法，偷偷下毒，又咋办？自己好歹是个文化人，而文化人最怕的，就是对手不按文化出牌，耍地痞流氓手段。相当于穿皮鞋的，跟穿草鞋的斗，杀敌三千，自损八百，既伤脸面，又不值当。当然，最让自己不能接受的，是采取举报这种使阴招的法子。上次举报没伤身，且不说风险被大运会、世乒赛揽了去，只说你的打击对象，没明确到具体人家，人家当然也就不想没事找事，一人付出，大家获益。来阴的不行，那大摇大摆，直接去县执法部门登门报案如何？如此倒是简单，暗斗变明争，可自己是否做好准备，愿意去走？

成立业委会这桩事，被萧不系的坚拒小绊了一下，无碍大局，又抖擞精神，继续前进。

令萧不系感到奇怪的是，业委会一直在成立，又一直没有成立起来，这不，都入秋好一阵了，还一点谱没有。群里的袁总，上蹿下跳，东奔西忙，而他面对的事体，又仿佛是一堆软塌塌，却永远击不穿的棉花。萧不系从邻居群得知，一会儿是成立的资料缺失，一会儿是有效人数存在问题，一会儿是某位候选委员被政审出是个刑满释放人员，几个一会儿下来，就到了年底各单位最忙碌的时候，只好搁下，待翻过年重新启动。萧不系万万没想到，真相压根儿不是这样的。之所以老是成立不起来，是因为崔书记不想成立，这个后话，是女儿小鱼儿当上外江社区主任后，亲口告诉他的。

搭建毕，意味搭建木已成舟，入住毕，意味装修木已成舟，而舟，是无论如何也退不回树，退不回森林。这是袁总发的帖子，萧不系一见，就知此人又要施法了。

袁总继续说，各位亲，赶快装哦，装好了，就赶紧搬家，住进新家过春节，住进去了，就相当于进保险柜了。

有人说，袁总这话，说半截，留半截，让人云里雾里。有人说，咱别想多了，想岔了，只想一个方面，一个关乎我们大家的、最重要的方面。有人说，还有比搭建更重要的吗？有人说，袁总的意思应该是，甭管你怎么搭的，搭多搭少，举不举报，住进去了，就进了保险柜，就不会遭强拆了，总不至于破门而入，把屋里的人给强拆了吧，那得闹出多大的舆情啊，得失权衡，算不过账。有人说，我见过遭强拆的人家，晚上躺在政府大门口睡觉的，也有去执法局领导家门口睡的，这也是没办法，家没了，你让他们睡哪里？

袁总发了个意味深长的表情——微笑。

萧不系望着这个表情，感觉袁总就是专门发给他看的。看着看着，就看见一个早年间的仇人，站在自己面前，微歪的嘴角，嘲讽的微笑。萧不系气得关了手机，闭了眼睛，可那个微笑，那张面目，不仅还在，反而更清晰。

将萧不系再一次气郁闷，郁闷成抑郁症的，除了巴掌大一块虚拟空间，还有整个小区的实地场景。首轮强拆、自己的举报、国际体育赛事前的强拆、社区现场办公会……他原以为，经历了这一波接一波反搭建行动后，搭建会消停下来。哪承想，不仅没消停，自从有人突破物业戒令开始搭建以来，抛开一律不准装修施工的节假日和特殊时段（高考、上级检查等），小区从没停止过一天搭建。当然，强拆也没停过，并且，强拆的确对过度搭建的出头鸟给予了迎头痛击，大大震慑了其他跃跃欲试的后来者。只不过，强拆的范围和体量占比太小，周期太长，大家以为要一幢一幢连续拆下去，直到将墅区内碍眼的肿瘤一刀一刀剔除干净，却突然没了动静，以为不拆了，它又冷不丁来那么一下。其怪异的作为，仿佛只在于催促正在搭建的，赶紧完工，尽快入住，未搭建的，别畏法规，前仆后继，果断下赌。而现在，紧锣密鼓进行的成立业委会的喧嚣，又呈现出了将违法搭建"合法"化的可怕兆头。

机声沉沉，尘土滚滚，争斗嚣嚣，哪容得下一张安静的书桌。

搭建像楚歌，朝萧不系四面围来，对此，他一点办法没有。向搭建投降，加入搭建阵营吗？那得滚出别墅，拆除装修，完成搭建，重新装一遍。就算有这心，哪来这钱？显然不现实。抵御、反抗吗？其结局只能是引颈自刎，人家项羽这样玩，青史留名，我呢？抑郁呗。再说，人家项羽有小美女虞姬作陪，我呢，叫老伴玩穿越当小美女？这不扯淡吗？索性将别墅一卖了之？你以为卖白菜呀，那么好卖？房产证还没办下来不说，即便办下来了，也受着五年以内转让时间的政策限制。就算舍得出高额税费卖掉，那装修也是变不回装修费的。进不是退不是，左不对右不对，搭建唯一能安排他走的，就是重返抑郁路。

> 这片浪波的土地太新，
> 新得只有夜间才能听见一片树叶和
> 一缕猫毛掉落的声音。
> 至于人类白日梦，

永远够不着竣工的响器
无数美学的动静，
比各种皮囊下的建筑与脾气
更复杂、澎湃和吊诡。
一觉醒来，业主群爆棚，
看见战国时代的百家争鸣，
遭到今天的强折。
那些搭建的草原、蓝天、乡土和巴黎
——那些从房产证上延伸出去的平台
纷纷坍塌，如一道流星雨的瀑布。
这一事象，令我想起园区外的某些地方——
闹市，田野，和一些字词句的拼积木游戏。
二者相似得那么迥异。
思想的机具在哨子的间隙
掏耳，低头，紧张茶歇。

  平时写诗水平不咋样的萧不系，写了首《别墅区逸事诗》，发给哥们画家卢尔森看了。卢画家评价道，萧哥，这是你写的吗，判若两人啊，我看投给《星星》，一准登！萧不系笑了，笑得像个孩子，他认为这首诗，是他抑郁期间唯一的收获。由此感慨，都说愤怒出诗人，忧郁出诗人，看来真是。这是萧不系入住别墅后，在他的顶层书房写下的第一首诗。

  这是七八个月以后的事了。再次抑郁的萧不系，再次去看了医生，取了药，再次回归了此前的抑郁生活。所不同的是，上次他变得远离人众，沉默寡言，闷葫芦一个。这次却变得往人堆里扎，逮谁跟谁唠嗑，滔滔不绝，如王大妈的裹脚布又长又臭，让人烦不胜烦，无可奈何。家人巧蓝、小鱼儿和程非，知道这一症状后，不好麻烦别人，就挺身而出，使出车轮战术，你我他轮番与老爷子舌战，直到三人声嘶力竭，把金嗓子都吃了一大抽屉，才出现转机。

这种状况，好在持续不长，带来转机的，并不是家人的车轮大战，而是一声巨响。让抑郁症痊愈的，则是巨响之后的一则小道消息。

12

巨响与搭建有关，一声巨响，像一颗多少吨位级的炸弹，把大多业主眼中平常，萧不系眼中不平常的违规搭建现象炸开，炸到公众面前。

事情是这样的。12-1雷家的装修施工，已到室内地面处理阶段，再有一两个月，即可竣工交付。按设计，三楼一个约二三十平方米的露台，地面贴花岗石。这天，石材供应商租了辆车，请司机送货，车子莫名其妙抛锚，耽搁了些时间，进小区到楼下时，装修工人已下班，只有雷总夫人留宅收货。司机夫妇和儿子三人，按女主人指示，将花岗石搬到三楼露台。哪承想，半夜下暴雨。次日，天晴，老少四位工人，上三楼露台施工，见下水道堵塞，花岗石和此前堆放的水泥、河沙，全泡在三四十厘米深的水中。工头骂道，谁他妈干的活儿，堆这么多重货，楼板承得起个屎，来，我们把水放掉，把花岗石搬些进屋。四个工人踩着积水，还没摸到下水道口子，轰一声，露台坍塌，随着水瀑升起的，是哎哟连天的惨叫。

这起安全事故，一死三伤，随着媒体的介入，知道的人，已不限本县，而是从盆地西面边缘一个别墅状小圆点，呈扇面，扩大到整个平原。四人中，死的那人，当时没死，看上去伤得最轻，甚至还能说得起话，摆得起龙门阵，没想到一到县医院，突然大出血死了。有传言道，若是不死一人，这事还不至于闹得这么大，因为每个县的安全事故指标，控制严格，一旦超标，轻则扣减全县吃"财政饭"人员目标奖，重则启动问责机制，县分管领导下课，都有可能。所以，惯例是将影响范围控制在最小，控制得了，就算老祖宗在地下给你烧高香，反之，媒体曝光，发现虚报瞒报，那就只好自认倒霉。但死人的事比天大，加之又在众目睽睽的城区里，县上哪敢捂住不报？业主报物业，物业报社区，街道，县上，市上，一路上去，不到一小时，到了省上，信息上报完成。

事故发生后，县安监、公安、消防、规划、住建、纪委、检察等部门，与当地街道成立联合调查组，第一时间对房屋坍塌事故原因展开调查。调查结果是，偶发因素太多。如果女主人懂建筑，且知承重那回事，就没事故这回事。不懂也行，如果那天男主人没有应酬而成为收货人，或那天车子不故障，下班前到达，装修工人就会向女主人提建议，不要将花岗石堆放露台，又或者送货司机不听女主人强硬指使，少上一层楼，将花岗石搬到二楼就完事，也行。就算女主人瞎指挥了，也没事，偏偏，半夜暴雨，且下水道堵塞。又偏偏，四个装修工人走上露台，让自己成为压死骆驼的最后一根稻草。

露台上边的重量理清了，就该捋下边的了，承重楼板与建筑构件。

这样，一路顺藤摸瓜下来，就摸到了搭建。

原来，那个露台是搭建的产物。露台的位置，之前只是可供飞鸟、风儿和阳光自由穿行的空气，其下是自家的后花园。雷总夫妇按照袁总他们公示的户型方案，像同户型邻居一样，请搭建施工队，把这个位置，凌空架上钢筋龙骨，再浇灌混凝土，变成露台，露台边缘砌有墙垣，安有护栏。同样的户型，同样的搭建设计图，同样的施工队，人家都没垮，偏偏你家垮了，这说明啥呢？说明你家运气不好，重物超载，还是说明别人家运气好、碰巧没用重物去检验？可谁听你的说明呢，全世界只知一个真相，你家违法搭建爆雷了，而你家搭建的爆雷，导致整个平原上的搭建，出现多米诺骨牌效应，导致全域性的墅区装修整改。这就像处理交通事故，不管你技术好孬，违规没违规，只要你酒驾，责任就是你了。也像你开铺子或出摊，产品物美价廉，可你没营业执照，就得接受处罚。这没什么好说的，不服不行。

此前那位受人高看的萧老师，置身过街老鼠人人喊打处境后，基本匿在洞里，偎着孤独取暖。好在老师的名号没被剥离，否则以萧总呼之，还不知怎么尴尬。而这次搭建的意外爆雷，让他在心里为死伤者感到悲伤的同时，在耳里，却不啻一记寒冬里的春雷，充分感觉自己又活过来了，从心到身，开始蠢蠢欲动。现在，总该对疯狂的违法搭建，重拳出击，采取大规模雷霆手段了吧。

但是没有，只停工整顿了两周，也有强拆，依然是零星的，起警示、威慑作用那种。萧不系的预期落空，又要开始闷闷不乐，巧蓝、小鱼儿母女紧张，一时不知该咋办。在广告公司供职的程非，接触行业广，更懂岳父心思，他说，爸，不可能把所有的搭建，全部拆干净，那样的话，且不说经济损失，单是城市形象就吃不消。所有别墅小区，一旦变成废墟和弃城，短时间怎么重塑？哪有城市形象可言？关键是，让那么多人家伤筋动骨，把人家逼上绝路，还不整出个通天的舆情危机？

女婿说的也对，天著青城一、二期就是例子。一些被强拆的别墅，几年过去，业主不管不问，野草丛生，任其撂荒，既显示钱多不在乎，向执法者表达不满，又恶意破坏着小区的整体环境,将邻居们的怨气,引向强拆者。一句话,你让我不爽,你也别想爽,看哪个耗得起。

雷家夫妇,死者家属,三名伤者,以及物业、社区、街道、执法部门,各说各的无辜,但舆情又哪只是仅由喊冤叫屈的当事人制造?更大的推波助澜,来自吃瓜者的仇富仇官心理。吃瓜者说,有钱人走背运被强拆,该遭,当官者惹麻烦被咒骂,背时。

雷霆手段,也不是没有。通过彻查事故,顺藤摸瓜,竟扯出一宗对萧不系来说无疑惊天的大案,不错,又一次震撼的爆雷。而这个雷不是别人,却是袁总!原来,袁总那么不可思议地,千方百计,一波又一波,承头推动违法搭建,不仅仅是为了让自家的搭建合法化那么简单,他手里的另一张底牌,是在搭建工程中捞钱!

别墅快交房时,多家搭建施工队使出浑身解数,开始承揽工程,萧不系当初接到的那些电话,便是他们竞技的开场戏。事实上,有三家施工队的人,通过各自的渠道,打进了邻居群。其中一家施工队的头目孔老板,年纪轻轻,老江湖一个,脑瓜好使不说,又深谙薄利多销的让利原则和舍得哲学,通过九曲十八弯的关系,与袁总搭建上了关系。袁总本是公务员,因与服务对象中的一位叫小艾的偷情,被老婆抓现行,争吵中互不相让,老婆一气之下告到丈夫单位,断了袁总前程。袁总一怒为红颜,辞职、离婚,让小艾坐正。因离婚走的净人,再婚后日子过得并不宽裕,给老板牵线搭桥,啄一嘴是一嘴,进项多寡,没个定数。偏偏小艾不想在同学面前丢份,就成天唠唠叨叨,扭到袁总买别墅,袁总无奈,拆东墙补西墙,在天著青城按揭了一套,正愁装修款咋筹,孔老板找了来。

两人一场茶叙下来,各种机关卯窍不点自通,一拍即合,顿生相见恨晚之感。在孔老板的精准甄别下,袁总向群主包总举报了群里的奸商,孔老板的两家竞争对手立马被踢出邻居群。自袁总抛出孔老板制造的户型搭建方案后,小区大一统的搭建宏图蛋糕,孔老板一家独吞。

搭建意外爆雷后,萧不系听说司法系统出手,控制了十好几人,袁总、孔老板、江总、物业公司经理、社区主任、执法局一位副局长等,各人涉案深浅不同,至于怎么处置的,尚无结果。还听说小赵等三名管家,因每人收有孔老板送的一份过年礼物,水果、腊货各一盒,而被扣了半年奖金。但这些到底是传言还是事实,萧不系委实不知,他问过小赵,听说你被扣了奖金?小赵拢拢秀发,妩媚一笑,说啥哦,萧叔还不懂小赵,怎么可能呢。

不管消息是真是假,成立业委会一事搁浅,是真的。

种种消息,像药,让萧不系的抑郁症有所缓解,但真正使他痊愈的,却是邻居群出现的一则消息。消息说,凡是违法搭建的别墅,一律不得办理房屋产权证,已取得的,盖一个限字章,予以冻结。而房屋无产权证,则成了没法转让的死房。若要盘活,必须拆除违法搭建部分,将别墅恢复至设计原样,以取得房产证,抑或解冻房产证。

群里开始大骂,骂政策的千变万化,更骂袁总将自己带进了他挖的坑。骂了两天,无任何意义,还自讨苦吃,一些人便自嘲道,反正我家装别墅就是自个儿住的,从没想过卖,自己这一辈住完了,传给儿女辈,至于儿女辈咋个处理,就管不到了。又一些人道,不能卖就不卖呗,自己住就是,再说,政策嘛,今天这样,谁知明天咋样,反正俺有的是时间等。还有人说,这下,那些没装的,装了没搭的,阴到高兴了。

要以前,袁总早现身了,现在不能了。随着搭建露台的坍塌,一夜之间,袁总也坍塌出群了。他是自己把自己踢出群的。

萧不系想发一个微笑的表情包,想想又算了,何必让人家雪上加霜，叫自己找骂。

这天，萧不系应一位七五后女摄友约，看电影，出小区路上，见一执法车旁边有人争吵，就去观看。一方是一对年轻夫妇业主，一方是两位穿制服的男性执法队员。其中一名队员，指着正在搭建的别墅说，没什么说的，必须拆，你们不拆，我们拆。男业主很激动，一边冲向说话的执法者，一边用手指着他说，你娃拆呀，拆呀，你信不信，你只要敢拆，老子立马弄死你！

女业主和正在摄像的那位男执法队员，急忙拦着高挑、英俊的男业主，劝他息怒。经了这事，萧不系一直在观察这户别墅的搭建走向，结果是，既没见拆除，亦没见继续搭建，它停工静默了。

萧不系在家中，就着青春偶像剧喝夜酒，打干牙祭，小赵来了，以近乎献媚的神态告诉他，在社区指导下，小区正在筹建居民自治小组，几个承头人希望萧老师能加入其中，让小赵给萧叔请个示。萧不系说，小区居民自治小组是……小赵说，崔书记说，职能跟业委会差不多，反正有了这个自治小组，业委会就不用成立了。萧不系问，崔书记说的？小赵说，那还有假？萧不系问，没有物业公司发的薪酬吧？小赵说，想得安逸，哪有那好事？萧不系说，好，我加入。

三、静水深处的疾风

1

萧不系是个明白人,什么都能想到,唯独没想到这辈子居然会和风水师打上交道。

故事得从电影开机仪式说起。

电影开机仪式,说复杂也复杂,说简单也简单。对于筹办者制片人来说复杂,策划、组织、协调、场地、水电、安保、接待、经费等,一揽子事,件件需要落实到人,而招呼领导、导演、编剧、投资人、演员等一众神人,哪是人干的活儿?对于莅场嘉宾来说倒是简单,签个到,亮个相,合个影,最多上台说几句赞美的、吉利的话,如此而已,就算完事。

萧不系以嘉宾身份去的,但不属于重要一类,即,不需要上台让麦克风传出自己的声音。去,也就是起个站台、见证、凑人数、拍巴巴掌的作用。萧不系知道自己的作用,不仅迟到,还早退,不仅没听到领导讲话,连演员代表发言还没听利索,就脚底板抹油,闪了。

眼观四路、耳听八方的制片人,还是看见了他,就弓了腰捂了嘴,给他打电话。怎么了,闪了?有事要处理,不好意思,祝贺成功。安排了中饭的，还有伴手礼。咱改日聚，你忙。谢谢老兄来扎场子，改日喝酒。制片人不再坚持，随他去了。

萧不系很不想来，只因制片人是他一文友，而文友又知道他在当地艺术圈尤其摄影圈，有些小名，终是没拗过文友比他更拗的邀请，只好去了。好在路程不远，从他的别墅装修工地，到青城山边这家名叫翠月湖的民宿，也就是仪式举办地，车程二十来分钟。

既来之，则安之，萧不系也不想提前离场的。签了到，在工作人员导引下，勾腰，第二排落座，起先还融入现场节目，后来便感到心神不宁，没什么事，却总觉有事，实在坐不住，不再勉强，遂起了身。

还没走出翠月湖院门，就看见一坪绿地上，架着一台蒙了红布的拍摄机，旁边有桌椅、电脑、太阳伞。几个剧组工作人员模样的青年男女，在一位身着绸料唐装、手握桃木剑、念念有词的老者示意下，有的点香，有的跪拜天空，一人还像踩蛋的公鸡一样，拎着抹了脖子的大红公鸡，一圈一圈绕着拍摄机淋洒鸡血。这是在给电影打鸡血，还是给草坪打？萧不系觉得搞笑。这套程式，萧不系见惯不惊，很多开拓未来的节点与场合，尤其买地、奠基、开张，都是必上节目。此类场景，城里乡下，即便路遇，萧不系的相机，也只远远拍几张，存个资料。他虽然从不把这些装神弄鬼的东西当回事，却也从不妄议，一个字也不。

六年后，还是夏末，萧不系坐在别墅后花园歇凉，想起了这天的事，感觉莫名伤感，又匪夷所思。而此时的制片人，永远不会想到，他的电影至今也未能播出。当然想不到了，因为他早已在开机仪式后不到半年的那个冬天，遇诡异流感亡故。

萧不系侧头看着大红公鸡，脚下并不放慢，直接去往泊车处。点火，向北，车在山脚沿山公路行驶，电话响了，女儿小鱼儿的。

电话里是女儿急吼吼的声音,爸,妈从一楼摔到负一楼,被工人送去了县医院。

他吓了一跳,一大跳,严重吗?

不知道。

我马上去医院!

他问严重吗,纯粹本能,因为不知怎么搭腔。废话,还用问吗?肯定严重,非常严重!他骂自己。那样的地势,青沟子娃儿摔下去都可能洗白,别说老胳膊老腿!

他看了一下方向盘下仪表台上的时间,老婆巧蓝出事,距他离开装修现场,还不到一个小时。

到医院方知,巧蓝出事时,幸好现场有一对做瓷砖美缝施工的夫妻,又幸好夫妻有车,不然,从宅子到小区大门,还有几百米路的距离与折腾,出小区拦出租车或打网约车,同样需要时间与折腾,那就急死人了。家装行业,公司接单交项目经理,项目经理拆分给各施工队,各施工队多由夫妻二人构成,比如萧家这套,吊顶、水电、贴砖、墙面、美缝等,即由各夫妻施工队担纲,至于灯具、木梯、木地板等,则由供应商安排施工队包安装。夫妻合作好哇,不仅不偷奸耍滑,还体贴对方,争着抢着干。所以,施工队夫妻组能挣钱,能买车,太正常了。生活嘉装饰公司项目冯经理,接到美缝工丈夫一边开车一边打来的电话,即给小鱼儿打了。冯经理跟小鱼儿熟,小鱼儿小两口那套花园洋房,就是冯经理装的。

平时遇事还算镇定的萧不系,不镇定了,连红灯都敢闯,不是一个,是两个。车里开着空调,太阳冷冷打在身上,把他背脊打出了冷汗。

从一楼摔到负一楼,不明就里的人听到这个消息,恐怕会担个心,但不会担太大,他不一样。如果女儿不说送去了医院,他肯定会往那个死字上想。现在,他想到的是,命还在,但悬着,不知是否能赶在踏上奈何桥前,抢回来。但即便抢回,也有成为植物人,终身躺床的可能。

理性讲,萧不系这样想,也是实情。

一百二十余斤肉体,无牵无绊,从四米多高的地方,凌空坠落到混凝土梯步的刀锋上,或混凝土平台与地面错开的嶙峋上,会是什么情况,傻子都会想到。冬天厚衣裹身,应该好些,偏偏又是身处夏天!他对从一楼摔到负一楼的路径及地形,太熟悉了。

开发商将清水房交到手里时,楼梯是有简易铁栏杆扶手的,只不过这一设施纯属一摆设,起个应付地方规建口相关部门对交付状态提出的要求的目的,至于装修时百分百被业主拆除,弃之若敝屣,则与他们无关。怎么能不拆呢,搬运大件材料和设施上楼,打槽开孔预埋管线,修整梯步缺损,给楼梯相邻墙面抹灰上漆,都需要把碍手碍脚,尤其是毫无装饰美学价值的多余物拿掉。因于此,装修伊始,通电打围后的第一宗活,就是拆除楼梯栏杆扶手。而装修的最后一道工序,则为安上木质梯步及重新定做的扶手。当然,如果选择的是石材、金属楼梯,就不必放最后,它们不像木质材料那般小气、娇嫩,扛不住硬物的亲密接触,甚至皮鞋的踩踏都会损伤漆水。萧家和大多别墅一样,安的是木楼梯。

拆了扶手,别墅楼梯,从下至上,就出现了一道弯弯曲曲、越来越高的悬崖绝壁,越来越深的致命壑谷。

按说,全部扶手拆除后,装修公司应立即采取安全措施,防患于未然,但最安全的措施,就是在原扶手处安上栏杆。可栏杆,不就是扶手吗,既然要安栏杆,那又何必拆扶手?面对这一悖论，冯经理做的，是让业主和工人注意安全，萧不系夫妇做的，是让工人注意安全，同时二人互嘱注意安全。特别应该警惕的地方，是梯步在各楼层平台转弯处。从一楼摔到负一楼，唯一的出事点位，只能是梯步在一层平台向上向下的转弯处。

事实证明，萧不系的分析与推论，基本正确。

进医院大门，停车，快步开跑，刚跑两步，停下。萧不系看了一下门诊大楼和住院大楼，然后向门诊大楼跑去。可门诊大楼那么大，情急之下，也不知具体该往哪个科室、哪个房间跑。刚跨进门厅，慌忙抓住一位穿白大褂的女性问，医生，我老婆摔成重伤，在你们医院抢救，她在哪里？他的举动，并没吓坏对方，对方正欲回答，他却看见老婆突然出现在自己的视线里。老婆是站立的，是走动的，虽然腰弓着，走得慢而跛。她还活着！活着就好！他松了口大气。再看，美缝工夫妻搀扶着她，紧跟着的，是一位中年男医生。他冲上去，呆立着，看见她脸上有血污，半边脸肿得把一只眼挤成了一条缝，缝细得像一根松毛。她脖子上的绷带环下来，吊着左手。她拿眼哀婉地迎着他，辅以哎哟哎哟的声音。他一时不知所措。正在这时，小鱼儿也冲进了门诊大门。

萧不系急问中年男医生，我是她丈夫，她怎么样了，没事吧？

医生平静地说，她主要伤在两个地方，一是脑侧被撞击，二是左手肘关节骨头断裂。她脸上的血来自脑部伤口和鼻孔。现在需要马上去做CT，这种情况，只要检查结果是颅内没出血，就没问题了，断手断脚，头破血流，都不会丢命的。

医生的话，有些陡，但萧不系并不怪罪。他明白医生的意思，脑部被冲击，导致颅内出血严重的话，要么死亡，要么成植物人，都是要命的事，故，目前尚在危险期。他央求医生尽快安排做CT，并向美缝工夫妻表达了谢意。一个小时前，正在二楼卫生间对墙砖实施美缝工艺的年轻夫妻，听见随着嘭嘭嘭一串闷响，传来女业主的呻唤，急忙循声而去，才在负一楼发现了巧蓝。小鱼儿对二人说，你们去忙吧，有我和我爸在这里，没事的，今天多亏了你们，谢了哦。夫妻俩说不谢不谢，转身离去。

巧蓝从检查室出来，一家三口，便开始度秒如年地等待结果，等来结果前，程非赶了来。

终于出结果了，万幸，颅内没出血，虽然左手肘部粉碎性骨折，大家依然松了口气。

接下来，办住院手续，找关系请医院骨科名医"一把刀"主刀。手术成功，拆线出院后，巧蓝开始对装有两个进口金属零件的左肘关节，做剧痛难忍的恢复性锻炼。以为假以时日就好，但没有，左手怎么伸都伸不直，且肘部隐隐发痛，两个月后，又去做CT。"一把刀"看片后说了些专业术语，大意是，肘部里面的部分筋骨由于铰链上得紧了些，所以伸不直，需要再做一次手术，给它们松下绑。并说，严重的粉碎性骨折，一般都会做二次乃至三次手术，正常。第二次手术，依然成功，只是巧蓝的左手，到现在也不能伸得像原来一样直，且肘部照旧隐隐生痛，只是程度上到底是松活了些。当初，办住院手续时，程非提过建议，去省城的华西医院手术，说县医院让人不踏实。但巧蓝不同意，说太远了，太折腾。从现在的结果看，岳母虽然没好利索，女婿也不便说什么，一说，不管说啥，都会被人理解为幸灾乐祸，不听姑爷言，吃亏在眼前。再说，华西的医生也分档次，而自己又没能力选择，像抓阄一样遇到专家级医生，是需要好手气的。关键是，事后了，说也于事无补。

巧蓝即便躺在病床上，也没忘装修事，她对老公说，她脚好好的，可以随便走动，陪不陪护都问题不大，况且，女儿女婿也不时来的。萧不系就在她的不断催促和细微叮嘱下,继续装修扫尾工作,安装灯具、木梯、木地板,定做家具、窗帘等。萧不系刚去忙了一天,巧蓝就忍不住背着护士,跑去了现场。吊在胸前的左手,套在骨伤固定支具里,动弹不得,只能用右手在共有的别墅世界,纵横捭阖,指点江山。

2

萧不系夫妇怎么也想不到,已快进入扫尾阶段的装修工程,平白无故,出了这档事。

事后,巧蓝复盘了自己摔倒的全过程。那天,她从二楼往一楼走,只差四五步就到一楼,她说不知怎么回事,自己就摔倒了,真是见鬼了。自己碾子一般,沿梯步往下滚,滚到一楼,滚过一楼平台,又沿梯步朝负一楼滚,滚过梯步转拐平台,一直滚到负一楼地面才停止。

对于她的复盘,没有人信,又不能不信,她的健在与伤势,说明一切。

按常理,摔倒轨迹,只能是从摔跌处,直到凌空摔到负一楼,或顺梯滚至一楼平台。然后,要么止于平台,要么从平台处凌空坠落,怎么可能擦着窄窄的、没有栏杆的平台,那悬崖一样的地方,九十度仄身,像正常走路一样,去往负一楼的梯步?

的确诡异,虽然事实如斯。是诡异的事实,还是事实的诡异,萧不系一时也不能把定。巧蓝没必要撒谎,如果非要说她撒谎不可,只能说遇到鬼了,是鬼让她撒谎。

巧蓝怪自己走路不小心,萧不系怪自己答应文友邀请,离开现场参加电影开机仪式,小鱼儿怪生活嘉安全措施缺失,女婿附议小鱼儿说法。萧不系的岳母,一个不吃牛肉、经常烧香拜佛的老妪,在电话中说,巧蓝命中有此一劫,跑是跑不掉的,祸兮福所倚,福兮祸所伏,安知此次摔伤之祸,不是为求福报付出的小本?每个人的一生都会遇到命定的灾祸数,不断的小劫,化解生命中的大劫,巧蓝正是以这次的小灾祸,化解了今后的大灾祸,所谓小灾挡大难嘛。该了的,了了,所以,是好事。

巧蓝明白,亲人们道出的都是安慰语,怎么好听怎么来。

大家应该都想到了一个原因,但都没有说出口。世上很多事这样,本来平平安安,什么事没有,可一旦说破了,就真给应了。四川有句土话,叫"说不得",指的就是说什么,来什么。成语童言无忌,就是用于化解成语一语成谶,发明出来的。从这个情况延伸出的指向看,祸从口出,有了两层意思,一指祸来自别人的施加,一指祸来自自己的导引。

自己不说,不意味别人不说。萧不系的好友卢画家就说了,他说,该不是宅子的风水有问题吧?买房时,或者装修前,没请风水师看过?

话一出口,传之家小,晴天霹雳,众皆骇然。

那时,于巧蓝,正处于一次手术出院,二次手术尚未叩门之间,于别墅,已装妥帖,只待敞晾通风,甲醛散淡,即可搬家入住。这个当口,却疑心宅子风水不好,叫萧不系夫妇咋办?卖房,且不说买入时间短、税费高,且不说装修费大打折扣,光是脸面都无法搁下。当初倾囊而出,使出浑身解数买墅,不就是买个面儿吗?不卖的话,那就听风水师的胡言乱语,对别墅大加改造,拆成烂尾楼,再另起炉灶,重新装一遍,这样一来,比新装的动作都大,一二百万轻描淡写就折腾出去了。关键的关键是,银子从何而来?就算有这笔银子,就萧家的家境言,如此的收益与成本换算,算得过来吗?

画家一句话,弄得萧不系夫妇,左也不是,右也不是。消息传来，女儿女婿闻风而动，从各自单位和安在芒成小区的小巢，频繁往老人待入别墅和现住处岷苑小区跑，使不上劲，干着急。

卢画家画山水的，其档次也就是一平方尺可卖上万元那种。他的山水画有个特色，那就是，几乎每幅都画有一只狗，仿佛狗是他象形的签名和印章。萧不系帮过他的忙，办展宣传和介绍买家买画方面的。这次，请他给自己的新家画幅画，说朋友归朋友，银子照付，打个折就好。卢画家说，打折不行，乱了市场。又说，咱哥们，说钱，见外了，不就拿拙画补壁吗，好说，但对外，就说按原价买的，懂得起噻。萧不系懂得起，就没给钱，事毕，抱了一件青花郎，往卢画家手上递。两人锯木一样推拉了两个来回，卢画家收了。卢画家说，发朋友圈了吗？萧不系懂起了，当天就在微信朋友圈，发了新购别墅主画图片，作者、价码嵌在配文中，清楚，醒目。

周末，也是巧蓝摔断手的头天，萧家四人在装修现场，看见装修几近成形，新家在望，喜上心头。

萧不系说，新家需要好几幅字画，得提前定做。巧蓝说，文化商店有卖，什么画都有，大大小小随你挑，不用装裱，买回来安在墙上就是，又便宜，又撒脱，哪需什么定做。萧不系笑道，你真是一个瓜婆娘哦，买些工艺画、装饰画、仿真画回来，挂在别墅里，且不说完全不搭，糟蹋了墙壁，仅这宅主的文化水平，审美档次，就羞死个先人了。所以，一定得真人真画，即便真人不怎么有名，那也强过假画一百倍。虽说便宜无好货，但凭你老公的资源，便宜也有好货。巧蓝嘴硬，回了三字，就你行。但还是藏不住一副受了教的样子。因为所在行业性质关系，程非也认识几个画画写字的，于是听在耳里，记在心上，岳父岳母入住别墅时，也孝敬了六幅字画来。这样，字画不仅够，还富余了出来。程非对六位艺术家的感谢，是在省城东郊龙泉山下沫若艺术院餐厅，摆了一桌，请他们整了一场大酒，临别，每人拎了两瓶好酒回家，一瓶白酒，一瓶红酒。

萧不系是想多挂的，无奈宅子空壁有限，客厅、餐厅、书房、卧室、连楼廊也算上，顶多挂八幅。巧蓝见挂上后蛮好看，就说，要是咱家搭建了，就可多挂几幅了。萧不系讥道，搭建过的别墅，也配挂画？巧蓝说，三个卫生间也应该挂上。萧不系又讥道，机器人画的可以，人家有名有姓的作品呀，与屎尿屁混为一谈，亏你想得出！巧蓝回一句，人家酒店都这样挂。萧不系道，酒店能跟咱萧家别墅比？巧蓝说，臭美！那车库呢？左边墙和后墙都空着呢。萧不系道，别糟蹋作品的尊严！

受翁婿请托，为别墅提供字画的画家、书法家十来位，但萧不系只邀了卢画家来家量尺寸，其他几位所需尺寸，翁婿则自己量了，分别发对方。字画同行一并入室，怎么搁平？你这地儿，他那地儿，作品口岸与尺度不一样，相当于展位与规格不一样，房子地段与面积不一样，贵贱就出来了，尴尬也就出来了。

这一天，邀卢画家亲来，是因为他名下的作品乃客厅画，也就是宅子的主画，太重要，太打眼，上下左右，差池不得。萧不系明白，昂贵稀有名画名帖，作镇宅之物，镇馆之宝，并不鲜见，如北京故宫博物院《清明上河图》《千里江山图》，南京博物院《氍鸰图轴》，上海博物馆《上虞贴》，辽宁省博物馆《红衣天竺僧》，浙江省博物馆《剩山图》，等等，皆是。

量墙壁尺码，拍客厅照片，卢画家做得很慢，显得超严肃、巨认真的样子。

萧哥，听我说，创作主画就不一样了，就讲究了。干完了此行的活儿，听萧不系谈了对绘画艺术的认识，又见他盯着客厅空壁的样子，像苍蝇盯着蛋缝，卢画家说，就说我要画的这幅吧，挂在客厅沙发位的墙上，人在沙发上一坐，自然就有了靠山支撑，前边的刀枪易躲，身后的暗箭难防，全交给靠山解决。春秋战国，大争之世，秦并天下，就因为有了巴蜀作靠山。客厅哪来山呀，客厅是没有，但画上可以有。所以，你的客厅画，就是一幅山体画，千万不能人体画，人是最靠不住的，美人画更不行了。靠得住的人也有，极少，且寿数要长于宅主，可谁的寿数能长于宅主呀，这代走了，下一代又来了，一代连一代，宅主几百上千岁也正常。水也靠不住，落花流水嘛，可谁愿当落花，一生从水，漂浮无着？草木更不济了，人生一世，草木一秋，草木一辈子才一秋。这样说，靠得住的，只有山了。但仅仅画山也不行，得有水、草木，和一点两点人影，让它们在一起唤魂、交媾和生发。对了，还得有一只护院守宅的狗，表达对宅主的忠诚，世界上没有比狗更忠诚的活物了。必须把定的是，山是整幅画的中心、主体和王，其他都是附加、点缀和仆从。这样画出的山，才是活山、灵山、家山，才是向宅主提供源源不断的新能量的靠山。

萧不系一边点头，一边作深思状，巧蓝听不懂，却一脸仰慕。

出门，临上车，卢画家看了一眼巧蓝挂在胸前的左手，对着道教名山青城山方向的一片金黄秋色说，我认识青城山唐师傅，也就是唐风水，若需要这位风水大师来看看你们的宅子，告诉我。

卢画家临上车甩出的这句话，像药，像蛊，种在了萧家别墅。

3

萧不系一家子都是唯物主义者，不玩封建迷信那套，嘴上怎么说不管，没有谁真信风水，信的话，买房时就找人看了。虽然买的是期房，看不见摸不着，但对着方位、地理明确的沙盘和户型图，推演一番总是可以的吧。买房都省了这道程序，装修时更是省了，事实上，大脑里一个念头都没闪下。不过，要真闪了，没准就请了。

现在出状况了，亡羊补牢，又才想起风水。他们也知道，请风水师得花点钱，但那是小钱，小意思，算不得什么。并且，花钱买个心安，让一块石头落地，也是好事。关键是，花钱买来一声惊雷咋办？风水师说，别住了，得重新装。或者说，卖了吧，这房不是人住的。如果风水师真这样说了，那就要命了。你想，这样的房子，消息传出去，哪个敢接手？即便有不信邪的接手，还不是白菜价？岷苑老房，挂了这久也没卖脱，贱卖倒是可以，可那又能变现几个子儿？连冲抵借债和按揭都远远不够。住也不能，卖也不能，还得把昂贵的物管费支付起走。依萧不系的经济承载力，跳楼价都解不了套的事，就只剩跳楼一条路可走了。

真是的，萧不系夫妇一辈子的身家财产，包括未来的按揭负债，全化作了一幢宅子。偏偏是，宅子里钢筋水泥的龙骨，竟经不起一股看不见摸不着的风水的袭扰。风水的风，就是从门窗入宅的风，以及电风扇、蒲扇、空调和宅主的肺叶制造的风？风水的水，就是宅子地下的水，屋面渗透的水，空气中的水，以及自来水管里的水，下水道的水，宅主身体里的水？显然，是，又不是；部分是，部分不是。这个，稍有点老庄文化的人，都知道。在诗人的命题里，风在水中，水在风中，风水是血脉在人类时间中的梦游。

如果说风水好，巧蓝怎么会差点送命？还没住都如此，入住后岂不更倒霉？这难道是冥冥中给出的暗谕？是地下的老祖宗，给后辈提前打招呼示警？古代出师前，如果旗杆吹断，便认作不祥之兆,不再出师。但,反过来,照岳母的安慰话方向想,如果风水不好,巧蓝会死里逃生,活得上好八好的?所谓塞翁失马,焉知非福。难道不可认为,此次摔伤之祸,乃福祉前兆?

辗转反侧,折磨、纠结好几晚,还是女儿一席话,让老两口下了决心。女儿说,迷信这东西,信则有,不信则无,我估计风水这东西也是这么个理儿。本来我们不信,可妈一出事,卢叔叔一点破,我们就犹豫了,半信半疑了,心里也因此起了块垒。心里起了块垒,就是一个大事,就得拿掉。买别墅,本就是为提高生活质量,让自己快乐起来,并因快乐而健康长寿。但块垒挡了我们一家的道,必须切除。而切除块垒的,只能是风水师,风水惹的祸,当然得由风水师解决。所以,这风水师,一定得请。

巧蓝急了,要是请来以后胡编乱造,嘴无遮拦,瞎说一通咋办?

女儿说,妈,这段时间,你女儿上网了解了相关案例,也咨询了好多人的,他们讲,在一名优秀风水师那里,天大的事,都有化解之法。而出现重新装,或卖房的情况,都是我们朝最坏方向的凭空臆测。

萧不系说,女儿这一说,我倒是想起20世纪90年代初期,第一次去香港的事。导游告诉我们,那些形状奇异的建筑,有一些就是迷信风水的产物。一个公司大楼上有一把大刀状的东西,对准另一公司大楼,后者一准会修一块盾牌状的东西阻挡之。一家机构大楼上有一排枪状的东西,对准另一机构大楼,后者多半会架一门大炮状的东西,以牙还牙。还有装一面大镜子的,那是将对方释放的"煞",照原路反射回去。巧蓝,明白了吧,咱女儿说得在理,一种风水,是有可能被另一种风水改变的,至少,在信的人那里,是这样的。巧蓝,明白这个理儿不?

巧蓝说,好啦、好啦。我明白你们的意思,倾向请人看风水。看风水,这不就跟算命一样吗?算命的蹲在街边,多半是些戴墨镜的盲人,你请他算命,他在热场中显示一些你认可的真功夫后,一定会说你正走厄运,遇到大麻烦了。你吓一大跳的同时,一定会求解决之道。接下来,你就得用一笔钱,买他的几句话,求个化险为夷,转危为安。搞了半天,你们说的,不就这个套路吗?请神容易送神难,到时风水师嘴巴一张,说句没影的话,敲我们一竹杠,你们就舒服了。

女儿说,恭喜你,答对了,老妈真聪明。心病终须心药治。就是要被敲一竹杠,才舒服。这一竹杠再凶,凶上天,跟装修、卖房比,就是九牛一毛,沧海一粟,算个屁呀。而我们得到的,是块垒的切除,心病的痊愈,是无忧无虑的健康生活。

萧不系突然来了灵感,有了新思路,他咧嘴笑了,再说,我们还有一招,让主动权永远掌握在我们手上。

两女人齐问,哪一招?

萧不系道,这个风水师不行,换一个,又不行,又换,直到风水师的话让我们耳顺为止。

两女人笑骂,真是老狐狸。

女儿道,老爸说的一点不错,我咨询过了的,风水师也分流派,因祖师爷不同,传承不同,理论有异,便各有风格与主张,对同一问题各持看法,正常。

意见统一,萧不系约卢画家喝茶。

4

居家省城主城区的卢画家,都安县也有窝,画家村,一个工作室。建在岷江支流走马河边的画家村,由县委常委、宣传部部长亲自牵头,当地镇党委书记具体策划,开源聚宝,筑巢引凤而来。闻风而来的名画家不少，李焕民、罗中立、阿鸽等，尽在其中。卢画家不想去，因他的小情人木槿不想他去，但他架不住大咖们云集那里的气场与机会，就决心去了。原本等他下定决心去的时候已经晚了，画家村对入村画家的门槛要求提高了，但是机缘巧合之下，还是让他最终将工作室落地村上。后来他也曾心生退意，但木槿却习惯了这里。

萧不系的岷苑小区，距画家村十二三公里车程，几脚油门就到了。车窗外的风景，像一幅幅有思想有玄机的山水画。盆地阴天的风，从窗缝吹来，比一页页的纸还薄，还尖锐。

喝茶，在卢画家工作室临河茶室进行，河里的渔舟、鱼凫，成了玻璃窗折光的素描。两个男人一边喝，一边聊，天上天下的那些风物，波来浪去，在木槿纤细手指上的茶道里流淌。身为省城春熙路花店老板的木槿，真像一株木槿，很少说话，说也是风让它说。

卢画家：萧哥，上下五千年，你可知著名的风水大师有哪些？我来告诉你吧，郭璞、袁天罡、李淳风、杨筠松、曾文灿、刘伯温、赖布衣等就是。风水师，又有卜宅师、相宅师、撵龙师、堪舆家、形法家和阴阳先生、地理先生等称谓。就凭这些称谓，你就能想象他们的高明和他们在世间的地位。你打电话说你来画家村，我就知道，你已有意请风水师了，即便你还没最后决定。

萧不系：那我……

卢画家：当然该请了。如果嫂子没有摔伤，那什么都不用做了，可到底是摔伤了，这就说明问题了。啥问题？一是怪你之前忽略了风水，必须小小地给予惩罚，二是做个提醒，免得重蹈覆辙，再遭灾祸。至于你是否把这个提醒当回事，那就是你自己的事了。就像足球运动员，球已飞到你脚下，踢不踢，怎么踢，就看你的表现。获得了老天爷的眷顾，却不自知，怪不着命运的不公。

萧不系：那照你的意思，这世上就没有真正的、完全的、自己不小心出的事？任何问题，任何风吹草动，但凡科学不能解释，都与风水有关？

卢画家：萧哥，一部《易经》就是一部风水，上乾下坤，包罗万象。所有的看似偶然的事件，都是必然的产物。所有的好坏，善恶，都有因果。就像你我二人的认识，今天三人的见面，都是前世命定在大千世界、茫茫人海中的缘。

萧不系：你就这么笃信？

卢画家：我崇拜万物，笃信万物有灵，不信的话，我就画不好山水，当然，也就不能结识萧哥、木槿这样舒服的人了。风水讲的是什么？是趋利避害，求吉化凶。怎么趋利避害，求吉化凶？那就是藏风聚气，天人合一。山水画呢，也讲藏风聚气，天人合一。所以，把风水画好了，画就好了。萧哥，其实，你也信的，犹豫也是信，若不信，你就不会来找我了。

萧不系：我不信，只是心里装了事，对未来，有了不可预知的恐惧。

卢画家：这个正常，人嘛，进五谷，填杂食，又不是机具。地球都只是一粒微尘，放逐在无际的时间里，命运漂浮不定，况乎人类？其实，最肯捐功德信鬼神和风水的，公开地、暗地里求神拜佛，卜卦算命，还是那些有钱人，这个不用我说，网上一搜，案例比比皆是。木槿，你说呢？

木槿：嗯，好像是。

木槿说话的时候，茶道并没有停，褐黄、晶亮的茶汤从壶口流出，就像从她手指尖流出。萧不系曾在青城山，给卢画家和他这个小情人拍过照，木槿给他的印象是妖娆和妩媚，但今天，却像茶水一样安静和素雅。萧不系突然羡慕起卢画家来,并想起多年前,一个什么人,和她身上不知什么植物的香。但没想多远,想就往回走,并且,走着走着,茶汽一样,散了。

两只宠物犬,圣伯纳和博美,在地上和两位主人身上,跳上跳下,仿佛两位主人是供它俩游娱的树,一棵公树,一棵母树。

萧不系:我本来还在犹豫,听君一席话,胜读十年书,尔森,此行不虚,你算是帮我下了决定。来,以水代酒,敬你一杯!

卢画家:不行,水不行。木槿,拿酒。萧哥,别说不喝,知道你开了车的,一会儿木槿帮你叫代驾。

萧不系:喝茶就喝茶,还喝什么酒,又不是饭点,不成喝寡酒了啊?

卢画家:这你就外道了吧,广东一带特时兴这个玩法,一边品酒小酌,一边饮茶解酒,再佐以小吃,逍逍遥遥的,神仙一般。

木槿:森哥,赖茅怎样,应该还剩半瓶。

卢画家:对,赖茅,连萧哥喜酱香的,你也知道哇。

只一小会儿,两个男人喝上了。下酒菜三碟,油炸花生米、糖酥核桃仁、豆腐干,连同酒具、茶具,依根雕几案的天性势向,摆得像一件装置作品。两人一边拿菜下酒,一边拿茶解酒,酒哪里去了?酒撵话去了,然后话撵话。木槿本可以小酌的,但没有,她负责两个男人都需要的弄茶、酾酒和倾听。

卢画家:萧哥,你刚才说什么,我帮的忙?哪是我帮忙,这个决定,你其实今天决定出门来咱村子之前,就决定了。你哥子的心思,我还不懂?说我决定的,是给兄弟施压啊。你我兄弟这么多年,你那点小九九,能把兄弟忽悠了?

萧不系:哈哈,对呀,兄弟就是拿来顶包和减压的,不然要兄弟干吗？

卢画家：你这不是仗着大我几岁，耍流氓吗？

萧不系：对呀，要了，又咋的？再说，推荐了人，担保一下，江湖上说得过去吧。喂，尔森，我发觉你还是个风水行家，要不你直接上得了。

卢画家：就我这道行，即便敢上，即便你哥子也敢要，你家人敢吗？

萧不系：你以为我真敢要你啊？开玩笑的。

卢画家：知道。就算我跟人家师傅说得一样，可从我嘴里说出，跟从师傅嘴里说出，那也是一个天上，一个地上，差别大了。听说现如今在这个行道从业上岗，须持易学风水师资质证书，我可没有。

萧不系：说吧，推荐哪位风水师？对了，唐师傅？

卢画家：你听说过平原的哪些风水大师？

萧不系：隔行如隔山，一个不知，一位不闻。

卢画家：我把唐师傅推荐给你，你肯定不知他是谁，但你一准知道他先祖的大名。晚唐的，隐身青城山一带的大诗人，谁？

萧不系：唐师傅是唐求的后人？不会吧？

卢画家：圈里都认的，再说，人家的族谱上也有记载。

萧不系：唐求有"一瓢诗人"之称，诗写成后，装瓜瓢中，放河流上，逐水而去，漂哪是哪，潇洒至极，其诗仅存三十五首半，在《全唐诗》中自成一卷。

卢画家：原来萧哥这么了解，那就定了，就唐师傅！老子英雄儿好汉，有其祖，必有其后，差也差不到哪去，再说，唐师傅在圈内，可是有"西山第一勘"美名的。论实力，平原风水界排名，他稳坐前五。

萧不系：感觉你们山水画家，跟风水师特别有缘，几乎可归为一类人，凭你的直感，我那宅子有风水问题吗？

卢画家：又来了。没问题，嫂子还能平白无故摔伤？没问题，我还会给你推荐高人解难？还有啊，不仅画家尤其山水画家，可与风水师归为一类，诗人也可以啊，人类原始部落时代的巫师，不就是诗人吗？对了，你也会写几句诗的，应该懂得这个。

萧不系：芸芸众生，各有各的山，各有各的庙，我一业余诗人，懂个屁。定了哈，你跟着就对接唐师傅。唐师傅什么时候去天著青城，你提前吱一声。去的那天，你一定得在。没你陪着，我真不知如何接待，说犯忌的话，做出格的事，得罪师傅，也未可知。

卢画家：哥子发话了，自当效力。木槿，对不？

木槿：必须的呀。

萧不系：对了，付出就有回报，劳动就有报酬，我知道要给风水师封红包，但封多少，委实外行。

卢画家：风水师行业有个行规，叫法不空出。就是说，一旦风水师施出趋吉避凶的方法，一定要收红包的，这叫舍得，不舍不得，舍了方得。风水师为福主施出风水造作，实为背道而驰，改造原有形制，有悖于道法自然，所以风水师是要承担因果的。风水师的付出，如此之大之险，若福主得了风水师的好，却吝啬待之，甚或一毛不拔，那一样要承担报应的。再说，风水师也是人，就算半人半神，那也有一半为人，是人就得吃穿住行，照拂家人，就得有银子支使。也有不收红包的时候，按他们的行话讲，叫遇衰不润。意思是，看一个人的风水，看见的是不可逆转的颓势，不收红包，倘忍不住收了，则会损阴德。具体而言，三类人不能收：阳寿将尽者，大祸临头不可避者，此生再无好运者。所以，一位卜卦者，若给一个人算完命而不收钱，是一件非常恐怖的事。所以，懂行者，算完命，总是毫不犹豫快速奉金，生怕下一秒被拒收。

萧不系：明白了，道行深，讲究。你就说，我具体封多大一个红包合适？

卢画家：这个是没个定数的。师傅给你看了，指出问题，并道出化解之法，你或者满意，或者不满意，你或者富有，或者赤贫，根据你的境界和自身的承载，封多大多小的红包，风水师都随你，并不讨价还价。这就像信众进寺庙捐功德，随喜就好。

萧不系：这个意思，我当然明白。咱兄弟，明人不说暗话，你也知道，我的经济，也就是比上不足，比下有余。倾其所有，买个别墅，纯为绷个面子。红包大了，几万上十万的，肯定承受不起。红包小了，几十上百的，丢面子不说，还得罪人。我也知道，现在肯定定不了具体数字，并且也不能见面就呈上，我的意思是，到了现场，你可得站在我一边，帮我拿捏哈。

卢画家：这是什么鬼话，难不成我会站在风水师一边诳你？关键是，唐师傅从不诳人。罚酒、罚酒！

萧不系喝了罚酒，嘴上承认失言，心里却直打鼓。从来画家村被卢画家上课开始，他就越来越知道，画家与风水师的关系，非同寻常，卢画家与唐师傅也不例外。画是风水道具和场景布局器物，画由画家生产，由风水师给宅主推荐，由宅主使用，画家也可给宅主推荐风水师，你中有我，我中有你，三者的关系链和利益链，就这样形成了。萧不系心知肚明，说得露骨点，三方关系中，自己是希望通过出血获得吉利方，其他两方则是通过默契配合，互惠互赢，吃他的血获得利益方。而自己与卢画家这种，只是喝点清茶，饮点小酒，谈点风月，基本无涉经济的关系，如果据此与卢画家跟风水师的关系较力，孰强孰弱，自己还真没把握。但话又说回来，自己毕竟跟卢画家是好友，就凭这次卢画家送画，就可看出他跟自己的关系有多铁。他为自己小肚鸡肠暗度朋友，将朋友往那方面推，感到脸红。好在喝了酒，脸红正常，一切责任，都可由酒来承担与掩护。

5

二十多天后，萧不系收到卢画家信息，说对接了风水师。说风水师先是不来的，但抹不开他这个好朋友的薄面，犹豫了两天，到底是答应了。说风水师定好了现场勘宅时间，三天后，下午，两三点钟。说不用车接，他自驾来。

一直处于焦急等待的萧不系，终于收到这条信息，他认为是个好消息，虽然比预想的时间来晚了许多。他判断，在卢画家与风水师的对接中，前者肯定向后者介绍了他的个情和他的宅情，后者在悉知此两情后，还愿前往，说明按后者的预判，他多半不属于"遇衰不润"范畴。而卢画家的介绍，就算非专业，至少也是巴脉的。自己不属于"遇衰不润"范畴，那就是利好，有救。可一想到风水师答应来时的两天犹豫，还是生出了文人那种迂腐的小小忧虑。如果不是卢画家后来告知，他恐怕一辈子也不清楚风水师犹豫的底牌。

卢画家信息中的时间，虽没作特别强调，更没精确到分，但在萧不系看来，就是一道死命令，容不得一星半点商议。那天虽说是周六，但那个时段，报社正好要搞一个不准请假的团建活动，但萧不系还是厚着脸皮请了假，还能有什么大事大于吉时，以至于置吉时于不顾呢？

紧挨吉时的，是晚餐饭点，按俗界陈例，尤其江湖规矩，主人家得安排伙食。

在平原商报任中干，退居二线后，工作调整为机动摄影记者的萧不系，也算是见过不少场合的人物，但从没跟风水师打过交道。他脑袋中的风水大师，不是书上的人物，就是想象中的云雾里的神仙。当然，他也不是小屁孩，知道即便风水师像神仙，到底不是神仙，也是要吃饭拉屎的。不知道的是，是否应该请唐师傅吃个饭，唐师傅是否会接招吃他的饭，如果答应吃，桌子上可有忌口之话，忌食之物，比如酒，比如肉？在萧家两代四人家庭会上，萧不系抛出如何接待风水师这一议题，让大家各抒己见，没想到自己的女婿居然有这方面的识见。

女婿说，他一客户开有一公司，公司搬家，请一风水先生看新址风水，事毕，主客双方直接去一家酒楼，喝了一场大酒。萧不系问，你参加了？女婿道，那倒没有，是听客户亲口说的，假不了。巧蓝问，封了多大一个红包？女婿回道，这个他没讲，要不，我马上打电话问下？小鱼儿说，打吧，还磨叽啥。萧不系伸手按住女婿手机，算了，别问了，这种事，问了人家也不会说，别让人家为难。小鱼儿打趣道，明白了，这叫天机不可泄漏。

萧不系让女婿找家餐馆，预订个小包间，去与不去，做两手准备。

萧不系在手机微信私聊窗口，给卢画家留了语音信息，让他将天著青城导航路线，进小区大门需要登记的业主姓名及门牌号，转发风水师。

卢画家一点五十到，风水师两点半到，看完风水，四点十分许。

因新家尚未通气开灶，萧不系夫妇在现场备下的饮品，只有矿泉水。女儿女婿没来，在离堆公园参加同学会，萧不系也没要求二人来，因卢画家说，风水师看风水，切忌俗声喧哗。

一身艺术范儿的卢画家进屋后，除了浏览家中壁上新挂字画、主要待客厅，专事对昨天刚挂上的自己那幅山水画，作多维解读，说到精妙处，萧不系还没拊掌欢呼，自己先自拊掌欢呼起来。萧不系突然起了问号，约唐风水约了近一月，难不成就是为了等卢画家将这幅主画完成，在唐风水入宅时，见于厅堂？

解读的同时，手机也一直捏在卢画家左手掌心。其间，掌心震动了两次，他看了两次手机，第三次震动后，他说，到了。

卢画家和萧不系夫妇出门迎候。不一会儿，见一辆咖啡色吉普，走走停停开过来，卢画家便站在车道一个显眼位置，一边对萧不系夫妇说来了，一边朝吉普挥手。在三人引导下，吉普稳稳泊入萧家宅前车位。车门打开，一人下来。卢画家虚以手势，将主客双方做了介绍。萧不系一弓腰，久仰久仰，今亲睹大师风采，荣幸荣幸。风水师微微点头还礼，然后起步，不是走进宅内，而是背向宅子，走往离宅子更远的地方。直到绕过"交通岛"花园，走到宅子斜对面三岔路口另一条车道上，才停住，转身，看向宅子，及宅子的周遭。

周遭百米，风轻鸦静，空无一人。

其时，包括萧家在内的这一批次别墅，刚交付一年，正处于装修阶段。而好些业主，因执意搭建，尚在观望中。此刻，不仅无业主，工人也无——时为周末，物业不准装修，以免噪音扰了邻近批次别墅已入住业主。

风水师瘦高瘦高，歪扭扭，病恹恹，看上去细得像一根风中的刚竹，眼看要吹折了，风一过，又直了起来。并且，他那么年轻，也就三十岁出头的样子。萧不系怎么看，都看不出他像风水师，更不像传说中的风水名师。萧不系的印象中，是见过风水师的，最近的是老婆摔伤那天见过的，给电影开机仪式作法的那位老者。萧不系见过的风水师，都穿中式服饰，藏青色的，汉风，唐装，民国范儿之类，一律脚蹬白边布鞋，走起路来足不沾地，阴风煞煞，即便身板儿矮小，杵在哪里，都如鹤立鸡群。世界观是在认识世界、改造世界中，逐步形成的，他后来终于醒豁过来，自己将风水师与占星者、算命人，以及巫师、法师、祭司等，搅在了一起，合了同类项，以为皆可称风水师，就算不可，至少这些人都懂风水的经。其实不然，比如，主持电影开机流程祭拜仪式的那位，是祭司，不是风水师。

面前的风水师下身浅黄灯芯绒裤，上身白色保暖衬衣外套黑色休闲衫，脚上登山鞋，头顶棒球帽，着装可谓又时尚又普通，又讲究又皮实，总之让人完全看不出想不到，此君居然是位风水大家。

风水师一会儿空空茫茫望天，一会儿休休闲闲翻手机，此刻的样子，跟一位在站牌下等公交车的乘客无异。

尔森，唐师傅这就开始看风水了？萧不系有些莫名其妙。

嗨，怪我。你赶快去告诉唐师傅，亲口说出你请他来看风水的诉求。卢画家轻声叮嘱萧不系。

萧不系不得要领，心想，自己的诉求，卢画家不是已转告他了吗，否则他来干吗？想法归想法，并没影响他向风水师小跑而去。

唐师傅好，这个是我新宅，也就一陋室，本想着年前搬进去，在新宅里过新年，但委实不知宅子风水怎样，心里甚是不安，还想请唐师傅帮忙看看，望望气，把把脉，以解心中之惑。久仰您是风水大师，又知您乃万忙之身，屈尊亲至，耽误您宝贵时间了，真是不好意思。

风水师微微欠身，萧先生客气了，为福主看风望水，号脉诊宅，自是本分。说罢，径直朝吉普走去。萧不系以为自己说错了话，惹得风水师生气要走，却见他从车中取了一个双肩背包下来。萧不系上前一步，伸手接包，风水师说，谢谢，我自己来。风水师背着包，以旅行者的样子，走回刚才望天看手机的位置，从包中取出罗盘，开始了他的工作。

巧蓝给风水师递矿泉水，风水师说不渴。萧不系说，唐师傅，需要我们搭手，吩咐哈。风水师说，动手就不必了，到时有什么情况，再行请教萧先生。

在风水师正忙的间隙，卢画家用炫技般的口吻，悄悄对萧不系说，萧哥，知道唐师傅为啥必须等你亲口告知了诉求，才开始工作吗？这个，在他们风水业界，叫"不问不说"。就是说，你有问题就要请教，你居住的风水是你本人的因果，风水师没有责任和义务为谁解因果，你向他请教求解，就说明机缘到了。萧不系点头，嗯，规矩多，懂了，意思是，不主动，不拒绝。

萧不系在文化圈混，看上去懂得多，很江湖，本质上也就一没经过事的书生，居然天生怕猫怕狗怕鬼怕死人。他私下认为，风水师，不是跟自己在同一时空里生活的同类，他们的气息应该跟传说中的"湘西赶尸人"相近。也因怕风水师，而躲风水师。但目下，躲是躲不过了，只能硬起头皮面对。

6

风水师绕着萧家宅子外围，走了一圈，因周遭建筑错落，使他的轨迹成了异形封闭环。过程中，他的工作，像勘测师，像农科干部，像写生画家。他拿着罗盘和三角尺，一会儿站，一会儿弓，一会儿蹲，从不同方位，勘测宅子及其相邻建筑、电线杆、植物、道路和山水，间或在一个记录本上写写画画，外加四则运算。

萧不系想跟着风水师转圈，被卢画家拉住了。

风水师看没看见风，怎么看的，萧不系不知道。萧不系看见的风，是从夏天赶往冬天的风，它正把凌霄、槐树的叶子，吹落在草坪、行道和更矮小的树上。而白头翁、鹧鸪鸟起起落落，完全没把风的隧洞当回事。傍小区而过的金马河的水，是看不见的，它在萧家对面那排别墅后面——只有站在别墅顶层，才可以望见这一河秋水。

转圈毕，风水师将风水勘察工具和记录本放进工具包，快速向萧家入户门前的石梯走去。卢画家用大拇指戳了一下萧不系的后腰，轻言，还不快去开门、带路？

风水师上到石梯中间平台，回过头，微笑着等大家，走吧，我们进宅看看。风水师声音柔和、亲切、平实，一点不另类，结合后面的情况看，他其实是个既随便，又容易相处的人。从他的气质与穿着看，不认识的人，以为他是一位现代派青年，甚或直接就是官二代、富二代之类的。对了，那双内容丰赡的眼睛，像演员陈坤。

刚跨入宅内，风水师便回转身体，从入户门的视角，将室外把把细细看了一遍。又站在客厅落地玻窗前，对包括前庭在内的户外，观察良久。萧不系注意到，风水师入宅看风水，一个重要的程式，是看门窗的风水。可不，风水不正是从门窗入宅的，不看门窗，还能看啥？想到这层，萧不系自以为有所悟，开了点窍。风水师依次看了厨房、卫生间，然后过前厅、后厅，出后门，到了后花园，其入宅的踪迹，就像随着穿堂风的行进，不，那会儿，他自己就是自带水体的穿堂风。

出后门前，他在卢画家的画前停了下来，对卢画家说了一句，嗯，不错，气息饱满，通顺。这几乎是风水师到来后，开口对宅子相关风水，作出的第一个评价。卢画家有些得意，拱手道，谢谢唐师傅认可，我和萧哥，能成为多年的铁哥们，首先就是人与人的气息对路，然后才是画与宅的气息对路，萧哥，是吧？萧不系连连道，必须的嘛，唐师傅都认可了的，那有啥话说？尔森，谢谢了哈,好画!卢画家一边跟风水师往花园走,一边应道,说这些。

后花园,一个风水师变成多个风水师,他一动不动,让视点从各个方位展开并成像。他重点结合宅子后墙门窗对射过来的视域,察看了草木种类、粗大树木,和置景造型建筑小品的体量与坐标。不仅施用了罗盘,还在萧不系协助下,施用了皮尺。他注意到安在后墙上的摄像头,和安在栅栏石柱上的夜光景观灯。

然后,回到客厅,顺楼而下,到了半陷地下、阴一半阳一半的负一楼。斜着从后花园窗户倾入的阳光,看了萧不系摄影工作室,看了与工作室隔着五步的大理石梯步,和一道门的车库。然后,顺楼梯直接上二楼,看主卧、次卧和卫生间,并站在俩房间阳台,各个巡睃一番。再然后,上三楼,也就是顶层。

顶层有三个功能区,前边阳台,后边露台,之间是一个带卫生间的卧室。这个卧室,开发商的设计为主卧。装修时,主卧被调整到二楼,顶层卧室则被改造成萧不系的书房兼起居室。萧不系毕竟是读过几本书的人,他觉得没个书房终究不是那么回事,年轻时住市内职工宿舍,没书房,正常。现在不一样,一个文化人,都别墅了,能没个书房?老婆也算将就他,加之自己膝盖不承力,少爬一层好,就同意了他的虚荣。是书房,当然得有书架,就在入户靠右墙一边,他让给宅子定做壁柜的欧派公司专门设计了一套书架连带床榻的木作组合。他说,毛主席的卧榻上都放有一排枕边书,伸手可取,我也要学习毛主席,直接将卧榻与一壁书架连为一体,伸手可拿的书,不是一排,而是几排,像飘香藤一样,从床沿一直爬到天花板。卧榻则设计成了床与榻榻米的结合体,既有榻榻米的美学与洋气,又有"主席床"的实用与舒坦。床宽在双人床与单人床之间,宽了,削减了书房式态,窄了,"主席床"味道没了。有了这张"主席床",萧不系就可以实现床自由了，二楼三楼，想一个人睡上边书房，就一个人睡上边书房，想与老婆睡下边主卧，就与老婆睡下边主卧。如此，顶层之睡，不就踏踏实实鼾声大作地实现了凡夫俗子的伟人梦？不过，睡过之后才知，他想多了，睡"主席床"，也多有失眠。

床榻对面挨墙柜体，设有电视位，书房中央，摆有一套颇有文化味的橡木书桌和靠椅。

这间房子的层高颇高，人字形，萧不系夫妇商定后，让定做楼梯的厂家给设计。这样，书房就多了一个层次，添了一种浪漫格调，抬头一看，是凌空挑出一半的阁楼栏杆，顺梯而上，可依栏遐思。萧不系还没入住，就已然想到，自己偎在床靠看书，不经意一仰头，便看见古代美女，在阁楼栏杆前送秋波，抛绣球。他的这个想法，当然是不能告诉老婆的。他对老婆说出的搭建理由是，咱这别墅，时价已近二万一平方米，搭阁楼一平方米四五千，平白多出的面积，不就是捡的个便宜货吗？至于用途，搁放换季的东西可以，搭个地铺，来个客人，临时住下可以，再说，也独特、美观，多好哇，是不？

想一想二想三，令萧不系万万没想到的是，正是这个阁楼和床榻，居然存在风水问题。这句话也不完全对，风水师的意思是，阁楼上的风，顺梯而下，正好吹在床榻上，而人，不管裸睡还是穿睡衣，是经不住这般吹的，滴水穿石，吹穿了身体咋办？照风水师的意思，床榻与阁楼单独存在没问题，同时存在、错开方位没问题，但产生目前这般的紧密联系，就有了问题。

风水师是将宅内风水，一丝一缕全部厘清，透彻看完后，才发表意见，说出上述意思的。

风水师是站在宅子入户门正上方七八米高处，即书房阳台说的。说的时候，金马河一河秋水，在他瞳孔上轻泛微波，一只飞鸟，盯着他的睫毛目不转睛。该说不该说的，都说了，最后，风水师向萧不系夫妇欠了下身，然后穿过书房，朝楼下走去。

令萧不系心生疑惑的是，阁楼上只有一扇不可开启的玻璃窗，哪来顺楼而下的风？风水师自言自语，不要以为阁楼没有门窗就没有风，风是一种势，一种场，无时无处不在。风水师有读心术？

除了说阁楼和床榻，风水师还对萧不系夫妇说了这样一番话。他说，你们这个宅子风水不错，可以打七十多分吧。别以为分数低，这个小区，不进屋看都知道，好些宅子格都及不了。你们家，前有金马河，后有青城山，倚山面水的朝向，首先就奠定了一个好的宅局。再看宅子门前的地势，一座交通岛式的小花园立在中间偏左位置，两条峡谷般的车道，在那里形成三角形三岔路口。左青龙，右白虎，前朱雀，后玄武，风水顺道路而来，在宅前的运行生发，与宅子共脉同气，再结合宅后和宅内的风水，基本建构出了以宅子为中心，藏风聚气、天地人合一的道场。这就是为什么，我对你们别墅的风水，给出了七十多分的高分。

卢画家对萧不系耳语，宅子的风水大局，主要由宅子地缘、地望和外观形制决定，室内风水占比不高，哥子可以放心了。

一路胆战心惊的萧不系夫妇，至此才算舒服起来，卢画家随之一席高声语，让他们更舒服了。他说，祝贺祝贺，真是好宅，俗话说，人生有好宅，寿长福满传家财！萧哥、嫂子，今晚可得摆一桌，既为你们压惊，又为你们庆贺！

萧不系忙不迭回应，应该应该，唐师傅辛苦了，必须致谢！又道，唐师傅金玉良言，一言九鼎，今天多亏言明，否则，吾辈俗人哪能洞悉？

但丢掉的二十多分，让萧不系夫妇尤其是巧蓝，矛盾丛生，心有戚戚。夫妇只对了下眼色，不敢贸然出言。

站在顶层的风水师，登高望远，挥斥方遒，指点风水江山。

再看你们对面的这排别墅，背水面山，腹背受敌，视野受限，永远都处于一种紧张、濒危的背水一战态势，如此屋宅，哪能让宅主消停安生？再看左边的这幢，被车道端端对准，日复一日，年复一年，它能架住季风的不停吹刮、山水的持续冲击？再看这幢，小花园里这棵粗大黄葛树，刚好对着它的入户门，正所谓树撞煞，顶喉煞，门前有大树，六畜损无数。左前那幢，你们看，一定是搭建改造过的，所有阳台都封了，窗洞小，加之位置又背，室内从早到晚很难晒到太阳，阴气煞气太重，霉运不来都不行。再看那幢，算了，不说了。

　　风水师的断然噤声，让萧不系隐约想起，卢画家说过，一名风水师不仅不会揭另一风水师的短，亦不会点评与己无关的风水问题，这是他们的行规。萧不系跑出剧本的恍惚加戏，像一只飘逸的风筝，被风水师接下来的话握着线头，拽了回来。

　　风水师去了一趟卫生间回来，声音便低了好几度，仿佛卫生间对他使了什么幺蛾子。他说，你们的风水能有七十多分的好成绩，真是值得庆幸，但同时，你们也一定纳闷，想问我，那还是有二十多分的风水问题啊，这都是一些什么问题呢？想知道吗？

　　萧不系本想说，不想知道，但他表现出来的，却是肢体语言，一个憨憨的点头。点头之后，便紧张得有些战战兢兢，望着面前年轻的风水师，像望着自己的"君王"。

　　"君王"说，既然想知道，那我就告诉你们吧。他说了顶层阁楼与床榻的问题，说了一楼卫生间门的朝向问题，说了邻居搭建引发的问题，尤其说了后花园的园林造型问题。这些问题，"君王"说得很慢，很细，微风一样柔，溪流一样小，萧不系却听见了蝴蝶翅膀那边的飓风，多米诺骨牌那边的大海。他想，这些飓风与大海的问题，应该不止二十分吧，又想，可能就是二十分吧，因为宅子总体的风水质量，好得犹如一块压盘的骶骨，一块压舱石。

"君王"说了这番话，喝了小半瓶矿泉水，又说，这些问题，即便全部解决，宅子也得不了一百分。话毕，萧不系侧耳聆听，"君王"不再多一字，穿过书房，径直去了露台，仰首凝神，像是在望白日里的星空，和太阳背后的星星？

7

巧蓝盯着露台上风水师背影，又焦急地看了丈夫一眼，萧不系忙问卢画家，唐师傅不能光指出风水的问题，而不去解决问题，或向我们说出解决之道，不能呀。

卢画家说，这个嘛，你要主动求解，也就是风水行话说的"请法"。风水师看毕风水，会主动指出风水吉凶、命运趋势。但若要破解与趋吉，必须由福主提出请求，方可施展道术，或向福主道出破解之法。

风水师望了星空回来，就要径直朝楼下走，萧不系急忙呼道，唐师傅留步！唐师傅留步，看向他。萧不系用一种央求的、试探的、又是满脸堆笑的复杂口吻说，这么多问题风水，就住在我家里，跟我们住在一起，总不是个事儿。卧榻之侧，岂容他人鼾睡？我的意思是，还劳唐师傅，施个什么道法，把它们化解了去，让这处住所，是块干净地儿。

风水师说，我应该是明白，你说的施个道法是什么意思，是不是烧香、念经、画符、藏物之类的？如果是，那就遗憾了，本人不善此道。我施的法，是物理的、科学的。它们在身体之外，宅地之内，却能在福主身体上，产生化学的、心理的复合赋能反应，引导福主走上避害就利的风水大道。宅运跟人运一样，不能自己凭空无据改变自己，需有着力点，只能借力打力，用周遭外在的风水能量，改善自己。如果萧先生认同本人的行道之道，施法之法，自当效力，不认同，这就告辞。

风水师深呼吸，尔后，吐了口长气，尔后，作下楼状。

萧不系有些愣怔，看一眼卢画家脸色，除了看见一脸红柿子的微笑，什么也没看出。自己的愣怔，除了意外，更是钱捣鼓出的。他明白，所谓物理的，也就是有形的、硬件的、实锤的，具体来说，那得来一番大改造、大折腾啊。一幢装修处于基本完成式的别墅，大改造，大折腾，得填进去多少真金白银啊，自己的条件、身家，架得住吗？如果这样，正应了怕什么，来什么。不请人看，什么事没有，请人来看了，事就跟来了。跟来好事当然好，结果偏又不是。早知如此，何必当初。但现在，自己掉进自己挖的坑，还有得选吗？退是退不回去，只能往前走。风水师是朋友应自己之请，举荐来的，又是名人之后，风水大家，不听他言，还听谁言？虽听闻风水学流派很多，主张、风格各异，但换一位风水师，就一定有好的结局？再则，如果放弃了他，或者不立马决断，伤了他脸面，那就得罪人了。得罪人了，没准就埋下祸根了，万一他施个隔空的什么法，将一团霉运钉在这宅里，就得不偿失了。据说那些端公、道士、和尚、撵龙匠，甚至木匠，都有那般本事。解铃还须系铃人。老话说请神容易送神难，到时却成了送神容易请回难。

越想越慌，萧不系不看巧蓝脸色，只慌忙拦了风水师，觍着脸道，隔行隔山，业界人才有业界话，唐师傅大人不计记小人过，千万别跟我等外行计较。总之，唐师傅的意思，就是我们的意思，唐师傅指示怎么做，我们就怎么做，绝不折扣，短斤少两。

风水师二话没一句，站定顶层露台，指着左侧邻居邱总家的搭建墙体说，它挡了你们自由看山的部分路道，干扰你们西北角的风水形制，但它是别人的地盘，别人的风水，影响也不是十分大，只能这样了。

这番话，相当于埋了个雷，不过，应该不会在这部小说中炸响。萧不系想，风水师或许知道，将邻人的搭建问题解决掉，比登天都难，不深说，是不想为难自己的顾客、福主。

三人随风水师进门，过书房，至阳台，风水师转身，指着室内楼梯侧壁位置说，为阻止阁楼上的风沿楼梯直冲床榻，应将楼梯与床榻之间的风口封闭。

萧不系一惊，心道，封闭？那岂不是要做改造性施工，安装一道起屏障作用的隔墙？动静太大不说，自己追求美的初心，岂不前功尽折？他小心翼翼拈着字词请示风水师，可不可以不大动，搬个什么东西放在这里挡一下？风水师盯着楼梯，仿佛楼梯是萧不系，说，比如……萧不系说，比如摆一排金属衣架，一只金属落地灯，几把健身刀剑……风水师略一迟疑，也行吧，金属坚如盾，光如镜，什么都挡得住。萧不系本想问，唐师傅的意思，是金属挡住不好的同时，也挡住了好的那一部分？话到嘴边，还是硬生生咽了下去——没事了，何必又生事？

再往上，是天，天上的风水只适合仰望，于是下楼。

过二楼，刚向一楼走了二三步，风水师又返了上来，顺便似的，对二楼的两个房间给予了一个点评。他说，如果这两个房间的门与阳台正对，让风水形成对穿对过的室局，将导致房间的抱团聚合功能减弱。好在开发商委托的设计方深谙此道，让房门与阳台成斜对关系，这就没问题了。不过，有了问题，也好处理，安个基本不打开的深色厚门帘就解决了。但这样一来，阳光释放的阳性能量，又被隔在了室外。

当风水师驻步，折身二楼时，萧不系夫妇的心像被食人鱼咬了一口，吓了一跳，生怕二楼也出了风水的乱子，听风水师这样一说，悬空的石头落了地。嗣后，卢画家以考官的有点得意又有点神秘的口吻问他，可知唐师傅口中的"抱团聚合功能减弱"是什么意思？他回曰，难道不是藏风回水不及格的意思？卢画家说，没错，但你的理解太玄奥，也流于宽泛。直白说来，俗人对唐师傅话语，是有自己的理解的，是为夫妻离散，亲人不安，家财难聚。

在一楼洗手间门口，风水师问萧不系夫妇，你们不是说，没搭建改造吗，这个门……萧不系答，别墅外观，我们一点没动，室内动了两处，一处是三楼搭了个阁楼，一处就是这个厕所门。伸手，一边指，一边说，门原先在这里，我们嫌里面光线暗，加之门前的过道窄，就换了个朝向。风水师说，这个就不该了，画蛇添足，人家设计机构，应该是靠谱的，既懂现代科技，还有艺术、美学，又懂风水学堪舆术。我刚才在楼上说过，一楼厕所门，正对入户门，这就形成了"上风上水"直通"下风下水"的路局，愿景对穿对过，回路丧失殆尽，进门入室的财，成了流水财，进门入室的吉，成了竹篮打水一场空，不该改啊。

破土动工，改变易，复原难。

正好门外吹入一股秋风，扫在萧不系脸上，让萧不系感到，脸皮连同脸皮中的血色，正像落叶一样，一片一片飘零。他煞白着脸说，唐师傅说的极是，只怪本人愚昧，有眼无珠，多此一举，好好的东西偏要朝坏的方向玩。事已至此，还乞唐师傅给个手段。

风水师直接去了后花园，连挂在客厅的卢氏作品也没瞟上一眼。卢画家注意到了这个细节，而萧不系留意的，是风水师的一声不吭。

后花园中，风水师指着蓝花蓝园艺公司做的两处置景造型建筑小品，说，这个花岗岩隔断，我刚才说了，有问题，但我没说什么问题，不好说。我的意思是，把它们改造一下，变低，加宽，做成一段矮墙的样子。

立在花园的两处建筑小品，大小一致，高约一米二，宽约八十厘米。

又是破土动工的动作。

萧不系看了一眼巧蓝，巧蓝问风水师，唐师傅，为什么要改啊？

风水师说，因为不好。

巧蓝说，为什么不好。

风水师说，如果好，福主干吗请我？

萧不系说，巧蓝，话多！

这个也要改。风水师指着安在栅栏石柱上的夜光景观灯说。又说，花园里的所有草木，都是一个个独立的生命体，我们有眼鼻耳嘴，它们也有，我们需要夜间睡觉补充能量，它们也需要。当然，花园里的益虫更需要。而夜光灯的长明，是对它们，以及它们的风水，作不尽折磨与摧残。说白了，夜光灯，是它们的刑具。

巧蓝究竟是女流，心理承受能力比不得萧不系，楼上楼下跟着风水师跑，又想听风水师说些什么，又怕听风水师说些什么，一颗心像肩挑两桶水，东偏西倒，一路上没消停过。这会儿，萧不系对巧蓝说道，这个简单、好办，我们不开就是，让这些夜光灯，成为装饰灯，反正退货又退不了，即便灯具店答应退，按回购价算，也退不了几个钱。又转身道，唐师傅，没问题吧？卢画家抢着说，应该没问题。风水师说，嗯，很好。

风水，总算看完了。

一行四人进后门，经过客厅山水画，萧不系变魔术般，从左胸兜掏出一红包，往风水师手上塞，唐师傅鞍马劳顿，一点车马费，不成敬意。萧不系想好了，如果风水师作势推辞，就直接塞进他衣兜或双肩包。风水师接了红包，一边说谢谢福主，一边顺手插入裤兜。萧不系备了大中小三个红包，放在不同兜里，小的五百，大的一千二。他本意是给风水师一个大的，鬼使神差，摸错了，摸成了中号，七十分以上待遇，八百。

经过前后厅堂之间的楼梯口时，风水师止了步，再次察看了巧蓝摔伤处的位置和地势，其小心翼翼的神态，就像捞起巧蓝左手袖管，看手术留在她肘部的，蚯蚓翻扭般的刀痕。看毕，对巧蓝说，这楼梯又陡又窄，不管怎样，以后走路都得小心点。又看向萧不系道，好了，就这样吧，打扰萧先生了，告辞。话毕，清风拂面，行云流水，人已到门槛。

8

卢画家给萧不系使了个眼色，萧不系忙说，马上就到饭点，唐师傅急啥，喝会儿茶，吃了饭再走。卢画家主人似的说，唐师傅就莫见外，咱俩是朋友，萧哥又是我哥，萧哥已订好了餐，备好了酒，去吧，去吧，不说给萧哥一个面子，至少也得给嫂子一个面子吧。萧不系说，是啊是啊，订好了的，县城南桥酒店。二人的留客话还没挽结，风水师已走到了门前石梯平台，那好，承蒙盛情，一会儿见。

三辆车出小区，几个红绿灯一过，各自不见踪影。萧不系夫妇到酒店，时间还不到四点半。萧不系打开后备厢，取了三瓶酒拎上，让老婆将车开回家泊好再过来。岷苑离酒店近，步行也就十来分钟。

萧不系启动车，还没出别墅区，就对巧蓝说，打电话，让小程赶快把酒店小包间正式定下，他能来最好，把女儿也喊上。程非在电话里说,我一准来,同学会只是去打了一头,正返程。程非精明能干,八面玲珑,萧家的一些拉杂事,都交给他办,他也乐此不疲。萧不系一边开车,一边用语音车载电话,跟卢画家通话,喂,我把家人都喊去,没问题吧,主要是怕人少了,万一没话说,冷场,尴尬。卢画家说,那有啥问题,人多,热闹。他本想让卢画家将他的小情人木槿也叫上的,考虑到自己家人在,不妥,作罢。很快,程非转发来了酒店的订餐短信,包间名安龙。他顺手将短信转了卢画家。程非电话问岳父,别墅的风水看得怎样,萧不系就将下午风水师的观点摘要,告诉了他。

巧蓝说,人说嘴上无毛,办事不牢。老萧,这风水师年纪轻轻,上下嘴皮一碰,让咱这改那改的,你真听他的?

萧不系说,过了今晚再说吧。

巧蓝说,照他那个改法,那得好大一笔钱,哪有!

萧不系走进酒店大堂,服务生接过酒,将他引导至安龙包间。小妹,点一壶茶。正看桌上茶单,却听一人道,帮你点好了,等你来点,俺都渴成一把干柴了。萧不系定睛一看,包间一侧茶歇处,卢画家正坐在沙发上喝茶、哂笑。饮者给来者倒了杯茶,又道,点的青城茶,唐师傅喜欢。萧不系道,这茶可不仅是崇奉道文化的文人喝的,武人也喝,并且,谁喝了谁胆大。卢画家道,怎么讲?萧不系喝一口茶,不小心将一芽茶喝入口腔,就嚼着茶芽,哑巴道,王小波、李顺起义,课本上都有,无人不知,可没几人知道,二人揭竿造反前,是青城山的茶农兼茶商。卢画家哦一声,这样啊,那青城山的风水,出道家,出茶,出武人,怎么还出风水大师?萧不系道,你是懂风水的,居然问我?对了,唐师傅怎么还没到?卢画家道,跟你一样,他在都安县城里的住房离这家酒店很近,他应该是把车开回家,然后走路来。萧不系道,除了都安县城的房子,唐师傅还有⋯⋯卢画家道,还有省城市区一套，不过，两套都小。

言毕，卢画家端起茶杯，小嘬一嘴，仿佛喝的不是茶味，而是言语中的意犹未尽之味。萧不系当然明白这哥们的意思，本不想遂他之意，但还是遂了，便道，唐师傅置业，为啥往小了置，他不该缺钱呀，听说那些老板给风水大师封红包，动辄上万，几十上百万的都有。卢画家道，哥子批得准，他不缺钱，缺子嗣，生了个女儿，也夭殇了。

接下来，卢画家讲起风水师缺后的事来。风水师到底是唐求之后，虽没承继下老祖宗的文华，却也在南京东南大学建筑系习得了一些东西，特别选修过李仕澄教授开设的建筑风水课，加之穿什么都周吴郑王的，身边就没缺过佳人。大学毕业后进入西南建筑设计院不到一年，就烦了成天画图的机械和无趣，更烦了在领导和委托方之间吃夹沙饼的折磨，便生了想法，当一名逸情山水间的闲云野鹤。神秘消失两三年后，从青城山下来，一下成了平原上最年轻的风水大师。不久，一位迷《盗墓笔记》的女子迷上了他。闪电结婚一年后，诞一女，哪知女儿刚在地面见到天光，就去了地下。之后，两人不管怎么努力，女滋阴，男壮阳，那女子肚皮都风平浪静，去医院做检查，没问题，又拉丈夫去，还是没问题。小半年过去，丈夫说，别折腾了，怀不上娃，问题在我。那女子说，医院的检查报告不是写得很清楚？你没问题。丈夫说，我的问题，医院查不了，最先进的CT也打不出。又说，我是风水师。那女子说，风水师怎么了？我认识的那几个风水师，不都照常娶妻生子？丈夫说，我跟他们不一样，有两次，我在那方面用了足力。

手机响了一下，巧蓝发给丈夫的微信语音留言，说她就不来了，反正她又不喝酒，她准备去几家房中介门市看看，了解一下都安二手房的房市情况，岷苑老房无人问津，急。萧不系回了一个表情——OK。

卢画家进一步告诉萧不系,那方面,不是俗人理解的那方面,而是指看风水、施法术。在那方面用力过猛,动了命气,当然就折耗了这方面的肾气,也就是生殖方面的能量了。你想,天地间的风水都是大自然的产物,都是自然生成的,它们只负责利于自然,顺应自然,并不负责利于人宅,顺应人宅。偏偏是,人类来到地球,又偏偏是,人类要在大自然的地盘建宅子。于是,一些宅子建得比较好,只因其顺应自然,融入自然,得到自然的滋补与照拂。一些宅子建得比较不好,只因其悖逆自然,挡了自然的道,受到自然的诅咒与摧残。正是这般的情势与处境,给了风水师施展才华与抱负的机会。他们要成为人与自然的和事佬。他们一方面研究、整理和流布有关自然、风水和宅子关系的理论,一方面承应宅主的诉求,让宅子趋利避害,活下去,活得好些,更好些。风水师的作为,无非是借山还山,借水还水,用四两拨千斤之道法与道具,以及改变大自然的行势,去纠正人宅的风水。如是,问题来了。拂逆大自然的意志,如果尚在大自然容忍畛域内,也就罢了,风水师一边自伤一边自愈。如果不惜自身命力,对风水的改造,超出大自然容忍底线,由此铸就的因果,在风水师正常身体里找补不回,风水师得到的报应就来了,轻则亏损福寿,重则,既亏损福寿,又断子绝孙。

那女子很快知道了这些道理,又很快与风水师离了婚。风水师离了婚,却没离女人。他身边总有女人,他们愉快相处,聚散随缘,从不谈婚论嫁。

萧不系说,有个说法,不以结婚为目的的恋爱,都是耍流氓。

卢画家说,那你我都曾流氓过。

萧不系说,只有我是过去式,你可是正在进行式。

卢画家说，不隐瞒，不欺骗，男欢女爱，你情我愿，天经地义，何来流氓之说？

萧不系说，不谈风月，咱说风水。

卢画家说，唐师傅除了城里的两套房子，青城山里还有一处宅子，他没去过，恐怕极少有人去过。城里的两套，去过，都是七八十平方米，一室一厅加厨卫。厨卫正常，此外，就有些特别了，除了卧室双人床，客厅沙发、茶几，以及通道占的位置，其他地方，全部摆了书架、博物架和储藏柜，架柜里除了书，就是古玩。

卢画家说，唐师傅的藏书几乎全是有关风水和算命的，一部分是大学教材，更多的是冷门古籍。他一边说，一边将手机里的照片递给萧不系看。萧不系的眼睛，立时塞入一排书架，《四库全书术数类丛书》《周易》《宅居布置学》《城市高层楼房风水气场蕃层手册》《风水理论研究》《推背图》《葬书》《青囊经》《青乌经》《泥水经》《烧饼歌》《青乌序》《宅经》《撼龙经》《催官篇》《雪心赋》《博山篇》《葬经翼》《水龙经》《八宅明镜》《阳宅十书》《发微论》《玉尺经》《地理正宗》《地理五诀》《葬法倒杖》《地理辨证》《地理骊珠》等书籍，一一码放，尽在其中。卢画家说，这两处房子，皆为高层，敞亮通透，阳光充足，但他还是感到凉风煞煞，阴气逼人，据说风水师离婚后处的那些女人，从不在他的屋子过夜。

小鱼儿跟木槿只是认识，完全谈不上是无话不谈的朋友。有一天，木槿神神道道告诉她，听自己一位同学说，唐师傅哪里断子绝孙？他有一个私生子，带把的。萧不系听说后，也信，也不信。听同学说的，同学又是听谁说的，谁又是听谁说的？如果这一溜铰链似的听，个个货真价实，当然就得信。但只要有一个听掉了链子，就不可信。

9

说话间,小鱼儿、程非小两口到了。卢画家与他们熟,三人打哈哈寒暄了几句。小鱼儿说,老爸,你让我们喝酒,开不了车哦。萧不系说,今晚就住岷苑吧。小鱼儿酒量好,巾帼不让须眉,否则萧不系这个当爹的,也不会让女儿来陪酒兼服务。茶满欺人,酒满敬人,事实证明,今天这个场子,女儿服务也称职,杯杯酒一视同仁,满满掺上,滴酒不漏。

萧不系抬腕看表,起身道,唐师傅该不会不来了吧?卢画家道,怎么会?他要么不答应,答应了准来。那我去外边接下吧?不用,就在包间等吧。他知道哪个包间?我将你发我的酒店短信,转了他的。

风水师来了,换了一身穿着,空气中飘过一股淡淡柠檬香。显然,去小区泊车后,他还上楼回了趟家,沐浴,更衣。萧不系心里有些不爽,难不成风水师将咱萧家的珍贵别墅,视作了冥府、阴宅?在他们风水行帮,沐浴更衣,是阴阳转切之间,必须进行的一道程式?但这点不爽,很快被醇美的酒精,清洗得干干净净。

令萧不系不爽的,还有风水师迟到的四五十分钟,认为是故意端架子。卢画家说不是,说风水师一定有什么别的事耽搁了。卢画家不愧为风水师好友,他猜得不错,风水师真是有了别的事,而这别的事,却是福主萧家的事。

风水师驾车刚出天著青城不远,就在一个红绿灯路口拐弯,转回到萧家。他要做件事,这事只能他一个人做,不能让他者知悉。他从车上取了法器,先在别墅入户门前点香蜡,烧纸钱。而后,绕着别墅,念念有词,一步一驻,做了一圈法术。之所以犹豫两天，才答应卢画家看萧家风水，亦与此刻的诡秘行动有关。

原来，萧家别墅，按风水行话，当属阴宅之列。所谓阴宅，乃指于墓地、屠宰场、刑场原址所建之房。殊不知，天著青城的核心地块，清代为都安县刑场，民国为荒野坟地。时间久远，旧事已成传闻，即便传闻，现如今也没几人听闻。就算平原上的风水师，也不是个个知道。唐师傅知道，是因为他的高祖父，清末留日归来的革命党，在此处被执行了死刑。而他的天祖父率高祖母、曾祖父，曾在这里收过尸，并在唐家坟山上过坟。

在一个古画艺术专题展上，卢画家把萧不系拉在一边，说起了这事。他说，我也是刚晓得的，唐师傅这样做，是因为他答应了你，答应了，就得为他的福主尽心尽力，做到位，答应了，就算过了水，过了风，不能放水和漏风了。去你家别墅，他是祈求地下亡灵、冤魂，迁往他处，让死人给活人腾位。死人去了阴间，活人还得在阳间过下去，这是人类的风水之道。他敢于答应你，是因为那地下有他高祖父的亡魂，他认为自己的心愿，高祖父能听见，能明白，能答应，从而能给此处亡魂群体的迁离，起个带头作用。你想不到吧，此番施法祈愿满七七四十九天那日，唐师傅还大病过一场。

卢画家对萧不系说这席话时，已是此次酒聚后，两三年的事了。那时，国内已诞生了一种非常小众的职业，叫凶宅试睡员。凶宅不同于阴宅，前者是地上不好，后者是地下不好。具体说来，凶宅指宅内发生过凶杀命案，或者有人自杀过的，那些不干净的房子。你没看新闻吗？前几天的。省城一李姓业主，因偶然得知自己买的一套二手房，曾发生过坠楼事件，便向卖方要求退还住房，被拒，遂将卖方告上法院，最终获赔违约金十万元人民币。

卢画家讲的故事，让萧不系惊疑了好一阵，愧疚了好一阵，为自己错怪了风水师,为递给风水师的红包小了。

大家起座,恭请风水师入座沙发。风水师还未及啜一口茶,服务生就拿来菜单,请萧不系点菜。

风水师的迟到,正好等于茶叙时间,恰与酒叙对位。

萧不系请风水师点菜,一番客气后,卢画家说,那好吧,我点。边点边说,唐师傅不讲究吃什么,也没什么特别忌口的,只要酒好就好。萧哥,你这酒好,水井坊,存了十二三年的。酒也是水嘛,茶也是水,唐师傅成天跟风水打交道,进入自己身体的水,太随便了可不行。风水师拱手道,卢先生,言重了,言重了,哪有那么多讲究。程非吩咐服务生,一人一个分酒器,一个小酒杯,摆上。

风水师端杯前,萧不系是真不愿相信,风水师也喝酒,并且喝得跟俗人没什么区别。一上桌,小鱼儿用自己的分酒器,给大家杯里布了酒,卢画家说,萧哥,老规矩,今天你是老板,你打庄,先提三杯,然后大家随便喝。萧不系道,唐师傅是绝世高人,高人在,鄙人哪敢鸠占鹊巢?我看这样,今天,鄙人、唐师傅和你,咱仨各提一杯,如何?卢画家倾身风水师,唐师傅,您看……风水师微笑道,萧先生这么客气,那就客随主便吧。卢画家说,东家打前锋,唐师傅坐镇中堂,在下后卫,萧哥,请!萧不系端杯起身,还没出声,卢画家就说了,屁股一抬,喝了重来。萧不系接口道,我是站着说话,坐着喝酒。接下来,三人,每人一通话一杯酒,五人咕噜噜三杯下去,场面就活泛了起来。

萧不系说,既然唐师傅发话了,好,我就斗胆提一杯。今天,经兄弟卢尔森引荐,鄙人有幸亲睹了平原上风生水起的风水大师唐师傅,而吾家的陋室,也有幸得到唐师傅点拨、点化,即将时来运转,枯木逢春。在此,鄙人谨代表全家老少,也代表那

165

个宅子,敬恩人唐师傅和引荐人尔森一杯,先干为敬!

风水师说,落霞与孤鹜齐飞,秋水共长天一色。在这一生只有一次的今朝秋日,我借福主的一杯盛情,祝大家秋高气爽,硕果满枝,风水大好。来,干!

卢画家说,哎呀,全世界的好词好句,都被前两杯酒说尽了,我这第三杯敬酒,就祝愿八个字,风调雨顺,吉星高照,其余佳话,尽在酒中,干干干!

因为对风水师有些好奇,桌面上的萧不系,虽然极尽主家之能事,忙中偷闲,还是特别对风水师多给予了一些观察。他看见风水师喝了三杯开场酒后,又分别接了大家依次敬他的四杯酒,又有来有往地一一回敬了大家四杯酒。再之后,推杯换盏,你敬我敬,东敬西敬,场面就纷乱了,酒水之声,此起彼伏。连观察者都被无序的穿插搞迷糊了,但再迷糊,也清楚看见,小鱼儿敬风水师酒时,风水师起身麻利,腰身弯下的角度也大。风水师敬小鱼儿酒时,酒辞温软,笑得格外灿烂。那一刻,他偷偷观察了一眼女婿,发现女婿也在浩荡的酒应酬中,偷偷观察风水师和自己的漂亮妻子。但萧不系可以确定的是,风水师的表现,即便言行皱褶里的部分,也没有淫邪的信息,女儿的酒杯起落,更是普适性的,尺度随酒意摇曳,却不带一毫米道德与美学偏差。观察者既吃女儿的醋,又为女儿感到骄傲。

觥筹交错中,萧不系发现风水师接过一个电话,上过一次洗手间。趁着风水师结束电话,手机在手,更趁着自己渐生的酒胆,他主动申请加风水师微信好友。风水师略微迟疑,仿佛云游天边的自己还没回来,反应过来后,立即加了福主微信。几年过去,他见风水师发在朋友圈的微信,也没有什么堪称异样的东西,无非是一些到哪里去看风水了,今天淘到了什么古玩、什么古籍之类的图片,甚至还有饮酒纵歌的内容。他于是真正相信,理论上上天入地、呼风唤雨、行走阴阳两界，跟公孙胜差不离的风水师，虽然长着两张不同的脸，工作的脸与生活的脸，但扎在食色人堆中，也只是芸芸众生中的一分子，如此而已。由此想到自己的青葱少年，那时，谁说仙女也装有一肚子腌臜，也要打嗝放屁撒尿拉屎，他一准跟谁急。

但风水师究竟是风水师，总有异于常人的地方，只是一般人不留意罢，古人就说了，大隐隐于朝，中隐隐于市，小隐隐于野。甭管大小，一个隐字，说明了一切。这个酒局，萧不系就发现风水师两处异于常人的举动，一在局前，一在局中。

局前，上桌入席，萧不系请风水师坐主位，说唐师傅德高望重，威名远扬，您不坐，谁敢坐。风水师不依，说本人年轻识浅，身不配位，有个座就好。话毕，一意孤行，自己就近坐了下来。萧不系请卢画家上座，说没有兄弟你的引荐，就没有今天的聚餐。卢画家说，你如果要我买单，好，那我坐。萧不系急忙挡了，自己一屁股把正对门的位置坐了。

局中，风水师见包间吊灯微微摇晃了几下，遂用口鼻深吸了几下，之后起身拉上西侧的一扇窗，再推开南侧的两扇窗。岷江水底冒出的疾风，不多不少，不偏不倚，在窗户的推拉中，吹进了包间。都在闹酒，都没注意风水师的短暂起坐，只有萧不系注意到了。

后来，萧不系与卢画家聊天，聊到这次酒局，道出自己疑虑，卢画家解惑，方知个中道理。原来，那天，风水师看似随便的一屁股坐下，其实是大有讲究的，他相龙，此举避开了凶方的座位。相龙者，忌坐南朝北，吉方为坐西向东、坐北向南、坐东向西。卢画家进一步解惑道，风水师离席动窗，其实是改变包间的风水，具体为气息、风向、水势等。萧不系问，水势在哪儿？卢画家回曰，在唐师傅的眼睛和嗅觉里。萧不系道，废话。

程非是个何等精明的主，家人都知他最会来事，这个场合，怎么能瓜在一边，当个哑巴和尚，不尽点驸马爷的应有贡献？他当然有贡献了，除了酒聚结束后为风水师喊三轮，为卢画家要代驾，酒局场子上，他隔三岔五向风水师敬的酒，说了好几个意思。但夹杂其中看似随便却不随便的重要意思，就三个：一是让风水师知道，自己所在公司拥有不少笃信风水的实力客户，这些客户很认可自己；二是，这些客户一旦有意请风水师，他会力荐唐师傅；三是，他会以岳父大人家为案例，向客户透露唐师傅品德高洁，法力了得。萧不系看见，女婿说了这些意思后，风水师与女婿喝酒的表现，已与跟小鱼儿喝酒的情状，无限接近。事实上，程非还真不是满嘴跑火车，胡乱打诳语，不到半年，他还真给风水师介绍了两单业务。

酒局都快杀青时，巧蓝来了。她说怕老公喝高了失态，来接他一下。这当然只是明面说法。有女儿女婿在，有什么不放心的？实情是，她去房中介门店看了，获知自己的老房依然秋眉秋眼，而别墅价高择人，有价无市，两房均属脱手难商品，若卖旧买新，就有了这问题那问题。回到家中，吃了减肥餐，心里的东西却更加肥胖，连隐隐的手肘之痒，也变成肿痛之痛。突然就想到手肘晦明的未来走向，医疗、自练都不行，那风水大师施法呢？这么一想，就到了南桥酒店。一阵寒暄后，她端起酒杯就去敬风水师。左手端杯，右手抓左肘，支撑的同时，作夸张的按摩状。

巧蓝说，唐师傅好，大姐来晚了，实在不好意思，又从不喝酒，但今儿必须破例，敬您一杯，祝唐师傅法力无边，手到病除。

风水师问，你这手，还是……

巧蓝说，还是痛，并且，怎么也打不伸。您看嘛，家不大，鬼事多，杂七杂八，上上下下，多是我打理，老萧除了摄影、写文章，啥都不会，偏我这做事的手又不中用，气死个人。

　　风水师说，大姐不会喝酒，就少喝一杯，这杯酒就算我们互敬了，我祝大姐吉人天相，手伤早愈，苦尽甘来。

　　巧蓝在一连串谢谢大师、谢谢大师的激动中，一仰脖子喝了一个，还觉不达意，又自掺一杯，仰脖喝下。说来也怪，法到病祛，左肘立即不痛。她想，这或许是酒精的麻醉作用，可当晚酒意尽散，也不见痛。直到十天半月后，不经意间，又感觉到痛。难道此前的不痛，系心理作用？若不是，难不成要不间断得到大师的祝词，才能持续安好？这祝词像中药，需一个周期一个周期喝下去？她不能肯定，萧不系也不能，可就算肯定下来，也不便操作吧？

　　整个酒局，场面都是江湖快意，其乐融融，只在收了豹尾散场时，才让萧不系感到了惊心和寒意。

　　正出包间，风水师将萧不系拉在一边，附耳道，你不是特想知道，你家后花园，为什么风水不好，需要改造？告诉你吧，那两处建筑置景小品，就是那两道花岗石隔断，有问题，像两块墓碑。现在只是像，经年累月，潜移默化之后呢？所以，必须改。这事儿你知道就行，莫告诉别人，特别是卢先生。

　　萧不系一想，惨白月光下，脑海中的别墅后花园，还真立着两通墓碑。

　　未出酒店大门，萧不系一肚子酒气，就在一阵一阵的冷汗中，洗白了，逸散了。这个秘密，萧不系决定守一辈子，带进坟墓。

　　风水师坚持不坐程非喊的三轮车，也不让送，说要吹着江风，沿江步行回家。程非要的代驾，也没派上用处。卢画家一出酒店，就朝自己轿车方向看，看见驾驶窗口，一女子一手扶方向盘，一手向自己招呼，是木槿。

看到木槿，萧不系竟莫名其妙想到了汶川地震那年，来平原拍《滚滚血脉》的青年女演员白某静，想到了自己因与编剧魏平熟，在拍摄现场跟白某静的合影。白某静影视剧成名作先后有《案发现场》《血色湘西》《滚滚血脉》。二十九岁那年，她在住所内被丈夫周某海用刀扎死。白净如雪的白某静倒在血泊中，随后其夫自杀，不治身亡，时称"白某静案"。白某静到死也不会想一个问题，自己演的片子，跟自己的生死，搭界不。

夜色中，木槿长得太像白某静了，怪，白天怎么看不出来？

10

风是快的，水是快的。好风水形成后，多一天生长，就多一分根须、能量与施加。反之亦然。这理儿，是人都懂。

必须行动起来，第一时间，说干就干。

按照风水师对萧家别墅存在的四处风水问题，给出的处理意见，第二天，萧不系便进行了统一部署，全面行动。

其实，酒局的当晚，岷苑萧家老屋，一个酒气熏天的家庭会议，就紧锣密鼓进行开来。萧不系粗着嗓门说，吵啥吵啥，改不改，不讨论，按唐师傅说的改！大家不明就里，吃惊地望着他，颇感反常。巧蓝轻言道，你不是说，过了今晚才定吗？萧不系说，已经过了！见大家悄无声息看着他，他的声音开始变得心平气和，接下来，我们需讨论的，是怎么干，需多少钱，钱来自何处。大家七嘴八舌，畅所欲言，民主得到集中。改造款预算为七八万元，由女儿女婿无息垫支，待老屋脱手后一次性还清。会议还没开完，程非就在沙发上打起了酒鼾，巧蓝给他搭了件毯子，大家洗洗涮涮，各自回房困觉。

最简单的活路,是处理后花园夜光灯,一伸手,关掉开关就算完成。次简单为,处理顶层楼梯与床榻间的走风问题。萧不系夫妇花了大半天时间,几个家居超市跑下来,一组排式金属衣架,一只落地灯,就到位了,加上家中收藏的健身刀剑,别墅顶层设计里的一堵挡风的墙,即告完成。为美观起见,还在"墙"下添了一对休闲沙发,一只精巧茶几。

另外两处,不简单,破土动工的动静。家庭会议的决议是,解铃还须系铃人,当初谁弄出的拱子,谁来按平。按决议,后花园置景隔断小品工程,由蓝花蓝承接,卫生间改门工程,由生活嘉承接。这没什么扯的,但扯到工程款和付款问题,大家讨论得蛮激烈。岳母女婿二人要求由承接方免费施工,即便没达成免费,至少也只象征性付点成本补贴。理由是,跟大地、山水、草木和人类打交道讨饭吃的公司,没有理由不懂风水,既然懂风水,就不该拿着有违风水章程的设计图纸,让甲方即业主签字。现今风水出了问题,作为主导者,他们却没事儿人一样不担责,天底下有这理儿吗?父女二人则与他们意见相左。刚开始程非还是中立立场,两边和稀泥,见泰山压顶,嗓门渐大,就偏向了泰山。

萧不系本就一佛系,追求大自在,大安逸,和为贵,做什么事,不管有钱没钱,钱多钱少,都会设身处地,站在对方角度想。他认为,自己钱袋再窘,也不能拿风水这事当筹码,做文章,给责任方施压,相反,对风水,一字不提,得饶人处且饶人。他们问起改因,就以朋友评价不甚美观应之。并且,价格也没必要还,人家报多少给多少吧。风水讲究真和信,打不得折,这里打折了,风水就打折了。他的说法无根无据,逻辑混乱,突兀如天外来客。但强词夺理到这个份儿上,就算抵拢坎了,大家还能讨论个啥?他说,再说了,我们一旦向他们明言,将风水问题带来的返工损失,怪罪于他们,他们肯定会找个理由闪了,不蹚这凶浑水。打官司,输赢两说,还搭上时间成本。到时只好换一家施工队,可人家又嫌工程量小,已竣工场地施工不便,年底太忙工人难找,说千道万,不愿接活儿,即便接了,也是天价。再再说,风水是信才有,不信则无,你让公司背祸,是强行认定公司信风水了,这理儿肯定不通。萧不系这一说,大家释然了,纷纷赞叹,姜还是老的辣。

两家施工队紧赶慢赶,终于让萧家顺风顺水搬进别墅。是在离春节还有一个多月时完的工。这一个多月的空当,正好用于房子敞窗透气,吹走工业文明带来的毒物与异味。

既遭遇了风水事,那其他事也不能随了便。搬家时日,开灶点火时辰,是萧不系让程非找人算的。

工程完工后,小鱼儿建议请风水师来验收。巧蓝说,顺便也请他算下搬家开火的时间。萧不系说,人家是大师,全国各地到处跑,这会议那会议,这活儿那活儿,太忙,加之年底,更忙,咱这又是芝麻大点事,就不给唐师傅添堵了。萧不系其实是怕风水师来后,东看西看,又看出一些什么新情况,让自己的经济和身心担惊受怕,承受不起。并且,红包、酒局,和不得不说的拍马屁一般的奉承话,还得走一遍,累。

萧不系说,巧蓝,你别忘了,咱家别墅的风水,即便一点不改善,也有七十多分呢。这次干的活儿,即便只得一半的分,也不错了。太满,上不去了,就盈溢了,就得亏了。

巧蓝说,听不懂。才认识唐风水几天,就变得像了风水先生。

程非找人算来开灶日期后,巧蓝说网上也有算黄道吉日的,要不也算下?萧不系说,要是不一致,咋办?想东想西的,多事!

说来也巧，搬进别墅才半年多，在房介平台挂了一两年都悄无声息的岷苑老房，竟有了响动。并且，最短时间过了户，易了主。

难不成，当真是风水显灵了？

新房东小靳，在房屋中介平台网发现了这套房子的信息，按图索骥，看了房，然后，领父亲看了。小靳三十多岁，与老婆同单位，他在企业IT技术部门工作，老婆是车间调试工。夫妻带双胞胎娃，人手不够，小靳就将父母从老家乡下接了来。人手够了，房子又不够，就想着换一套大房。新买大房，银子又不够，这就相中了萧家的二手房。小靳通过中介，问巧蓝，房子不错，就是价高了些，能再少点吗？巧蓝说，一分价钱一分货，我们的挂牌价，就是卖价，少不下去了，再说，不知咋了，这段时间约看房的特多，忙都忙不过来。小靳再无话说，然后就催着房介小妹，请萧家签合同。在县政府办事大厅住建局服务台，办好手续，做完交接，新房东夫妇热情洋溢，非要邀老房东夫妇吃个饭不可，以庆贺买卖成功。还说趁热打铁，时间就定在当晚，地点玉垒餐馆。主动与被动，颠倒了个儿。萧不系夫妇是有过卖房经历的主，哪享过如此待遇，虽觉诡异，却不便扫了对方雅兴，只好答应。不答应才怪！萧家挂出的房价，是上浮了一大截的，原指着六七千一平方米能脱手就不错，不承想竟卖到七千六一平方米。既然已经占了人家便宜，吃了欺头，实在不好意思打个甩手前去，出门了，又回身拎了一瓶老郎酒在手。

秋高气爽，宜酒。两家人喝欢喜了，小靳就道出了买房实情。

小靳说，一百五十平方米、房间又多的大房，不缺房源，之所以看上你们的，是因为你们的风水好。我信风水，我爸懂风水。他里里外外看过你们小区和你们房子，我都不知他去看过多少次，日出去过，日落去过。总之，他说你们房子风水好，我就信了。怎么能不信呢，我爸只是看了房子的风水就得出了结论，而我则是从房子主人的情况，来证实我爸的结论的。

萧不系说，主人？这话怎么讲？

小靳说，萧老师，你肯定不认识我，但我应该算是认识你，我是说，我知道你的摄名，又读过你的作品，我是一名摄影爱好者。但我只知你，不知你家人，就去网上查了，巧蓝阿姨，你们女儿小鱼儿，女婿程非，还有你们的别墅，都查了，结论自然是满意的，一家人事业有成，生活美满，未来可期，值得我们抄作业，借你们的风水，一路奔别墅去！

巧蓝又惊又喜，没想到你们晓得这么多！

萧不系来了情绪，没想到兄弟爱好摄影，巧，高兴，来，喝酒！

小靳豪爽地说，其实，我知道你们的房价不算低，但我们认为房好就值，自己住，不存在增值不增值。

萧不系更豪爽地说，兄弟，不瞒你说，这房子也不是那么完美，也有问题。

小靳妻子忙问，问题？什么问题？

巧蓝紧张得什么似的，木木地望着喝得二麻二麻的丈夫。

萧不系叹一口气，近几年，不知咋回事，房子里竟出现了老鼠。

小靳责怪，那你不早说？瞒到现在才说？

萧不系忐忐忑忑，这不是怕……

小靳大大方方，怕什么？怕喝罚酒？既如此，三杯，认不认罚？

萧不系唰地起身，认罚认罚！我倒壶里吧，一杯，两杯，三杯，看，见底了的哈。

小靳笑道,哈哈,萧老师果然耿直!其实,我爸第一次去看房,就知你家有鼠。他才十二三岁时,就得过公社颁给他的抓鼠能手奖状,老鼠见到他,跟见猫一样,无不鼠窜。所以,待他第二次去你家看房时,哪里还有鼠影?

巧蓝心头一块悬石,落了地。

萧不系大赞,乃父,高人也!

小靳妻子问,对了,你们家女儿,还好吧?

巧蓝不解,小鱼儿?她有什么事?

小靳妻子说,年纪轻轻就当上了社区主任,二十七岁吧?太优秀了。

巧蓝恍然,骄傲地仰头笑了,又低下头,羞答答说,女儿才上岗没几天,那是她自己的造化。巧蓝的神态,就像当社区主任的那位,是她自己。

萧不系与小靳碰了个杯,天,兄弟,这个你们也知道!

小靳说,买房,多大的事啊,不查个清白,哪敢出手!而网络时代,对于我这种专业人员来讲,实在不费什么劲。对了,萧老师今后要是在这方面有什么需要,尽管找兄弟,谁叫咱们这么有缘呢。我买房子,全世界那么多卖家,偏偏买了你们的。你们也是,你们卖房,全世界那么多买主,偏偏卖给了我们。来,为有缘,喝一个!

其实,萧家卖房有响动之前,萧家女儿竞选社区主任的利好消息,就先自有了响动。只是当时并没有谁想到,与风水联系在一起,直到通过新房东的嘴,传出捷报,才恍然过来,到得大悟层面与境界。

女儿事业有成,早不成,迟不成,风水一改就成了。房子挂出,早不买,迟不买,一改风水就来买。这也太巧了吧?

你说一次碰巧可以,一而再碰巧,那就不可以了。你说小事碰巧不算，大事碰巧总算吧。现在，说风水师唐师傅不是人，是神，萧家人也信。

萧不系心存感激，将这事儿告诉了卢画家。卢画家说，谢我干啥，这是我在修功德。虽说人家自言修行，萧不系还是在古堰人家餐馆摆了一台酒，顺便将别人送的两盒蒙顶甘露转送了卢画家，卢画家一顺手，给了身边的木槿。

两三个月后，还发生了一件喜事，打过一次胎，流过一回产的小鱼儿，在家人的催促与焦虑中，终于怀上了娃。

心情舒爽的萧不系，突然来了诗兴，不写出来，堵得慌，于是乎，就写了后花园那棵枣树。这是他在别墅顶层书房，写下的第二首诗，叫《枣树的风水》：

枣树的风来自上天的暗语，
枣树的水来自大地的机栝。
而她的风水来自她的命数又带给她命数：
那些先人一步的早，那些早来一宿的红
——这多好！而既定的风水
也是需要蓄养，回旋，和交换的。
你把你的风水给我，我把我的风水给你。
风生水起，风水轮回到这里——
风生起更好的风，水生起更好的水。
一园好风水与一宅好风水
互补、共荣、混为一谈。
今天，在宅子后门与你之间，
在一段秘径与另一段秘径之间，
这"小径分岔的花园……"
你需要我筑一道不高不矮的屏风，

我需要你植一列犹抱琵琶半遮面的方竹。
上清宫的气场强着呢——
"南植梅枣,大吉大利。"
共同的福祉像风幡,把咱萧家的风水
一遍一遍缝合、蓄养和念诵。
是啊是啊,所有来过枣园的鸟儿
一生都有虫吃。所有见过枣园的云彩
一生都是朝曦。所有
住在宅子里的主人,世世代代都伴有
红火的日子,宁静的生活。
是啊是啊,这是背靠青城山的日子,
面向金马河的生活。南之朱雀,
北之玄武。水随白虎来,又从青龙去。

　　诗歌放网上后,萧不系将链接发卢画家。没发唐师傅,他知道卢画家会转。他想等唐师傅发来读后感言,但没有等到。

11

　　别墅风水改造后的这几年,走好运的同时,也有走背运——萧家还是遇到了一些不顺心的事。
　　一天,大观街道派出所的一男一女两民警,找上门来,询问萧不系偷窥异性隐私事。原来,晨昏之际,萧不系喜欢站在别墅顶层露台,手持望远镜,望青城山及周遭风水。此举,被人误为专业资深老流氓之能事,遭实名举报。事发后,巧蓝、小鱼儿、程非,三位家人搬出种种依据,竭力为他做证,洗清污名兼罪名,这事在派出所也就不了了之。但在家人这边,说不清,道不明，终究是落下了不好挑明的、怪怪的尴尬。报社同事兼哥们西瓜嬉皮笑脸说，就算你作为摄影师，出于对天象和风水这类拓展知识的修炼，将镜头对准了该对准的地方，可保不准一不小心，镜头偏向不该偏向的地方，而又忍不住再三再四偏向那个地方呢？谁知道呢？自认倒霉吧！他只好戒了入住别墅接触风水后培养起的瞭望爱好，将惹祸的望远镜，扔进报社办公桌抽屉。后，见一女同事带小孩来办公室做作业，一顺手送了小孩。

又一天，不经意就发现客厅一角漏水。最先是萧不系发现的，不时滴一滴，以为是中央空调的正常排水，但研究发现，不是。巧蓝着急，急着查原因，楼上楼下跑，也没跑出个名堂。找管家小赵，小赵长得那么美，还亲力亲为，香汗都跑出来了，也没找到究竟，小嘴一咂巴，就说不是开发商的事，判断是装修公司的问题。生活嘉冯经理派了名管道工来，折腾大半天，说是房屋本身的问题，原因在开发商。滴水事小，屋漏事大，萧家无奈，又找了专业做房屋防水工程的公司来。专业的来了，转了一圈走时，很专业地说，你们找到漏水原因，告诉我们，我们是专业的，防水堵漏，一点问题没有。晕，我们要知道原因，还找你们来干啥，直接让责任方施工不就得了？话虽如此，萧家还是以既耐心，又豁出去的劲儿，沿着逻辑和经验的蛛丝马迹，查找原因。为排除中央空调漏水和积水之故，盛夏时节，他们关了空调长达一个星期，做了静心而狠狈的观察。为撇清自家水网跑漏嫌疑，他们断水源，离家出走多天。为排除邻居水渗隔墙，他们趁邻家去外省亲戚家，也闭了门，去四姑娘山镇休了个毛焦火辣的假。手段施尽，通通无果。有时，用水时滴漏，有时，不用水时滴漏。有时十天半月一滴不漏，正待三呼万岁时，又给你来那么一滴两滴的。在萧不系看来，这个漏水根源，比狐狸狡猾，比穿山甲厉害，甚至吊诡得比鬼还鬼。程非两口子说，屋面漏水也就罢了，那是至今也没能用低成本永久解决的世界性难题，这别墅明明是室内漏水，咋就找不出原因呢，真是邪门了。综上，在萧不系看来，要找到原因，得把这别墅拆了，在一堆建筑垃圾中，做永无休止符的，大海捞针似的扒拉。

为再现杜甫"窗含西岭千秋雪"场景，萧不系住进龙泉山一家名叫花间集的民宿，蹲守二三月，终于等来好天色，遂跑到山崖边，对着雪山下的城池和城池上的雪山，噼里啪啦一阵猛按。看到相机里好几组高像素片片，他激动得哭了，不说收揽世界摄影大家称誉，起码全国摄影名师座席是坐稳了。退一万步，再不济，被省市领导亲切接见，颁一个城市形象推广特别贡献奖，则是铁板钉钉。殊不知，回家往电脑转移过程中，片片莫名消失，一张也没留下，煮熟的鸭子飞了！他气得要砸了相机，恶狠狠举起，又轻轻放下。

这样的闹心事太多，数不胜数。除了上述三例，还有：月黑风高，一不明身份蒙面人，着短打，持利刃，神秘潜入别墅，惊醒萧不系夫妇后，方知进错门，遂一拱手，飘然离去，不知所终；很少感冒，即便患了，几天就好的萧不系，居然住进医院打了一月吊针；再就是他的失眠和抑郁，越来越像女人更年期的月事，还像逗着人类玩捉迷藏的疫病，飘浮不定，来去无踪；巧蓝搓麻炒股是福将，一夜之间，怎么打怎么输，怎么炒怎么亏；小鱼儿一条不常戴的珍贵项链，甫一戴上，居然大白天被一摩托党闪电抢走；程非的两单业务，已到了签合同程序，竟莫名黄了，他去按摩店按摩，偏遇扫黄，还是腆着肚子的小鱼儿把他领了回来……

问题刚出现时，萧不系没往风水上想，风大水猛，越来越多后，就由不得他想还是不想，因为家人的提醒，早上升为群鸦的聒噪。

他不想找卢画家的，风水好了可以找，风水不好了怎么好找？人家好心好意引荐高人为你指点迷津，你却去当着人家的面，数落一大堆乱七八糟的破事，置疑高人眼光，败坏风水师声名，这不就成指桑骂槐，变相刮人家卢画家大耳巴子吗？但不找，又怎么办，让这个家在别墅的风水里，被风风蚀掉，被水水葬掉？也想过直接找风水师说个子曰，可你连熟得不能再熟的中介人都不敢找，还敢面对只见过一面，面目已模糊得云里雾里的风水大师？对于风水事和风水师，他一以贯之的态度是，能不见则不见，能躲就躲，实在躲不过再说。但他的羞怯和犹豫，最终没能架住家人的持续聒噪。于是决定，退而求其次，先丢块石头试下水深。

萧不系还是在走马河边的画家村，与卢画家见的面。卢画家电话说，有什么话不能电话说？好吧，听你的，就这两天吧，看看天气预报，过来晒太阳，喝下午茶。

12

蜀犬吠日，平原的冬日，最幸福、最享受的事，就是晒太阳了。素常的沉寂、忍耐，一到出太阳这天，全都变了脸，以喧哗、节日现身。市民们像出狱一样，又像观天降仙女，纷纷离家，或公园，或广场，或楼顶，去得远的，就到了城池二圈层、三圈层的乡村，让太阳最大程度温暖自己。太阳大起来，怕被晒黑的嫩皮细肉妹子，车转身，以背迎之，让舒服在脸上假寐，宛如偷捡到一地碎金，阴到笑。

画家村工作室屋顶是座花园，养阴天的阴，也养晴天的阳。这样的天气，亮晶晶的花儿、鸟鸣，是另外的"太阳"，不能辜负。萧不系去时，卢画家和木槿，圣伯纳和博美，早在那里晒上了。三人拎些日白的话，闲扯了阵，沿一个看似不经意的话茬，不知什么时候，风水早进入正题，就像泡茶一样，泡着泡着，一瞥之间，泡开了，喝开了。

萧不系：尔森，你说，我家小鱼儿任职、怀娃生娃、老房子卖得好，这几宗事，真的都跟别墅风水变好有关？

卢画家：不是真的，还是假的？并且，不是有关，而是好风水直接带来的因果，直接赐予的福祉。

萧不系：可，升职也罢，怀娃生娃也罢，卖房也罢，这几桩事，都不与别墅同空间，别墅的风水好与不好，怎么可能与它们搭上联系？

卢画家：从远的说，小鱼儿的生命和她腹中婴儿的血脉，即便跑到天涯海角，也被你们夫妇的风水牵着，也被你们夫妇居住的别墅的风水牵着，因为别墅的风水语言，已丝丝缕缕浸淫进了你们的身体和精神。从近的说，你们女儿女婿一家三口，虽然有自己的独立住房，不与你们住一个屋檐下，但你们之间挨得那么近，不是常常走动和团聚吗，正是这种风水密接、身体密接和精神共情生发的能量和宿命场域，使他们成了别墅风水的时空伴随者。这么说吧，那个买你们旧房的人，姓靳是吧，仅仅是看一眼你们的名字，都会受到影响。要知道，宅子改造后，附着在你们名字上的气息，大不同前了。所以，萧哥，你还能说升职、怀娃、卖房，跟别墅风水无关？

木槿一边掺茶，一边插了一嘴，萧老师莫听森哥瞎掰，他说了半天，不就是藕断丝连、打断骨头连着筋的意思吗？

萧不系：的确，听尔森说，越听越邪乎，还是木槿冰雪聪明，举重若轻，化繁为简，一句话就说通顺、道清明了。

卢画家：木槿，你这一插话，我还怎么说得下去？萧哥，继续。

萧不系：我们家这几年出的杂七杂八、怪头怪脑的倒霉事，你应该都晓得，我就不重复了。

卢画家：明白了。你是说，你们家把一切走背字的事，都归结到唐师傅那里了吧？这个应该是你今儿专程来此的目的吧。

萧不系：也不能这么讲。我的意思是，要不，请唐师傅再到现场看看，还有哪些风水有问题，需要改造，我们根据他的建议，不，意见，再改改？

卢画家：萧哥，你这是在怪唐师傅看走了眼，没有一次性把你家别墅风水看好哦。

萧不系：也不能说怪，我的意思是，万一，万一那天唐师傅，打了个恍惚，眼睛眨巴了那么一下……

卢画家：这个就是萧哥想多了，多虑了，唐师傅看风水，也没失手过，不，走眼过，也就是说，永远不会有万一。在他们风水业界，大师级别的风水师，都是一次性断风水，吐字如钉，惜词如金，哪会朝令夕改，再行勘看，自己推翻自己，自己看自己笑话？

萧不系：说来，要怪也只能怪我自己。以前，本不怎么信风水的，老婆摔一跤，把我摔信了。哪知，信了后，且有了信的行动，却依然有不少烂事上身，早知如此，倒不如一开始就不信，不信不就不灵了吗？不灵了，也就不用想精想怪，也就没有风水这一档子烦恼了，好与不好，该怎么来，怎么来，一切顺其自然。

卢画家：萧哥，你有烦恼，正常，举凡天下，只要是正常人，从首相到乞丐，哪个没烦恼呢？可真正置烦恼于不顾，完全放下的，问世间有几人？你把这些烦恼，归结为治理风水不力、不到位所致，这就有些偏差了。咱兄弟不假打，有话明说，你的偏差在于，你对风水的认识，还不是很清明。风水行规中，有句话,叫"只看一半"。什么意思呢?

萧不系:什么意思呢?

卢画家:意思是,风水载体由两部分构成,物和人,各一半。物是指宅主的住所及周遭地理、风物环境,人是指宅主自身的精神世界,包括其胸襟、三观、品行、教养、修为、境界等。风水师的问题是,只看前者,不看后者。而宅子主人的命数、因果,又是由两者共同构成、作用和完成的。这样一来,就出现改造了人宅风水,但宅主的运势,依然有不顺的时候。是的,这个不顺,不是物之过,而是人之过,即宅主自己的局限、顽疾、渊薮。反过来说,这种势态也是有好处的,可以变被动为主动嘛,就是说,风水的改善和修补,在一定程度上,可以由宅主的德行气场来活动和加持。再反过来讲,好风水,也有可能被人为败坏。事实上,就物这一半而言,不管改与不改,没有任何一处宅子的风水,可以打一百分。总有一些风水,游离在人类力量之外。

萧不系:你是说我们家的人有问题?

卢画家:人人都有问题,人人都有心病,我有,木槿有,伟人巨人有,连医生和风水师自己也有,只是各人问题和心病的属性、大小、轻重,不同而已。

萧不系:我们家的问题,到了能影响风水的程度?

卢画家:晕,难道,还有例外的宅中人?

说到这里,卢画家停下来,借喝茶的动作,静候萧不系提问。萧不系也不傻,当然看穿了他的心机,明白他是在充分享受授业解惑的快乐,并且相信,这种快乐并不亚于此刻的晒冬太阳,喝下午茶。面前局面,让萧不系羞愧,甚至羞辱,自己仿佛像了一个屎经不懂的小屁孩。他即便想问,也决心不再问,让他这位画家哥们的享受,受一次挫,落一回空。但他的想法,显然被木槿一眼勘破，森哥，这就奇了怪了，那他们那些个风水师，为什么只看一半，去都去了，何不顺便把另一半也给看了？

卢画家：问得好！上下五千年，山高水长，且行且珍重。只看一半，行规如此，安可违逆？但是，萧哥，咱兄弟私下说，这个是场子上的话，实际上呢，我个人认为，风水师不看人这一半，盖因不好看，也看不准啊。否则，风水师就不是半人半神，半人半仙，直接就是神仙。人的精神世界，哪是一种恒定的东西，它随时随地充满变数。一个人之前是英雄少年，之后是牢狱中人。一个人之前是李叔同，之后是弘一法师。这叫世界上什么都可测，唯一不可测的，是人心啊。即便如此，风水师看人识相能力，也超于常人。

木槿哼一声，装作对卢画家生气的样子，嗔怪道，你这是在说你自己吧，我还以为我早已透透彻彻了解了你，今天才知道，你的心思原来藏这么深不说，还这么易变！卢画家哈哈大笑，手指着木槿，眼望着萧不系说，萧哥你看你看，孔圣人说得多好哇，唯女子与小人为难养也，近之则不逊，远之则怨。人类的共性，八竿子打不着的事，这木槿都可以往我这里揽。木槿对着萧不系，露出了一个很好看的笑容，不往你那里揽，未必然往我们萧哥这边揽？

二人的调笑，让萧不系不舒服，想表达一下，却不知怎样表达才好。越品，他越觉得人家出的上联是绝对，你怎么接对，都有问题。

事后想来，他发觉，这一下午，卢画家什么都说了，又什么都没说，阐释风水，跟阐释易经一样，怎么说，怎么有理，随你问，问不穷。易经，风水，两位哲学家仙人，古老又年轻，长得太圆了，圆得包罗万象，无隙可乘。

这个长得很圆的下午，萧不系也不知该信还是不该信。信吧，世间本无事，却信出了事，又不敢不信。不信，请什么风水师，改什么造。他觉得自己到了另一个境界，又像进了围城，入了轮回的怪圈。午后出门时，就感到风水不顺，这下更不顺了。搞了半天，说千道万，自己的粥还得自己吹，自己的问题还得自己解决。这样说，也不对，失之片面。对风水正确的理解是，将求人不如求己的俗语，改成求人还得求己。

13

回到家中，萧不系闭门思过一般，想了两天。想到了问题无处不在，正常得如一日三餐；想到了人生不如意事十之八九，家家都有一本难念的经；想到了没有不顺加不顺，哪来乾坤扭转，以毒攻毒，负负得正。什么都想到了，想得符合课本答案了，还是没想通顺。又读了两本哲学，依然没用。于是不再想，就在几乎忘掉风水二字时，他在别墅顶层露台，一遍一遍环视小区墅情，又长久望向青城山方向的道，才顿悟似的，莫名就开了一星半点的窍。

他对着楼下大喊，巧蓝，我们旅游去！

去哪里？

海南，北海，珠海，要不威海，总之有海就行！

好久去？

马上，说走就走！

一个礼拜很快过去。这一天，夫妇游了泳，沙滩晒太阳，吹海风，充分享受冬日海边风水，却还是收到了遥远别墅的风水。

是女儿发来的短视频。原来，小鱼儿去给父母别墅后花园浇水，见花园对面栅栏处一丛月季开得大好，红黄白三色，在风中竞相追逐，心血来潮，就掏出手机，拍抖音短视频玩。发抖音时，意外听见手机自动配上的音乐，居然是寺庙中的曲子。她感到奇怪，定睛一看，这才发现，月季丛后边，正对面那家业主，紧贴栅栏，竟然立起了一面寺庙照壁似的宽大建筑体。正好隔壁花园有人除草，便开口问因，方知正对面那家人认为，萧家月季上的刺，刺着了他们，影响了他们家风水，故以一面墙阻之。小鱼儿说，程非搜了下，网上说，居家近寺庙，风水不好，因寺庙乃孤煞之地，阴气重，只有命硬的厉主，才扛得住。

小鱼儿问，爸，妈，咋办？

萧不系说，你莫管，等我们回去处理。

小鱼儿又问，你们好久回来？

巧蓝说，应该快了吧。

夫妇回去后，一年不到，萧不系办了退休手续，又去若尔盖草原采风，他让巧蓝也去，巧蓝说，不了，我去，哪个带孙女？

萧不系后来最喜的事，是坐在后花园喝茶，想一些事。虽然早已释怀，但他还是一直在想，萧家风水的事，是咋个来的，滥觞者谁？是文友的电影开机仪式，巧蓝的跌摔，还是生活嘉冯经理的扶手，县医院"一把刀"的刀子？是卢画家的一句话，还是自己身体里藏着一间暗室，暗室里一直在闹鬼？

四、暗地里的阳光

1

临冬了,秋叶还没掉光,萧不系开始想象最后一片落叶的飘零,并又一次,担心起女儿来。女儿小鱼儿来社区才一年,就被人举报,并且,他的手机收到举报消息时,女儿正在医院分娩。

女儿刚当上社区居委会主任那阵,也担心,但那是担心女儿能否独当一面,胜任工作;担心长此以往,能否扛住压力,那来自上上下下、左左右右、方方面面的东西:文字、印章、声音、动作,以及汹涌澎湃的沉默。社区事多得像金马河古老的水滴,繁杂得似青城山的一团乱麻,而女儿又那么年轻、稚弱,两相比对,鬼才不担心呢。好在,这种担心,持续时间不长,女儿上手颇快,半年不到,很做了几件让街道乃至县上长脸的事。

几件事中,重点有二,下访是一件,上访是另一件。下访是指她率领社工,一户不漏深入辖区居民家中,嘘寒问暖,了解家情族况,建立家庭档案,建兴趣爱好者微信群,建老年、中年、青年微信群,让社区成为居民的朋友和家庭成员。上访是指将上访户的上访指数控制到了零,上省城进京城一概没有,连街道、市县和网上也无,所有可能的上访和舆情,均被妥善化解在社区层面的天花板以内。事后，萧不系对女儿的手段与政声，做了庖丁解牛似的精算分析，得出一个结论，下访是因，上访是果，无因则无果，有果则有因。而女儿的因，即调研当地，熟悉情况，虽是任何人上任新岗位后的一个常规程式，但她将常规程式，做宽做深，量变到质变，做成了非常规创举。女儿真是一位搞基层治理工作的天才社工。

至于上级的表扬，下级的赞美，也有利益牵扯，人情世故，姑且放一边。但第三方的评价，总还权威吧。萧不系口里的第三方，指的是十大幸福美好生活工程观察员团队。这个由平原各界代表、专家构成的团队，抽查了平原各区县五十个社区点位，一番暗访、合议、比对、无记名评分下来，女儿任职的社区，获得全市第五名的好成绩。

事实既已证明并将继续证明，他萧不系的女儿如此能干，那他还担哪门子心？

当然不是工作。此番他担心的，是女儿的身体，也是自己血脉的延续。没错，血脉延续，女儿的身体，是下一代的一花独放，女儿身体中的身体，是下下一代的开篇之作。

但怀孕，岂是一个当爹的，说让女儿怀上就怀上的？为了怀上，萧不系什么也做不了，但他可以急啊，可以焦虑啊，可以碎碎念啊。

随着春风的吹拂，女儿终于有了两个身体，女儿怀孕了。

如果权且把自己认作开山之作，那么，下下一代即第三代，即三生万物的一代。女儿的身孕，怀得何其伟大，不可或缺啊！

萧不系认为，怀孕对所有人来说，都符合传统认知，添喜。唯独落在社区主任身上，就变了，是添乱。社区有多少事呢，俗话说，麻雀虽小，五脏俱全，一个宇宙有多少事，一个国家、一个省市有多少事，社区就有多少事。事实上还不止呢，老人不会手机付款,小伙子宅在家中不愿出门工作,三高大龄女处不到对象,人老了没人照顾,锁坏了出不了门,邻里闹起了纠纷,残疾人没有残疾证……这些五脏以外的鸡毛事,谁管?放心吧,谁都不会管,只有社区管。或者说,谁都会管,揽下活儿,颐指气使,交给社区管。上边一级一级一路交下来,当然容易了,转发一个红头文件就了事,再不济辅以几个电话和一个会议,就OK。可到了社区这一层级,怎么往下交?下边的人,没拿你一分钱工资,凭什么听你的?不听?好,那处分他、开除他?可人家连组织档案都没有,你那一纸处分往哪装?再说开除,人家本就不在你单位上班,甚至根本没有单位,你把他从哪里开除到哪里?从一个社区开除到另一个社区?那是人家自愿卖房买房或租房的事。从社区开除到监狱?那是司法机关的活儿,再说,出了监还得回来。关键是,社区是社会自治组织,理论上是自个儿治理自己,自个儿管理自己,且在社区两委拿工资干活儿的主,少则五六位,多则八九个。这样的组织形态,这样少的人手,却要去给辖区内的几千几万没有手段约束的人,传达和贯彻上级的硬指示,谁做谁不难堪?

还不光权益和人手问题呢,举个例来说吧。前不久,平原上华泽县朱家发生一起天然气爆炸事件,整幢楼受损,伤亡人数近二十。跟着,平原上二十多个区市县所有社区,得到紧急通知,要求连夜入户检查、检修天然气系统,十个小时内,让平原上天然气安全事故隐患清零。干活儿没什么,不就累点吗?可有些活儿,还真不是发扬一不怕苦、二不怕死精神,就可解决的,它需要专业的手艺和技术,需要上岗证佐证其准入的合法性。这检修天然气就属技术活儿,整个平原都在忙乎这活儿,你让社区到哪里去寻这么多天然气检修技工?叫苦,反驳,没用,办法得靠自个儿想。标语不是写得明明白白吗?落实就是水平,水平就是执行力。

这只是一根线,一根天然气的线。

一根针,千根线,社区这根针的针眼,要承接上边千根线的穿过与督查。而居民的线,更是无以计数,今天多少根,明天多少根,谁数得过来?有时,一位居民生发的线,别说一个社区无法接住,即便一个县,都会被纠缠得手忙脚乱。

社区也不是没权,要说权,大了去了。从后来的情况看,一波疫情莫名袭来,居民和城池全体静默,平日里的忙碌和喧嚣,一股脑赋形社区。吃公家饭的,平时高高在上,一时间齐刷刷下沉基层小区,不管官大官小,清一色套上志愿者服饰,统统交社区管理,以社区工作人员号令是从,马首是瞻,吃住现场,二十四小时连轴转,乖得像牧民歌声中的一群绵羊。封控期间,不管多有身份的居民,出入小区,没社区的路条,寸步难行。

这么多事,这么多难事,女儿一个人,怎么管,怎么管得了,管得过来?

萧不系知道自己是摄影师,摄影师是艺术家,而艺术家基本都有偏执症,就是不知道自己也有偏执症。这话也不对,因为了解他的人都知道,他虽为艺术家,但同时也是一个看问题公允、全面、辩证,既宏观又微观的理性人。错就错在,凡事到了他女儿这里,就乱了方寸,失了判断。也不是不判断,反而是判断得更加厉害,只不过,所有的判断,皆厉害为一己之见,一厢情愿。比方说,社区有书记,副书记,副主任,委员,议事会成员,居民小组组长,楼长,志愿者,物业公司,业主委员会,居民自治小组,七七八八一大堆,而在他这里,就只有主任一人。当然,主任若不是女儿了,那话就另说了。萧不系心眼里只有女儿,这一点,女婿程非就不说了,连老婆巧蓝都吃醋。我行我素,真是把自己活成了自己,谁都拿他没辙,从女儿呱呱坠地那天起，萧不系就成了典型的女儿奴。

女儿也乖，也会说话，即便凶萧不系的话，他也很受听。女儿上班在县城里的灌口街道，住的芒成小区与天著青城同属外江社区，都在大观镇街场边上。得知外江社区居委会原主任因涉天著青城搭建坍塌事故案，主动辞职，届中更换，正在公开报名竞选一名新主任，自己又符合各项硬杠杠软杠杠条件，便报了名。这次，在县上、街道鼎力支持下，社区锐意改革创新，不提名候选人，采取公推直选方式，每个选民都是候选人，居民根据自己心目中社区管家的样子，自由自主投票选举。紧锣密鼓，马不停蹄，女儿将选民登记、资格审查、竞选演讲、现场选举等全套程序走下来，名正言顺妥妥帖帖成了一名年轻的女性社区主任。换句话说，一夜之间，成了萧不系事实上的上司的上司——他是天著青城别墅区刚刚成立的居民自治小组成员，分工宣传文化。别墅都买好几年了，他还时不时给人解释，住别墅的，未必人人都是有钱人，他就是一个住别墅的穷人；住别墅的，未必都在忙挣钱，也有不少做公益的，他就是其中之一。

女儿报名，萧不系不知，女儿成为竞选者，萧不系不知，直到看见女儿在竞选现场登台亮相演讲，他还在揉眼睛，以为在梦中。梦醒了，父女也没公开相认，只彼此偷偷做了个怪相。全世界也只有他萧不系读得懂女儿的怪相，怪相说，女儿的保密，是为了在家门口送老爸老妈一个惊喜。果然是惊喜，萧鱼儿同志竞选演讲夺冠，选举中又获全票通过。一匹黑马，成功当选，并当场发表亲和力十足的就职演讲，取得了让社区居民信服她的效果——作为公职人员，或为人民服务者，最怕的，是不管说什么，怎么说，老百姓或服务对象都不信。一个人也是，不信你了，就算玩完了。

当天晚上，女儿来家吃晚饭，是庆贺、欢喜的饭，也是听老人唠唠叨叨的饭。

萧不系说，女儿，你搁着县城街办党政办工作不干，跑到这县郊镇上的社区来干吗？

女儿说，女儿想老爸呗，想着白天黑夜都能黏你，一分钟不敢耽搁，立马打道回府。

巧蓝说，原来不想老妈啊，那你还是回去吧。

女儿说，在女儿眼里，你们俩亲如一人，想老爸，就是想老妈，想老妈，就是想老爸。

萧不系说，花言巧语的，见人说人话，见鬼说鬼话。人说……

巧蓝说，说什么呢，谁是人，谁是鬼？

女儿说，当然老妈是人，老爸是鬼了，老爸脑瓜儿装的全是鬼点子！老爸说哪里了？

巧蓝说，人说。

女儿说，对，人说。

萧不系说，人说知女莫若父，你以为老爸不知你心里的小九九。

女儿说，好好好，那父王说说本公主的小九九，本公主洗耳恭听。

萧不系说，你回来，上下班不用吃挤公交的苦，也不必劳烦程非开车接送耗费油钱，咱两个小区，同一社区，处得近，不管白天晚上，有个什么事，你帮我，我帮你，究竟是更方便些，这是实情。另一个实情是，你在那边街道是临聘人员，嫌身份不正，没有编制；而这边社区，虽然也没编制，但身份正啊，并且到底还是行政一把手，一人之下，万人之上，相当于管着十几个住宅小区、一二万人的准藩王呢。

女儿说，爸，你怎么这么看女儿，女儿就这么想占便宜，想当官？送你一个字，俗！

萧不系说，好好好，老爸说错话了，女儿不是想当官，女儿是想更好地为人民服务，为居民服务，对吧？

女儿说，这还差不多。

萧不系说，慈不掌兵、义不养财、善不为官、情不立事、仁不从政。这句俗语，可听说？

女儿说，天嘞，这都什么时代了，还把这些极端的、片面的、厚黑学的东西搬出来说！不听、不听。

萧不系说，我可没让你听，只要你知晓，因为职场复杂，竞争激烈，害人之心不可有……

女儿说，防人之心不可无。知道啦、知道啦。

萧不系说，还不耐烦了，好，不说了。

女儿说，顺便告诉你一个决定，我跟程非商量了，为更高效地为人民服务，我准备买辆车，这个周末就买。

巧蓝说，公家没车？

女儿说，没。

巧蓝说，社区主任不配车？

女儿说，车改了。咱们县的局长，甚至副县长，恐怕都没配车吧。

巧蓝说，那你买车，就是私车公用了。

女儿说，都这样，正常啊。

萧不系说，傻女儿啊，你不知社区工作有多具体吗？需要过筋过脉了解的东西太多。

女儿说，女儿在街道工作，还不比你知道？正因为知道，才要来更多更好更具体地为人民服务嘛。

巧蓝说，老萧，服了吧，你们父女斗嘴，你哪次赢过？

萧不系说，要我服，不光在嘴上，女儿，你来咱社区，若能搞出点让街坊邻居们竖大拇指的动静，老爸就真服了。

女儿说，你不用给我戴高帽，使激将法，更不用乱琢磨、瞎操心，该干吗干吗。

2

能不操心吗？现如今的事，哪件不烫手？更何况社区的事！但萧不系还没开始操心，准确地讲，还不知怎么入手去操心，女儿的动静就传来了，地面的，群里的，都有，都是好评。看来，女儿唇舌，并非妄人诳语，自己的操心，纯属多余。既如此，随女儿去吧，咱天高云淡，莺飞草长，正好落个悠闲。

让萧不系落个悠闲，也是女儿的想法，却不是女儿肚子里那个飘忽不定的孩子的想法。他怎知孩子的想法，但那个孩子的确让他不悠闲。

女儿还没结婚，工作见习期还没过呢，就有了。程非说是意外，小鱼儿怪程非故意的，程非就涎着脸赔笑。萧不系本不看好农村家庭出身，却显得既老实诚恳，又世故老练，还精明能干的三合一程非，苦于无法将熟饭煮成生米，只好认栽，唯一的应变招数，是催着二人赶紧扯证结婚，说你们不要脸，老子还要。待结了婚，小夫妻发现前景艰辛，为了事业，又一拍即合，打掉孩子。工作双双稳定后，顺风顺水，孩子说来就来，可没说走就走，莫名其妙流了产。再之后，两三年过去，医也医过，补也补过，女儿工作的动静一如既往，肚皮的动静却没了动静。他这个当爹的急了，却无招可使。

巧蓝急了，就频繁招呼小两口来家吃饭，乔迁别墅来，周末家聚来，生日来，立春来，发奖金来，花园柠檬挂果来，脐橙开花来，老爸抑郁来，老爸抑郁治愈来，实在没理由，就说别墅体量大，需要时不时热闹一下，镇镇堂子。女儿到社区工作后，就不止周末上父母家吃饭，朝九晚五，中午在社区吃泡面，叫外卖，晚上有时上父母家吃，有时不。但这只是理论说法，社区工作加班是常态，五加二，白加黑，好些时候，半夜三更才下班，便直接回芒成小区自己家，倒床即睡，还吃什么吃？

至于吃什么，不说你也知道，巧蓝侍弄的，都是中医谱系中备孕的食补材料。补体虚的，人参莲肉汤、黄芪茶、猪血。促排卵的，雄鸡汤、羊肾汤，辅以红花、小茴香、女贞子等药物。此外，还有深海鱼，以及黄豆、黑豆之类的豆制品。每次都是一大桌。巧蓝退休在家，反正没事，就把心思偷偷散布在吃食里，搞得像深山藏古刹，不识庐山真面目。丈夫知道其间的道道，自个儿虽不需备孕，也高调试菜，装模作样说此汤鲜，彼味妙，心里却嘀咕，俺吃这些，跟尿事莫得烧钱有什么区别？万一吃胖了，女儿肚子没大，自己肚子大了，岂不是还得减肥？

母亲的小动作，一次两次可以，三番五次，鬼灵精的女儿能不知道？只不过不点破罢。但还是点破了，在厨间，女儿说，妈，谢了哈。母亲说，啥，说啥？女儿说，你做这些，这、这、还有这，不就是要我怀娃吗？我和程非也想怀的，我们全家四口目标一致，所以，你给我食补就食补吧，还搞得鬼鬼祟祟，见不得人似的，以为女儿不知道，你女儿又不是傻大姑。但这种氛围，弄得我和程非压力好大哦，压力大了，焦虑了，还能结出果来？不但结不出果，还把你的漂亮女儿喂懒，喂胖，喂丑了，人都丑了心情能好吗，心情不好还能让送子娘娘心情好？心情不好的送子娘娘，还能让咱开枝散叶？所以，妈，我的意思是，顺其自然，你轻松，我轻松，咱一家都轻松。没准怀娃这事儿，还有你的孙孙，天生就带逆反心理，你越是喊他，他越不应，你不喊，他反而来了。妈，你说是这理儿不？

从厨房出来,上桌,女儿没事人一样,巧蓝却有最后一顿晚餐的表情。周末,女儿还请全家去县上最好的火锅店佳君火锅,饕餮了一顿。知性的她,嗨起火锅来,嘴里滋滋有声,九尺鹅肠在油碟与唇齿间的天空抖擞风云,飞奔如电。末了,嗔巧蓝一眼,说,呵呵,好久没这么爽过了。

女儿真是女妖,不,女巫,古蜀时期的女巫,阴阳五行,翻云覆雨,怎么说,怎么有。

不久,刚开春,女儿有了,有喜了。

女儿有了喜,一家子都欢喜,萧不系却有了焦虑。千呼万唤,好不容易怀上的娃,万一再出个什么情况,那他这一脉的老萧家,很有可能就断根了,如此,目下的欢喜岂不白欢喜?萧不系的意识里,女儿的年龄、金贵身子和悲喜心情,是扛不住再来个第四回折腾的。再说,即便不生风险性情况,直接就是女儿把娃打了,也不是不可能。怕啊,怎能不怕呢,虽然女儿也想要娃,甚至非常想,但女儿也想要她的工作,她的事业,一旦冲突上了,两两权衡,不定偏哪方呢。如果工作、事业已开创得妥妥的,再无凶险狡诈的竞争对手,再无悖论式难题,还好说,怀好娃,休好产假,回头把工作、事业续上就成,齐头并进,两不耽搁。可问题是,女儿上任时日尚短,远没到根深叶茂、运筹帷幄、游刃有余地步,依她的脾性,怎肯半途而废,重新起坎,后进于人?还有,女儿这么年轻,她就甘心让事业止步于主任任上,而对书记位没有想法?社区崔书记再能干,再漂亮,也比女儿长十多岁,还能一直不转岗,永远不退休?

萧不系想问问女儿的想法,以解除自己的担心和怕,又觉得一个大男人问闺女这种事,实在难以启齿。趁女儿从社区掐了加班的点回来参加家聚,就让老婆去问。老婆扯一下女儿衣角,刚进卧室,女儿就出门返回客厅,边走边说,妈,出来说,一次说完，免得拖泥带水的。爸，这有什么不好问的，是你亲女儿怀娃，又不是干女儿，更非外人三四的。

这种家聚一年也没几次的，名目更是随意而为，自然生成，上次是一年前，乔迁别墅之喜，这次是老爷子在幺女儿陪同下，从川东老家花萼山来看别墅的稀奇。老爷子进门，上楼下楼一番巡视，感叹道，咱老萧家还是大娃不系有出息啊，这宅子，比解放前的地主家都洋盘！又说，你这大娃，带了个好头，要是把你的弟妹也拉扯好，那就更好了。

女儿一口一个幺姑，把萧幺妹高兴得什么似的。女儿问，幺姑父咋没来？幺妹说，他倒想来，在外打工，工地上瞎忙，哪里走得脱？

春风吹拂，萧家别墅却洋溢着夏天火热的激情。天著青城草木和鸟儿的叫声，在穿过门窗的刚性挤压后，依然青幽幽的，起着洗肺和养肺的作用。这天是周末，萧不系夫妇在平原的同辈和晚辈亲戚都来了，济济一墅，餐厅一桌，客厅一桌，花园一桌，三桌鼎立，三分天下，好不热闹。酒足饭饱，一些麻将，一些茶叙，一些卡拉OK，一些流连花园戏花弄草，一些在前庭路边打羽毛球，又是另一番热闹。

沙发窝里，酒话茶叙无缝衔接的萧不系，一听女儿言，猝不及防，嗫嚅道，这……

女儿一屁股挨他坐下，却把脑袋旋九十度，像一挺机关机，直端端对准他。机关枪发言了，这什么这？老爸呀，你真是枉称文化人了，都什么年代了，还用老眼光看人，在生娃和工作这事上，怎么就不能鱼和熊掌两兼得？哦，要么小脚女人一样，待在家中保胎生娃，要么铁血巾帼一般，了无牵挂冲锋陷阵？你女儿我偏不！生儿育女，传宗接代，繁衍人类，壮大家国，有错吗？当然没有。情倾基层，建好社区，服务居民，造福一方，有错吗？当然没有。既然都没错，那为什么一定要非此即彼、选边站队、得一舍一呢？

萧不系说，理论上可以这样讲，现实中呢，你的领导和下属，即便嘴上不说，他们心里会怎么看？

女儿说，我管他们怎么看，只要工作干好，他们就应该看好，反之，不看好。领导都这样，我对我的上级和下属也这样。

这是女儿的脾性，既有嗲的一面，讲理的一面，也有蛮横得一意孤行、似显幼稚的一面。但萧不系相信女儿，尤其愿意相信她此刻一言九鼎、吐字成钉、铿锵孤勇的正确性，如此，就免去了他怕女儿打胎的后顾之忧。与此同时，又有了新的烦恼与怕。

女儿不去医院打，工作在工作中伸出手来打，怎么办？工作之手那么多，千手佛一样多，前一分钟这几双，后一分钟那几双，每双手都那么峻急、强硬、不容躲闪，任谁也会左支右绌，女儿怎么应付得过来，他又怎么护女儿周全？

老爷子看别墅看了一周后，回老家了。他说在别墅区转悠太不自在，抽烟、吐痰、撒尿、放屁、打喷嚏，都不像老家乡下，怎么爽惬怎么来。萧不系知道，老爷子想走，是不放心家里的人。他说，阿爸回去，带大娃向阿妈问好，也欢迎二老来我这里长住。老爷子说，你阿妈在家只是下床难，在你这里恐怕下地都难。家乡山高，但家里是平地，你这里是平地，但家里却是梯梯坎坎的，一抬腿，就得上山下山。

说得大家一阵哄笑。

老爷子和幺妹一走，萧不系夫妇便命令女儿女婿的小家停火，小两口吃住都在别墅。程非不好意思，说太打扰二老正常生活了。巧蓝说，一家人说什么两家话，一个怀儿婆，工作累不说，回到家还在厨房打转转。你上班又远，万一胎儿有个什么，后悔都找不到后悔药。但丑话说在前头，这是特殊时期的政策，待生了宝宝,你们想赖着不走都不行,我们两个老家伙还想要个清闲呢。女儿说,那可不行,我只负责生,你们仨负责养,否则太不公平。说话呀,行不行?萧不系忙不迭说,行,当然行,表个态,宝宝上幼儿园,接送外公包了!

哄堂大笑。女儿笑得大弯腰身,吓得萧不系赶紧上前,扶直她,生怕有个闪失,乐极生悲。女儿一站直,依然笑,又不便弯腰,便直接靠在萧不系身上,其结果演变成了事实上的父女拥抱。

外江社区的日子,复归正常。但萧不系认为这种正常,不正常,至少没有达到他希望的样子。

女儿说,爸,你老问我社区的事儿干吗?这不是咸吃萝卜淡操心吗?

萧不系说,你工作那么多,我想搭把手,帮点忙。

女儿说,帮倒忙,越帮越忙!打住,女儿够忙的了,别添乱。

萧不系说,你就这样评价你老爸的能力和精力?能不能实事求是一点?你知道我在报社的工作,退居二线,说是上班,既不点卯,又不坐班,浑身都是余热,就不能发挥出去?

女儿说,你看你,还不高兴了。爸,你都奔六的人了,又有工作又有业余爱好,还嫌不够忙?对了,你若真想再添点忙,可以牵头组织个外江社区摄影兴趣小组、文学兴趣小组什么的,成熟一个成立一个,先小组,够条件后,升级为协会。这个建议不错吧,既可以拓展你的爱好,忙得高兴,又可以帮女儿的忙,丰富社区特色文化建设。

萧不系说,这个可以有,但不属于必须马上处理的急难问题。我还是想了解你们社区工作上的大事难事。

女儿说,社区工作,哪有你以为的什么大事难事,都是鸡毛蒜皮的事,零零散散,汤汤水水,了解它干吗?

萧不系说，我想正式退休后，坐在别墅的书房里写小说，写累了，在阳台望望山景，在露台抬抬胳膊伸伸腿，或下楼去花园转转。这个场景，想想都美。

女儿说，嗯，的确美。爸，我明白你的意思了，你了解社区工作，是想为写小说积累素材。

萧不系说，对呀，这个应该支持老爸吧。

女儿说，支持。但我成天瞎忙乎，很少得空，你要理解哈。

萧不系说，你可是孕妇，不要把自己搞得那么忙，时间再紧，也是可以调节的嘛。要劳逸结合，跟我摆龙门阵，就是一种逸。

女儿说，知道了，啰唆。

女儿感冒，吃了药店的药，为好得快些，又去大观镇卫生院打点滴。女婿公司忙，打电话来，请泰山大人去看下。萧不系急忙急慌跑去了，一边陪护，一边跟女儿聊天，把聊天聊成一问一答，问社区主任的样子，像审女犯。但女儿哪知老爸的真正心思呢？点滴还没打完，电话打来了，女儿一边接听，一边让护士拔针，摁着针眼，向社区跑去。

话味拌着药味，就这样问答，但还没热完场，就散场了。

女儿还真是没时间跟父亲瞎掰，有时会来几句，基本是在周末的餐桌上，零零碎碎的，如遗落在餐桌上的饭粒。既然从女儿嘴里听不完全，那就从女儿的同事处获得，偏偏是，社区的人，女儿身边的，萧不系一个不识。无奈，只好以筹建摄影兴趣小组之名，去社区党群服务中心，这样，就认识了分工负责精神文明建设、宣传文教等工作的党委委员小余，负责天著青城等区域网格服务的社区网格员小史。小余，美女一枚，被选举成委员之前，是县西南地盘上名头响当当的婚礼主持人。小史，毕业于四川航天职业技术学院，被招聘为网格员之前，在平原上高新区一家IT公司当业务员。

萧不系跟小史一见面，还没自我介绍，小史就说认识他，说是在天著青城小区首次强拆现场见过一面。而萧不系一点印象没有，但为搞好关系，就说，哦，想起来了，见过。

一来二去，萧不系觉得还是跟小史打交道更自然些，跟小余也自然，但你把话稍一说多，就成了心怀叵测的搭讪，有了无话找话的不自然，人家毕竟是花枝招展的年轻女性嘛，而自己要刺探情报，不无话找话怎么行。

大家都叫他萧老师，只有小史喊他老爷子，他说不好，但小史依然故我，无奈，只能应答，但他还是提了个条件，公共场合不能喊。小史这样喊他，是小史知道自己的领导和他的关系，但萧不系不知道小史是怎么知道的。

跑社区，一直没能刺探到有效情报，无意间却收获了一则信息，说是社区有个微信群，叫党员"双报到"群。分管社区党建工作的副书记，会时不时在群里发布一些通知，告诉群员们，辖区内哪里出现了什么问题、难题和困厄，比如主题活动宣传、文艺演出、结对帮扶什么的，比如护河查污、植树造林、献爱心募捐什么的，比如疫情布防、流调、筛查什么的，需要多少什么年龄段、什么专业的党员志愿者，前去排忧解难。于是乎，群里纷纷响应，飞快接龙报名，生怕额满。

萧不系闻之兴奋不已，随之又蔫了气。骂自己为什么不早点把党入了，醒事还没自家女儿早，觉悟还没一些商人高，商人唯利是图，却不吝惜交党费的开支。他找了这个找那个，还找了女儿，没用，大家说辞一致，入此群唯一的资格就一个，在职党员。

信息比蛇狡猾，蛇还藏头露尾呢，信息一点身影、一丝气息也无。

3

小史在天著青城入户核查一位外省来客的暂住证，绿道上迎面遇到萧不系，连忙打招呼，老爷子好，今天没上班啊。边说边走，却被萧不系一把拉到旁边的休闲椅坐下。不远处的凉亭也可以坐，他们没去，因为那里晒不到太阳，平原春天的太阳金贵着呢，相当于美好天气的压轴戏。几只鸟儿站在一棵落叶乔木上，用冬天的嗓子叫春。

小史的脾性很好，也被未来老龄小说家的执着弄得有点烦，但反应在他面子上的情绪，永远如沐春风。

小史说，有一居民，单位问他有无护照，说如有，请交单位保管，需出国时，找单位申请。他说，没有。单位说，好的，请你交一份没有的证明给单位。这位业主完全瓜了，不知怎么证明自己没有护照，就来社区，直接找了萧主任。这活儿，你会干吗？

萧不系说，不会。

小史说，有一别墅区业主，找到社区，说她邻居起诉了她，希望萧主任出马，亲自调解，让对方撤诉。她说，起因是她在自家客厅与丈夫八卦，说了邻居坏话，偏偏她是大嗓门，又偏偏邻居家监控摄像头很先进，收音效果太好，把她说的坏话听了个一清二楚。邻居告她造谣诽谤，而她又有体面的身份，不想这事闹大。

萧不系说，这个应该找法院立案庭吧。

小史说，人家找了立案庭的，未调解下来，又不甘心，就来找社区了。这活儿，你能干？

萧不系说，不能。

小史说，有一位业主，在海南工作，嫌海南潮湿，退休后在咱社区买了房。她找到我们,说单位要求她每年必须亲自返岛年检一次,证明自己活着,视频证明无效,否则停发退休金,以此杜绝人死了,还在领空饷现象。这位业主,在老伴或儿子陪伴下,跑了几年,不想往岛上跑了,就往我们社区跑,要我们社区向她单位证明她还活着。怎么办?

萧不系说,不知道。

小史说,有一位业主,当兵的,在汶川特大地震抢险救灾中立过功。有一天,背尸体上肩的时候,僵硬的尸体不知怎么扇了他一耳光,脸上的巴掌印多日不消。被死人扇耳光,他觉得自己很霉,很冤,想不通,开始变得疯疯扯扯,公立医院、江湖游医、风水大师,什么都找了,屁用没有。大家告诉他,这个巴掌,应该是僵尸遇外力作用后的机械运动,与鬼神无关,可他就是不信。部队是没法待了,退伍后,三天两头往我们社区跑,什么诉求都没有,也不乱来,就找社区人员谈话,上次这个,下次那个,谈完一圈,又从头开始。谈话的逻辑思维,跟正常人无异,我们……

萧不系说,饶了我吧,别说了。除开老问题,就没新问题可说?

小史说,萧主任最近的几项工作中,最让她头疼的,就发生在你们小区。小史才把这事的来龙去脉,说了个开头,龙还没显形,他就问起了脉的事。

萧不系说,这事不是向派出所报了案的吗,怎么变成社区来处理了?

小史说,老爷子知道这事?

萧不系说,我们邻居群、物业与业主沟通群,都热议好几回了。

小史说,对,我应该想到这点。是这样的,因物业没招,派出所又老是破不了案。你们小区有个太婆，退休的小学教员，等得不耐烦了，就背着儿子，跑到我们社区来反映情况，请社区解决这一问题。当时，负责治安、民政等事务的居委委员老耿不在，正好我在，就接待了她，并将这个情况向萧主任做了汇报。说实话，我也可以直接处理，告诉她，派出所既已立案接手，我们社区就不便插手了。但我一看这太婆的阵仗，知道是个认死理、不达目的不罢休的主，便掐灭了心里的念头。社区崔书记听了萧主任的汇报，说，这事儿我个人的意见是可办可不办，办的话，可按照疏通受损业主的思想办理，也可协助派出所办理，总之，怎么处理，既要看业主的情绪苗头，更要从咱社区的人手、精力和能力的实际情况出发。

萧不系听出了，书记的话，委婉、理性、清晰。女儿应该听出了这样的意思，这事你有把握办好就办，没把握就不办，办不办，办出什么后果，你自己评估。小史说，书记的话，很有政策水平，实战经验，又显示出对班子搭档怀孕状况的关怀，萧主任心知肚明，但她还是决定去办。她对我说，既然老人家找上门来，说明人家信任我们，再说，她家这种情况，天著青城有十好几户呢，一个不小的群体了。再再说，别墅区的居民，很难有什么事找社区的，我们也难在别墅区打开局面，展开工作，这事倒给了机会。

小史说，萧主任说的极是，我应该想到这点。

萧不系非常知道，我应该想到这点，是小史的口头禅，刚开始不习惯，听多了，习惯了，小史哪天不说了，他还真不习惯。

小史说，社区是干吗的，还不是为居民服务的，什么叫服务？纾难解困就是服务，比如为贫困居民申办低保，为孤寡老人给予生活保障，为交不起或不愿交物管费而扯皮的业主解决纠纷，为打官司者提供法律帮助什么的。可住别墅的人，有这些需求吗？没有，换言之，人家不需要你服务。既然社区不能为他们做什么事，他们又凭什么接受社区安排的，诸如参加志愿者服务，开展扫街、站街等各种公益性活动呢？现在，太婆找上门，机会是给了，但来自别墅区的机会，能是好机会吗？如果不烫手，人家找你社区干吗？果然，萧主任介入这事后，几个动作下来，并没有取得实质性进展，浪费人力财力不说，还让派出所、当事业主看笑话，现在是进退维谷了。

小史的声音，像一支画笔，在萧不系面前的风中不停画画，画在风中成形、绽放，却堪比岩画的坚固。从这些连环画里，他看见了女儿的忙碌、无助、焦虑，看见孙儿在羊水的大海漂流、沉浮。

小史又说，当然，对于萧主任勇于担当，为民办实事的态度和精神，相关业主心里，还是有数的。

上述这些事，小史说的部分，萧不系不知道，太婆去社区反映的部分，萧不系知道，非常知道。他说，你说我知道，知道什么呢，我女儿介入这事，没人给我透半点口风！

几个月前的一天，小区邻居群、物业与业主沟通群，有人发帖说，刚刚发现，自己家的窗玻璃被人打坏了。发的图片显示，玻璃并没完全破碎，也无洞孔，但其上出现了自某一点四射的冰裂纹路，那个生发射线的圆点，已不再透明，而是一块黄豆大小的白色晶体。显然，玻璃被飞物击中。

正值潮湿、闷热的夏末，冷寂了好几天的两个微信群，一下热闹了，非当事者们，纷纷表达着吃惊、气愤，同时又带点幸灾乐祸的吃瓜心理。

有人猜测是石头打的，有人就说，那扔石头的人不可能很远，小区众多的监控摄像头，应该可以拍摄到。但事实是众多的监控却什么也没拍摄到。

有人问，为什么要使坏呢？有人回答，该不是因为搭建了，让人不舒服了吧？

报料的那人说，我才搭好多点，比我家搭得凶的，多了去了，干吗只打我家玻璃，不打别家的，想不通。

有人建议向物管报告。

跟着就有人说，她家上个月也遭了同样的事。物管来查了，什么也查不出，就让她家直接向派出所报案。派出所查了一阵，不了了之。不想惊动邻居，就没发帖。

跟着又有人说，他的汽车停在小区路边，挡风玻璃被打裂了，也报了案的，至今没结果。

原来这么多家玻璃被打！他暗忖，这些人遇事不言，真正的心态，大约觉得不仅言之无益，还让人浮想联翩，为什么小区邻居家都没事，偏偏只自己一家遭黑？

有人说，没伤人没死人的，警察那里就那点人手，就那点经费，管得过来吗？再说，你的车是不是停的地方不对，影响别人的出行了哦？

有人说，即便影响别人出行，直接交涉就是，不该使下作手段吧，除非多次交涉未果。

有一，就有二，有三。此后，玻璃被飞物打坏这事，隔三岔五就有人报料，有之前打的，有刚打的，据物业统计，已知受损业主达十六户之多。

由于有三户还是没装的清水房，一些人便说，击打的原因，应该不是违法搭建带来的。也有人说，十几户受害，哪能一种原因，很有可能各有各的原因，比如违搭、乱停车，比如报复，比如玻璃商的逐利之举。

有人说，她家搭在露台上的阳光玻璃房顶，也被打裂了，她想不明白，周遭附近没有高楼，击打之人难道住在云端？

有人说,据说我国每年因误撞玻璃死亡的鸟有几千万只,美国更多,上亿。如果说咱这玻璃是鸟撞坏的,那鸟的尸体在哪儿?

萧不系总觉得有哪儿不对,发问道,有哪家在玻璃损坏附近,找到过凶器,也就是石头、弹丸之类的坚硬飞物?

有几家回答了,说没找到。有人补充,说警察来找过,毛都没见一根。

萧不系说,风过留声,雁过留影。既然现场寻不到物证,大家又是无神论者,那么,只能认定,玻璃是自裂的,原因与玻璃本身质量、安装质量有关,质量出问题,自然经不住天气变化带来的热胀冷缩的击打。

大家当然不认同萧不系的推论,纷纷发表着自己对玻璃各种碎裂、炸裂方式中所呈现状态的看法,一致认为,小区受损玻璃只能是飞物撞击,系躲在暗处的"玻璃杀手"所为,没有其他可能。

聊到"玻璃杀手"这里,就算是聊死了,谁能告知,"玻璃杀手"在哪里?存在,又不在,便是一个虚词。萧不系便从群里出来,来到百度地盘。他想,小区这种"被袭"的情况,天著青城不会是孤案吧?果然,网上一搜,就搜到了好几宗类似的小区悬案,省内省外都有,也是玻璃被飞物击损,也是警方破不了案。众皆如此,既成悬案,只好作罢。

不久,邻居群聊死的话题,又活了。一业主说,他在他家受损玻璃附近,寻到一粒钢珠。

萧不系解嘲道,看来,玻璃自裂推断,不成立。又说,那么,钢珠是被"玻璃杀手"拿什么工具,什么武器发射出来的呢?

有说弹弓的,有说火药枪的,有说气枪的,莫衷一是。更有一业主进一步报料,她家女儿半夜被惊醒,因听见小区围墙外,有气枪发射的声音,跟着小区内出现玻璃被击打的声音。有人说,该不是做的梦吧?

搞创作尤其是小说的人,对谜案,有一种刨根问底的天性与快感。

议不出一个结果,萧不系又在百度上一阵猛搜,关键词:射击,钢珠。他小时候玩过弹弓,自制的,用的子弹,是指头大小的石子。没想到这一搜,居然搜出了弹弓,发现弹弓有专门的生产厂家,网上也有售,且子弹已升级为钢珠和泥丸。他的认知里,用弹弓发射石子,远距离击碎断桥铝5+18A+5双层中空玻璃,是不可能实现的。现在他已感到,时间带来了钢珠,钢珠改变了自己的认知。至于发射钢珠的枪支,也搜到了,气压枪,自制,非法,涉此枪案者,公安见一个逮一个。他判断,向小区发射钢珠的家什,不应该是非法自制气枪,因尺寸大,不易携带,风险超高。手枪型气压枪,形不成远距离伤害。所以,大概率,只能是弹弓。

如果不是女儿任了社区主任,如果女儿没怀孕,如果小史不对他说一席话,这事就算过了。偏偏是,这三个如果,都不是如果,而是已然发生的事实,这就过不去了。

萧不系决定只身破这宗悬案,帮女儿卸下心头,尤其是肚子里的忧与隐患。下这个决定时,小史还在跟他唠嗑,而女儿正在听小余汇报摄影兴趣小组成立的事。

4

萧不系仔细勘查了十六户业主的被袭玻璃。虽然进入别墅区的手续很简单——你只需说你到谁家去,并报出哪幢几号即可——但他针对玻璃碎裂状态和摄像头无建树等情况,一番分析后,遂否定了"玻璃杀手"在小区内动手的可能。萧不系想起了两三个月前,夜幕下,借着晦暗路灯和西岭雪光,他曾亲眼看见有一两个疑似便衣警察的人在小区转悠。这会儿,他隔着时空,向他们无声地哼出了一朵花,一朵只有他自己才能看见的花,像冷笑又像嘲笑。

工欲善其事,必先利其器。他首先在京东买了弹弓、钢珠,便宜,三十来元。又在汽修厂和小区装修工地的垃圾堆放处,捡了几块大小不同的玻璃板。然后,找了一处无人地块作靶场,对弹弓的力道、弹道、射程和精准度,进行评估与把握。接下来,绕小区外墙转一圈,再一圈,综合小区内那些玻璃受损业主家被射击角度,择定了几处最便于观测、隐蔽和逃逸的射击点位。

万事俱备,只待猎物出现。

晚饭后,萧不系对巧蓝说,摄友电话,说省摄协领导来采风,住玉堂酒店,打麻将三缺一,不去不好,得去下,回来晚,你就不管了。一连三天,他都以这个理由诳巧蓝。

开车出小区,不到二百米,到了金马河边。坐芦苇旁,望水中鱼儿,开始祈祷女儿身体健康,幻想孙儿在小鱼儿的河流中孕育,像大鱼一样健硕,然后出生,然后蹒跚学步,从幼稚园到北大。北大还没入呢,天就见黑了。他开始朝小区走去,一百米后,绕围墙走,脑袋上的一对耳目,生出无数耳目,一律倾向事先择定的几处点位。

但是,一无所获。

第三天,终于抓了现形,但这个现形,是萧不系自己。

星辉闹林,万籁俱寂,一时百无聊赖,就掏出弹弓把玩,拉长皮筋,东瞅西瞄,这样,就被扑倒,抓了现形。

是女儿安排的这场抓捕。女儿为帮派出所破案,安排两名治安志愿者在天著青城巡夜、蹲守，两人发现萧不系后，跟踪两天，一无所获，准备再跟一天就放弃他身上的嫌疑。但恰恰是这最后一天，他掏出弹弓，出手了。一出手，两人立马从暗处跳将出来，大鹏展翅，将他扑倒在地，绑成粽子。萧不系穿得厚实，身坯又不小，差点让志愿者带的绳子不够长。不够长还能绑上，当然是他的剧烈疼痛做了找补。

"玻璃杀手"抓到了！小史接到志愿者报功电话，绕过耿委员，直接向萧主任报功。二人赶到车灯和手电筒聚焦的现形现场，愣了。萧不系仰望星空，似笑非笑，像个无风的稻草人。

小史首先发问，怎么回事，是不是闹了误会？

志愿者甲说，我们跟了三个晚上，怎么会误会？

志愿者乙说，看嘛，弹弓在这里，人赃俱获，不是他是谁？

萧不系的争辩有气无力，一派空茫，什么是我，我是什么？

萧主任拿着弹弓，试了试拉力，对萧不系发问，这弹弓是你的？

萧不系说，是，是我的，怎么啦？

志愿者乙说，我们看见他拉了弹弓来着。

小史说，没问你。

萧主任说，钢珠呢？

萧不系说，钢珠？哦，在兜里，看嘛。

萧主任很听话，看了，并迅速推开萧不系的手，别跟我说，到派出所去说吧。

车子碾着萧不系的月光，萧不系的羞愧与无助，到了派出所门前。萧主任对两位志愿者说，你们进去吧，公事公办，我还有事。

两位志愿者先行下车，萧不系正待下，又回身将车钥匙扔给女儿说，车在金马河边，老地方，莫忘了帮我开回去，别停家里，免得你妈担心。

萧不系后来听说，见三人下了车，见他不断回头的背影进了派出所，女儿才开车和小史去了金马河边。她让小史开她车先走，自己钻进萧不系的车，全身伏在方向盘上，一动不动，死尸一般。回了家，沐浴，倒床便睡，却怎么也睡不着。在程非的酒鼾声中，她起身倒了温开水，取一粒右佐匹克隆片，掰三分之一吞了，又赶紧吐在手心，去卫生间漱了口。吞药时，肚里的孩子，踢了她一脚，她立即反应过来，真是恼晕了头，安眠药有副作用啊。早上起床，见老妈在厨房做早餐，就告诉说，老爸给她微信了，说这几天陪摄协领导在湔山采风，不用管他。

女儿正在社区忙碌，派出所来电话，通知她去说明情况。去的路上，不再是主任，而是人证嫌疑人家属。

一去一返，也就一个小时，车返社区时，拐了个弯。

萧不系从女儿送他到派出所，而不进派出所，便知道，女儿不希望在这件事上与他扯上联系。自己本意是帮女儿工作上的忙，现在忙没帮上，反而给女儿的工作带来麻烦。所以，派出所问什么，他说什么，一五一十，一点不掺假水，只想利利索索，早点出去。直到问到子女情况，才胡言乱语，像知了的聒噪。又问到他怀揣弹弓，半夜三更绕小区围墙转圈，还自设靶场练习打玻璃，是何动机，他便一声不吭，成了闷葫芦。问烦了，回一字，玩。那有什么好玩的？多回一字，好玩。好玩什么呀？就是好玩呗，小时候玩惯了，想着重拾童趣，不行吗？对了，我没像小时候一样打鸟，打鸟肯定不对了，当然，晚上也看不见鸟，想打也打不着。有那么一瞬，他真想说，还好意思问，要不是你们，身穿漂亮制服却破不了案，哪个龟儿才玩这个。说了，如果派出所问，我们破不了案，碍你什么事，是你的玻璃被打了，还是你的其他利益受损了？他怎么回答？多说一个字，就把自己套进去了。

派出所哪是好玩的，门砰一声响，将他关在闷热的黑屋里，一个人玩了一夜。又问两位志愿者，两位志愿者说，我们哪知道，问小史吧，该说的，不该说的，我俩都说了。又说，笔录也做了，该回家洗洗睡了吧？派出所说，回吧，明早把小史叫上，你俩也再来一趟，谢谢。翌晨，小史来派出所，冲了半天壳子，冲不下去了，才说，我应该想到这点，你们一定会问的，他只有一个女儿，就是我们外江社区的萧主任。派出所问，他是萧主任她爹？有意思，刚才你怎么不说？小史说，你们没问我呀，我说啥？

其实，小史之前不说，是怕说了，萧主任不高兴，哪个领导希望屁股后边缀个犯罪嫌疑人，并且，这个犯罪嫌疑人，还是自己亲亲的爹？他于是悄悄给领导发了短信，主任，派出所问老爷子的子女情况，我没说。很快，领导回复，一切实话实说。萧主任的回复，让小史放下悬着的心，毕竟，网格员是公安、社区双重管理的，哪头都是得罪不得。再说，纸也包不住火。他说，领导，我应该想到这点，任何处境中，你都是一个廉洁奉公、不徇私情、作风过硬的好主任。

萧主任说，废话多，滚。

萧主任跟派出所熟，从进门到入座，一路都是招呼，彭所长亲自接待她，几个寒暄下来，她便直奔主题了。

你们把我喊来，肯定不是喝茶，要问什么，问吧。

他真是你父亲？

是啊。

那你知道他做这事的动机吗？

他怎么说的？

这个不能告诉你。

那就没办法了,他是他,我是我,虽是父女关系,却是两个独立的生命体。

他说就为好玩。

不光为好玩吧,也为走路健身,拉弹弓健身,他那个年龄,做什么事都没有健身重要。

你认为他没有打玻璃,连动机都没有?

是啊,你们不信他,还不信我?健身,应该是唯一的动机,对了,他说过想写小说,这样的话,体验生活也有可能是动机,彭所,我可以去看看他吗?

不可以。

怕我们串供?

不是、不是,规矩如此,请萧主任理解。

当然,理解。

除了父亲,该接走的,萧主任都接走了,精明的小史,两名心情复杂的志愿者。彭所将四人送至大门外,很突兀地伸出手来,穿过三人六手,与萧主任交握。

派出所信萧主任,更信证据。两种信,前者对萧不系有利,后者对萧不系不利。派出所查看了弹弓磨损情况,他网购弹弓和钢珠记录;查看了他的打靶场、玻璃靶子,并寻到两粒钢珠;查看了他围墙外的行动轨迹。结论是,目前的人证物证,证明他不具有作案时间,因玻璃受损事件,发生在他作案未遂之前,同时证明,他的工具、技术和行为,有曾经作过案的条件与可能。就因为萧不系具备这个条件与可能,又不能自证或他证清白,萧主任离开派出所后,他还被关黑屋近三天,才得以回家。

萧不系知道,在证据链与逻辑链的双重指证中,百口莫辩的自己,能云淡风轻从派出所全身而退,跟他有个社区主任女儿不无关系。因为他不相信,这三天中,是派出所的成功破案,或者小区业主玻璃又遭袭击，还了他清白。

萧不系事后得知，自己的推断，虽不精准，甚至错谬，但综合起来看，却又是大致靠谱的。

在萧主任亲自部署下，"玻璃杀手"落网了。小史说。

5

"玻璃杀手"，男性，三十八岁，无业，单身，宅男。据派出所调查，此人系天著青城所在地外江村三组村民，因腾地拆迁，一夜之间农转非，从小青瓦农院，搬进集中居住区高楼。这个动作，媒体的表述是，一步千年，转身之间实现千年之变。"杀手"新家地处县城东郊，距祖地十几公里。当地社区介绍他到一家工厂做工，做了小半年，辞了工，说太累，成天连轴转，不是人干的活儿，农活儿还分个农忙农闲和天晴下雨呢。农闲的时光多滋润啊，想怎么美好怎么来，睡懒觉、打牌、写诗、喝酒、吹牛日白，到省城春熙路打望美女什么的，都可以。又介绍他到一家公司跑销售，干了两三月，打了退堂鼓，复宅高楼。社区和家人怎么做工作，他也打死不出门，说销售这活儿，到处下话不说，一月下来的收入，还抵不了交通费和散烟的钱。这小子本就一文青，想法多，成天把自己锁进小卧室，眺望老家方向，想法就更多了，终于把自己想成了一个间歇性精神病患者，不发作什么事没有，一发作什么事都有。在他的眺望中，老家那片土地，一会儿是美丽而丑陋的农耕田园，一会儿是丑陋而美丽的别墅小楼，美与丑，富与穷，扭结成的仇恨，一直在分裂他思想末梢的紧固螺栓。"杀手"有名有姓，本名甄有钱，笔名甄诚。自有了笔名，谁提本名，他跟谁急，爹妈也不例外。也是，本名多俗，钱明目张胆浮在面上，羞死个先人，能不急吗？

说到甄诚落网，事情是这样的，小史说。萧主任四人出派出所后，两名志愿者回家，找补亏欠了好几天的瞌睡，她与小史回社区，路上，车拐了弯，泊在了萧不系被抓现行处。她递给小史一瓶矿泉水，说，小史，下车走走。春夏之交，又是上午，小史不想喝冷饮，见主任咕噜咕噜一口气喝了小半瓶，就伸手接了，心说，领导心急，火大，我应该想到这点。

这一走，就绕着天著青城围墙走了一圈，还开车去了萧不系的靶场。这一走，小史就把自己了解的全部案情告诉了她。末了，他说，老爷子应该没事吧？她没回答，而是下达了一道命令，准确地讲，是用命令口吻做出了一个部署。正是这个部署，网住了真正的"玻璃杀手"，那个宅在集中居住区高楼、患有间歇性精神病的文青甄诚。

事实清晰，不容置辩，裁决很快出来了，对甄诚的处罚，是由家人对他严格监管，以及家人承担对十六户受损玻璃的赔偿。家人没能力赔偿，找所在的幸福社区想办法，幸福社区便找外江社区打商量。

来人也是社区主任，姓文，一张苦瓜脸，写满核桃纹，应该快到退休年龄了。伴他左右的，是一位高高大大的小帅哥，自始至终，小帅哥施出的美男计，就是笑眯眯，给美女主任掺茶。

文主任说，萧主任，你知道，我们那个社区地盘上的住宅区，不是农民集中居住区、老城区、廉租房、经济适用房、老企业职工宿舍楼，就是高层公寓楼，我们就是发起搞个募捐活动，那也是应者寥寥，数额低得都羞于出口。不像你们社区，财大气粗，中高档住宅区多，连纯别墅区都有。所以，玻璃赔付的事，萧主任，你看，是不是大人大量，施个援手，帮忙帮到底？我也知道，本是我们的问题，却跑来给你们添麻烦，还觍着老脸提要求，实在不好意思。

小史忍不住,从旁插了一嘴,麻烦岂止我们社区,还给萧主任的老爸带来了……

萧主任打断小史说,文主任,你看这样行不?事儿,毕竟是你们幸福社区的居民惹出的,我理解你们的困难,你也得理解我们的难处。咱俩是同行,你肯定知道,社区是没有款项可以用于这个赔偿的,集体经济组织的资金不能动,其他可开支项目,都是上一年入了街道和县财政预算的。我个人认为,解决这个赔付问题,只有两个渠道,一是募捐,二是受损业主放弃赔偿。先说募捐。社区里的居民会怎么想,他们肯定会说,住别墅的人还缺这点渣渣钱,让我们给别墅募捐,这不是天下奇闻吗?就算不是直接捐,而是变相捐,假手第三方,但住别墅的人会假装不知道人人都知道的真相?无论从物质层面讲,还是道德层面讲,十六户遭袭,大家受累,你让墅区居民的脸往哪搁?只在各墅区募捐,也存在这个问题。再说免赔。如果只一户,或两三户,都好说,但涉及赔付的业主,有十六户之多啊。好些人不知道,认为别墅就是富豪的象征。实际上呢,说是住别墅的,抛开豪放派与吝啬党不谈,但就经济状况看,也得分个三六九等,有的"穷"得只剩钱,有的"富"得只剩别墅。即便我们上门做工作,这家愿意免赔,另一家呢?恐怕不仅不愿,反而还怪那些免赔的邻居显摆,打肿脸充胖子,给左邻右舍难堪。这样一来,先前答应赔的,恐怕也要改口了。人上一百,形形色色,众口难调啊。

萧主任抿一口茶,又说,说这么多,我想表达的意思是——

文主任做起身状,一声冷笑,萧主任想表达的意思,就是不行呗!

萧主任说,我想表达的意思是,这个赔付款的问题,我们会尽我们的力量解决,但你们也不能袖着手当耍耍匠,也要想出你们的办法,使出你们的力量。一句话,我们两家共同解决。

文主任苦瓜脸，瞬间变幸福脸，忙说，这法好，听萧主任的，共同解决、共同解决。萧主任怎么安排，我们怎么干，没二话！

文主任适才的起身状，当然只是一个从虚作势的动作，他算定对方不会装聋作哑，顺水推舟。因为，他知道对方知道他肚里是有货的，但他如果把肚里的货拿到桌面上作筹码，当要挟，硬碰硬，那就不是一名老江湖所为了。比对双方实情，以退为进，以示弱显示强大，以可怜博取同情，以识趣留出道义，才是今天这张谈判桌上，他的取胜之道。有时，比点到为止更高的境界，是可以点却什么都不点，因为斗智的双方，都是明白人。他一字不吐的肚中货，即为外江村当年的拆迁建设，以及拆迁建设对包括甄诚在内的村人命运的影响。

当然，文主任推论与判断的前置条件是，对方是一位有道德底线的好人。对于坏人，使什么招儿都没用，除非你是更坏的人。

这会儿，文主任嘴上说了行动，带着小帅哥回去后，却没有行动。也不是没有行动，他只是将行动方向确定为自己，找儿子募捐五百，找老婆募捐五百，最终让小帅哥将整一千元交到萧主任手里，而萧主任却让社区小美女小余将这一千元作为治疗费，交到了甄诚家人手里。就是说，赔付问题，外江社区已走上了独家解决的不归路。

独家解决，说来轻松，做起来却不是那么一回事。

在募捐和免赔两种方案中，萧主任选择了后者，即受赔者自己给自己募捐，自己给自己赔付。

萧主任首先安排居委耿姓委员，前去做十六户的工作。她说，你要挨家挨户上门，做工作的时候，不必晓之以理，只需动之以情。因为住别墅的人，大多有文化，有经验，有身份，甚至有背景，他们最烦的，就是别人给他们上课，相反，逮着机会，他们就会给别人上课。你主要给他们说这几点：一、甄诚祖祖辈辈住这里，因为建我们小区，才迁居他处；二、在这里，他好好的，迁出去后患了间歇性精神病；三、他因这个病，自己的行为，自己不能控制，所以我们不能以常理待之；四、他不是针对你，而是针对整个小区；五、他家经济困难，没有赔付能力和被执行能力。说的时候，要将心比心，既要带着对他们无辜受损的理解，又要带着对弱势群体真挚怜爱的感情，还要表达社区对受损业主奉献爱心的感激。

耿委员不愧姓耿，实打实的耿直，领导叫怎么说，就怎么说，不添油加醋，不偷工减料，十六户说下来，效果不错，五户同意，五户不同意，六户说再考虑考虑。

接下来咋办？耿委员没招，就去找萧主任讨指示，哪知主任随县社治委领导出远差了，作罢。经过社区服务大厅，遇小史，小史问他办得怎样了，他就将准备向萧主任汇报的话，向小史说了。一边说，小史一边点头，不时还嗯呀嗯的，完全把自己当成听汇报的萧主任。耿委员发现这一境况后，想立即刹车，却发现该汇报的都汇报完了，只好擂了小史一拳，咆哮得唾沫飞溅如黄河之水天上来，格老子的，死不要脸，小屁孩一个，还吃老子欺头！

小史从裤兜里掏出皱巴巴的卫生纸，抹着脸上的黄河水说，我应该想到这点。

6

与耿委员一分手，小史就给萧不系去电话，约好见一面。因不想让巧蓝担心，萧不系就把时间定在她出去搓麻的下午，地点在他的负一楼工作室。这样一来，二人的谈话，就像特务搞地下活动，为工作，不惜辜负室外的大好风光。

他听了小史讲的与他女儿有关无关的故事，知道要进入正题了。果然，接下来，谈话的议题，是小史拟将他和萧主任捆绑在一起，作为一宗奇特的父女破案案例，一个动人的父女情深故事，拿到十六户业主家中去宣讲，希望他同意、支持、配合，二人联手，同进同退。小史之所以起如此心思，是吃准了他的心思，他太想帮女儿忙了，而自己灵光一闪，策划的这个破局行动，就是在自己事业获得加分的前提下，促成多赢局面的最好机会。

萧不系不仅同意，而且非常满意这个策划，但他提出，父女故事可以串门入户，他这一百五十斤肉，就不必去了。他说，小史，你怎么说，都是可以的，工作嘛，就该如此，我就不同了，我怎么讲叙，都是自吹自擂，自我表扬，讲自己是，叙女儿是，多难为情啊。再说，你小史已经知道我和萧主任关系，就不说了，我是真不想让更多人知道这个，你想，知道后，有什么麻烦，不找物管，不找居民小组，都来找我，我怎么办？我一心想给女儿卸包袱、解麻烦，现在却成了添包袱、增麻烦，不全反了吗？再说，小史，你可能不知道，你口中的老爷子，在小区邻居眼中，可不老，他是德高望重的萧老师哦，你让萧老师当说客，说的却尽是自家人的事，老师不带这么玩的吧？

小史说，我应该想到这点，老爷子，你说的这些，小史全都理解，特别理解。这样，你去，不用说一句话——当然，你想说什么，也没人拦着——你去，就起个佐证作用，我说什么，你只要不提出异议——当然，我说的，每个字，每个标点，都是事实，你也没法异议——就无声证明，我讲的故事，是真实可靠的。其实，请你老人家去，还有两个原因，一是门好进，脸好看，你萧老师、萧组员要入户，哪家不给个面子呀。我也能进去的，但多半会预约好几回，十六扇门，一户一户约下来，得多长时间呀，人家住别墅的，时间金贵，理解，但如果我说我与萧老师一起登门，那就不一样了，既让进，进去后，还有好脸色给我看。二是，你在，人家愿意听。我杨子荣只身一人深入虎穴，说讲故事给他们听，而人家听不听，听多少，几户听，几户不听，这又两说了。而萧老师亲临现场，就是另一码事儿。

萧不系说，需不需要把管家喊上？这十六户，有的已入住，有的正装修，有的还是清水房，各有情况。

小史说，我应该想到这点，但不必。你说，管家去了，帮谁的腔？按说，我们请的，肯定帮我们了，但管家作为业主的服务人员，职责所在，必须帮业主啊。所以，管家去了，肯定为难，多半帮倒忙。这十六户业主涉及两个管家，小赵、小杨，她们一旦介入，因意见有异，二人之间，二人与各自业主之间，也会产生嫌隙。鉴于此，我分析，即便请她们，她们也会扯故不去。

萧不系说，越说越麻烦。

小史说，若嫌麻烦，要不，我们通知十六户当事业主开个会，一次性解决？

萧不系说，这显然行不通，以往的情况证明，通知别墅区业主开会，人永远到不齐，三分之一能来都得烧高香，不知业主们忙什么，但总有忙不完的事。换言之，他们手头的事，不管是大是小，轻重缓急，都高于通知他们去开的那个会。

小史说，也是，我应该想到这点。再说，这种事用通知开会的方式，也不尊重，少了讲究，是你求人，而不是人求你。还有，坐到一块，万一到时有一两位业主起头反对，其他业主还能说什么，都是邻居，低头不见抬头见的，还不跟害了传染病似的，一窝蜂倒过去了。所以，很多开会议事，都是会前做工作，一一击破，会上通过。

萧不系说，你小子，贼精，有能力，我家萧主任喜欢。但能力太大，又做不到忠诚，那也不成。我是不是得让她防着你点，干工作，不能镇不住自己的手下吧，客大欺店，奴大欺主，说的就是这个意思，哈哈。

小史忙不迭道，镇得住、镇得住，劳你给你家萧主任说道说道，小史能力说不上，但永远是她的兵，忠诚更是日月可鉴。再说，萧主任怎么可能镇不住我一个小小的网格员？她背后可有你老这座大山！

萧不系笑道，算你会说话。

萧不系知道自己正被小史利用，但他乐于被利用，只要是为女儿好，这世上没有什么事不能做，哪怕去扛事背锅，杀人放火。他的软肋，他的短处，小史心知肚明。再说，人活一世，不就是对自己被利用价值的持续证明吗？不是被这利用，就是被那利用，不是直接利用，就是间接或隐形利用，正常。从终极意义看，人类也是被宇宙利用的对象，在时间史记中，人类最多是比标点符号还小的一两滴墨汁。

说匠不如干匠。为把受损业主变"活雷锋"，作为亲历者和见证人，小史首先给受损业主讲了萧老师的故事，说他老谋深算，老而弥坚，老当益壮，努力破案，却被派出所误抓误关，吃尽苦头，仍不弃不馁，与"玻璃杀手"斗智斗勇，以天著青城小区居民自治小组组员身份，充分捍卫和展示了天著青城业主的光辉形象。他的付出与成果，为萧主任形成和部署擒获"玻璃杀手"的妙计，提供了无以复制和复加的可能与条件。作为父亲，给女儿分忧，作为组员，为小区减压，作为业主，为邻居解愁，三者，他都做到了！

小史嘴中的三者，让他的老脸出现了少女的羞怯，自己的破案动机里，何曾有小区和邻居？小史的说辞，显然甩开了剧本，属于临场发挥，擅自加戏。

一业主为显示自己的识见，突然插话道，听说成为圣人的条件，也是三个。

小史说，我应该想到这点，但我一时短路，想不起是哪三个了。萧老师是老师，晓得。

萧不系说，这个……这个……我说不合适吧。

小史和这户业主笑道，合适、合适。

像在派出所交代问题，萧不系不想说也只好说了，《左传》有言，曰："太上有立德，其次有立功，其次有立言，虽久不废，此之谓不朽。"就是说，想成为圣人，就要做到立德、立功、立言。

萧不系和小史都没想到，才半场结束，居然响起了掌声，最多的那家，是十几二十人的，最少的那家，是一个人的，但多少，都是举家之响。萧不系和小史都不敢肯定，掌声是响给自己的，还是对方的。嗣后，小史说，那掌声是响给你的，你的故事太感人了。萧不系说，说什么呢，是响给你的，你讲故事的水平太高了，你可以去当狗血编剧。小史说，不是，是……萧不系说，是什么是，咱就别互相吹捧了，低调、低调。

下半场，是小史讲的第二个故事，主要是对萧主任用兵布阵真如神的仿真复盘与由衷赞美。小史说，萧主任的故事，全世界除了我，还真没第二个人能讲，要讲，首先得知道吧，我就是首先和唯一知道的人，甚至是参与者。当然，萧主任也能讲，可她是领导，规矩多，怎么会讲呢？那天，从派出所出来，萧主任就让我带她到萧老师破案现场查勘，一边查勘，一边想对策。什么对策？当然是擒获真正的"玻璃杀手"的法子，只有让真凶落网，才能给社区居民，别墅小区，尤其受损业主一个交代，才能为社区挣回自己的脸面，也才能顺便还萧老师清白和自由。

——业主说,也才能让警察佩服。

　　小史说,这话不是我说的哈。

　　——业主说,也才能让责任人担责。

　　小史说,是啊,可他和他家,没有能力担责,如果有,就没有今儿这些事了。

　　小史说,便衣警察夜查、志愿者夜巡、父亲夜蹲,颗粒未收,萧主任由此获得灵感,决定将行动改为大白天进行——晚上那么静,小区所有人都在家中,或睡着或醒着,玻璃突然炸响,总有人能听见吧,但事实上,从未有人真正听见过——那位听见气枪的业主,没准听见的是梦中的声音呢?萧主任从小区什么时段人最少设问,决定将具体时段锁定在午后——业主们基本都在外边忙事,孩子上学,家中或无人,或只有昏昏欲睡的以老人为主的极个别人,而正在装修的别墅,中午属午休停工时段,工人不得进入小区。萧主任进一步根据午后具体时段的日照与风向,决定了布阵的具体点位——从老父计算的三个点位中,确定了一个不晃眼的偏西的所在。三而一,这一推断,萧老师贡献不可谓不大,他在充分考虑弹弓优劣、杀手身高与臂力,各有不同的前提下,用物理方法计算出了五个射击点位,植入心理判断因素,譬如不易匿身、不易撤退后,做了五而三的减法。

　　萧不系的老脸,又有了少女的羞怯。显然,小史再一次甩开剧本,加了戏。对点位的择定,自己的确有过五而三的计算,可自己何曾告知过小史?不过,他还真告诉过一个人,这个人就是女儿。女儿抓获"玻璃杀手",把他从派出所领回家,接风洗尘晚宴上,面对女儿柔声细语的严酷审问,该说的,不该说的,他都一五一十,统统酒气熏天地倒了出来,那口气,不像受审,反像邀功求赏。或许,女儿确有告诉他者,目的是让老爸的功劳不被埋没,更为有个他这样的老爸而骄傲?果然,他后来问起这事，女儿一口承认，她说，我现在才知，为什么知父莫若子，知女莫若母，这知那知，全都不如知女莫若父厉害。

小史说，两名社区志愿者将"玻璃杀手"甄诚扑倒后，却不能制服，竟让暗藏有一身蛮力，又像泥鳅一样滑溜的他得以逃逸，但刚逃逸几十百把米远，便被改变既有策略，在附近设伏的派出所民警再次扑倒。

这样的故事，令人动容。但受损业主对萧家父女表达掌声和敬佩后，又陈述了另一层意思，希望萧主任亲自登门入户，发布社区官宣意见，同时倾听他们的批评性意见与建议。需要他们回答的，最重要的那件事，仿佛约定了似的，大家一字不提，原先答应的那五户人家，一夜之间，也犯了装聋作哑的毛病。

我应该想到这点，有几个臭钱，就可以这样子不近人情吗？小史不爽，心里暗骂，他很想说，本网格员不够官宣吗？萧主任她爹不够官宣吗？但忍着没说，说的是，懂得起，一定转告，放心。口气中，笑意充盈，如账面好看的流水。萧不系见小史把事儿办砸了还能这样，心想，这小子还真能扛事儿，比我强。

第四天，上午下班时，小史回社区，得知萧主任出差回来，即去她办公室汇报，门开着，却见老耿在里面，便退了出来。在服务厅没转几分钟，老耿出来，他又去，而主任正往外走。

萧主任说，正找你呢，走，小史，跟我去趟天著青城。

小史说，我正说给你汇报下他们的情况呢。

萧主任说，老耿汇报了，磨叽啥，走吧。

小史说，我汇报的，是最新情况……也是来作检讨的。

萧主任说，进来，坐到说。小余，帮我们订个盒饭！

听完小史的汇报，萧主任说，小史啊，有你这么办事的吗？也太不靠谱了吧？看看人家老耿，怎么说也完成三分之一的任务了吧。你倒行，一出手，将人家的成果一下化为乌有。再说，做公事，怎么能自作主张，把我老爹也搬了出来？

小史说，对不起，我应该想到这点，是我考虑不周，本想给主任一个惊喜，却给了一个惊扰。可我是好心，虽水平有限，也想为领导分忧，这一点，请领导明察。

萧主任说，有你这样分忧的吗？我看就是急功近利！

汇报完，吃饭毕。

萧主任说，马上通知十六户业主，今晚我们去接受批评。

小史说，这么急，恐怕到不齐，有半数人家还没入住。

萧主任说，居民的事，哪能拖沓？能不过夜就不过夜，有几户是几户，他们的事，他们管，我们的事，我们管，我们这边得首先摆正态度。

既然居民有质询，居委会主任不能不接应。用最快动作，处理完案头急件，扒完晚饭，就带着小史走进了天著青城。去时，小史忐忑不安，一脸愧色，返时，却是欢喜雀跃，骄傲得要死。原来，去接受质询与批评的萧主任，接受的却是赞佩与表扬。且无一例外，十六户，户户到齐，当场答应免赔，其整齐划一程度，堪比仪仗队。

有快乐，不能吃独食，小史就给萧不系发了一段语音，又发了一个美女唱歌视频，萧不系一听，春天在哪里、春天在哪里，就葳葳蕤蕤扑了出来，美女伸手抓空气，却一把将他从沙发上拎起，站着，无站相，歪歪扭扭像跳舞的小丑。

当天晚上，萧不系躲在小区背角处翻手机，见女儿进家门，见女儿卧室熄灯，才回屋睡觉。不敢露面，是拿不准女儿会表扬他，还是批评他，上次，女儿把他从派出所接回，一路上，他一字不语，她却是又表扬，又批评，无所不用其极。但他看见女儿悄悄抹眼睛，看见女儿眼角的湿润与红。看见的，是他不愿看见的。

有了前车之鉴，今夜，他依然不愿看见。他相信时间，可以将包括感动在内的任何情绪稀释，有时，即便只短短一夜。

第二天，女儿加班回家很晚，而他又早睡了，见面，得以完美错过。第三天，周末，父女见面，果然，女儿不是稀释了前晚的情绪，而是没有情绪。女儿一如素常，嬉皮笑脸，仿佛完全不知他参与过玻璃免赔一节。

闲聊中，女儿问起小区居民自治小组情况，萧不系说正常啊，很好啊。说完，想起心中有个疑团一直未解，便提出来。这个疑团就是，上年，袁总为让违法搭建合法化，使出吃奶的劲儿，推动成立业主委员会，但怎么努力，都归于无效。而搭建坍塌伤亡事故刚一爆雷，小区就立马成立了居民自治小组，而不是业委会。

萧不系说，当然，这事发生在你竞选社区主任前，可能你未必知道。

女儿说，知道啊，这事是崔书记一手引导的，这个做法，在各地社区工作的操作层面上，运用很普遍啊。业委会也罢，自治小组也罢，都可以监督乃至掣肘物业公司，都可以为业主发声，谋利益，既然如此，一旦决定成立业主组织，具体成立哪种，对业主，对物业，有区别吗？基本没有吧。

萧不系说，基本？就是说，还是有一点区别吧？

女儿说，对，从我们社区的角度看，有，并且区别大了去了。首先，成立业委会，在一定程度上，让我们失控了。失控了，还怎么开展工作，还怎么高效率、高质量为居民服务？业委会是向物业所在地区县人民政府房地产行政主管部门备过案的，与社区居委会一样，都属于城镇居民的群众性自治组织，社区对业委会没有执法权和有效管理权，也就是说，从某种层面上讲，独立行事的业委会，与社区平起平坐，不存在从属关系，对社区的话，可听可不听。这种情况，我们怎么监督和约束业委会组织及其成员个人的违纪违规行为？怎么保障社区工作，维护业主和物业双方的利益平衡？

萧不系忍不住插话，那成立自治小组就好了？

女儿说，居民自治小组是在社区指导下，由小区业主自主推选出来的，每幢楼都有代表参与。小组服从社区党组织和居委会的领导和工作安排，是社区居委会组织系统中最基础的组织，社区居委会和其下各工作委员会的决定，都通过小组落实。《管子·明法》说："下情不上通，谓之塞。"成立居民自治小组，上情下达，下情上传，社区的工作就顺了，业主的诉求就落地了，多好哇，老爸，你说是不。

萧不系说，女儿，你说的，我咋感觉，总体是对社区开展工作有利，对于业主来说，成立业委会和成立自治小组，就自身利益讲，似乎没什么区别吧？

女儿说，亏你还是自治小组成员，你难道没感受到社区对小组的好？当然，好与不好，是一个比较概念，你还没有当过业委会委员的经历与体会……

萧不系突然说，不，业主的两种组织，也不是没区别，成立业委会，业主的权利更多，业主的行为更自由。但业主，即便是大多数业主的诉求，一旦出现谋私利而违法违规，就带来问题了。

女儿说，是啊，理解到位。

萧不系幽幽地笑了，老爸这下明白了，当初成立业委会，为什么成立不起，因为崔书记不但不支持，应该还坚决反对？不过，我支持崔书记，因为她阻止了违法搭建者的企图。

女儿说，当社区发现成立业委会的真相，是去做不好、不对的事，职责所在，自当不允。当然，就对物业的约束力来看，业委会是大于自治小组的，因业委会可自主决定，炒不炒物业觥鱼，炒了后选哪家物业入场。物业坚持正理，比如反对违法搭建，我们力挺。如果物业染上黑恶习气，在物资进入小区、选举等方面，恐吓殴打业主，我们会借助政府力量，坚决制止和打击。

萧不系说，你这一说，我还真发觉自治小组的好，小区有什么问题向社区反映了，很快会得到解决，社区本来就是小组的靠山嘛。社区的事，比如普查、防疫、环境整治、招募志愿者什么的，一个电话，就能得到落实，礼尚往来、互惠互利嘛。

女儿狡猾地笑了，比起别墅小区，其他小区成立自治小组的积极性更高，因为我们有些事，是有一定报酬或补贴的，志愿者也有，一天六十元。

萧不系说，明白了，哪个小区的小组懂事，听社区招呼，社区就将利益分配给哪个小组。投我以桃，报之以李，朴素的工作智慧。

女儿说，其实，成立自治小组，也可视作对小区成立业委会工作的热身和练摊，通过两三年的运行，如果情况良好，我们会指导小区正式成立业委会。任何事，都是具体的人干的，所以，再说明白点，两三年时间，也是用来给业主和我们，发现、挑选合格的业委会班子的。

从来自以为老辣和桀骜不驯的萧不系，在女儿面前，突然感到了自己的幼稚。并且，他惊讶于自己的某些话，实有看女儿脸色行事的拍马屁之嫌。

7

"玻璃杀手"这事，不是说方方面面都搁平了，皆大欢喜了吗？萧不系完全没想到，落幕的剧情居然还没完！不是一般的没完，而是狠狠的没完，甄诚放话说，他要弄死萧鱼儿萧主任！

消息是在酒桌上，同事西瓜传给萧不系的，而西瓜的消息，则来自另一酒桌，至于出自谁人口舌，早被酒精的大雾障蔽，不着痕迹。

消息说，甄诚得知自己被擒里因、家人被罚又获捐助经过后，心情复杂，半是感激半是羞耻，但怎么说都属正常范畴。可得知全世界已然从网络上知道自己是一名间歇性精神病患者后，就出离了愤怒的情绪。文青视金钱为粪土，什么都可不要，命都可不要，但不能不要一张脸。

不怕一万，只怕万一，不管消息真假，萧不系当晚就告诉了女儿。

甄诚出离愤怒的时候，是间歇之无病期间，不出离的时候，是间歇之患病期间。这种状况，让女儿毫不担心，却让萧不系更为担心，更为害怕。女儿认为，既然是正常人的愤怒，那就是可控的，无论自控还是他控，都有一个常理可依循。抑或，所谓的愤怒，不过是一种说法，一个虚词，使出来，只为化解内心的不平与风暴。而精神病患者的愤怒，则不按常规出牌，是完全不可控的。再说了，流言满天飞，真假难辨的网络时代，一句传言就信了，这也太搞笑了吧？他点名指姓报复我，可能吗？他的射击玻璃行为，我不抓，还不是被公安抓。一位想干事，能干事，又有其位的人，如果怕恐吓，那么什么事也干不了，最好回家卖红薯。萧不系认为，正常的、理性的愤怒，是可以一步一步，按计划去实施的，直到把愤怒安放在计划的目的地，收获满满，才会空手折返；而精神失控者的愤怒，是分裂的，失智的，飘忽不定的，既不能准确发出，又不能聚力落地，不足为患。

父女互怼，赢的永远是宝贝女儿，明面向来如此，至于暗面，两说了。

将天著青城玻璃被袭事件消息发布出去的，是一位自媒体大咖，网名虾虾米。他这大咖有多大呢，这么说吧，微信公众号一发布，点击量基本在十万以上，打赏人数一般都是几百上千，最多一次一万多，一人平均按五元算，卷入囊中的就很是可观。一次如此，月月年年下来呢？云中进账，不开票，不纳税，貔貅一样只进不出。挣打赏钱，收广告费，大多走的蹭热点流量，吃"人血馒头"路线，虾虾米也不例外。但他的文章，基本上都是原创，不像其他所谓的大咖，将热点拿来，吊打一番，闭屋搞事，无中生有，骂骂咧咧说几句极端的话，一次还不说完，要掐着点一波一波吐，直到另一个热点冒出，这叫把资源用到极致。之所以说虾虾米是原创，那是因为他仅仅把热点当新闻线索，自己一定会亲赴新闻发生地现场采访。现场封锁，就在现场外围，外围不能满足，就充分发挥通信和云上手段，总之写出自己亲自发现的料，呈现自己葆有的思想、情感和文笔。再一个，据说，他毕业于江西财大法学院，任学院文学社常务副社长，毕业后在一间律所当了两年见习律师，不习惯拉客户，更不习惯那些上下打点的工作，就辞职去了一家报社，这次干了三年才跑路。他一心想写出好新闻，哥德巴赫猜想那种，可写了一篇不能发，又写，还是不能发，要发也行，得删去他最为得意的部分，如此再三，最终失去干下去的耐心。正好自媒体兴起，于是立即开办，凭着阅历与才干，自个儿写，自个儿编，自个儿发，自个儿经营，粉丝越来越多，生意越来越好。有时也被人莫名举报，罚停一段时间，或被永久销号，便停更复又开号，再向四散的粉丝吹响集结号。爬坡上坎，跌跌撞撞，一路走来，倒将"此去泉台招旧部，旌旗十万斩阎罗"的川人气概，转换成了平常心态。因于上述种种，他总是称自己的文章是作品，甚至是致敬大先生鲁迅的作品，认为谓之网文，是对他的贬低与侮辱。

虽然因自己的作品爆得大名，成了大咖，但却没人知道他是谁，年龄，婚否，长什么样，哪里人，住哪里，通通不知。甚至他的男性性别，也是胡乱猜的。他成了一个神龙见首不见尾的主，而这种神秘性，恰恰是网络写手包装自己的一门艺术，因为粉丝需要偶像这样，犹抱琵琶半遮面，若隐若现，追逐而不得，永远在路上，才是最高境界呢。《琅琊榜》作者海宴那么火，可有几人见过她真颜，她接受过几家媒体采访？

虾虾米此番推送的作品，便是采写外江社区擒获"玻璃杀手"的故事，故事的落脚点是讴歌巾帼女英雄萧鱼儿，以及她的父亲萧不系。虾虾米认为，人民群众对社会性新闻有当然的知情权，人民群众需要他的采访报道。他同时也知道，"玻璃杀手"这个事看上去是个小事，经写手一写，吃瓜群众一发酵，小事就成大事，大事就成热搜，热搜就成舆情，舆情就成千夫指，就要层层问责。从"玻璃杀手"到社区主任的留白处，拔出萝卜带出泥，会扯出当地的拆迁安置不力、精神病患者收治乏术、治安堪忧、物业缺位、公安机关破案疲软等一揽子问题。虾虾米早已炼成"老江湖"一枚，该出手时一定会出手，正像围山的猎人，好不容易发现猎物，断不会放弃扣响扳机的机会，也不会因激动让猎物从准星中逃脱。说到做到，三下五除二，神不知鬼不觉，他就搞定了这个题材，并毫无惊险地推送了出去。一出去，就直冲霄汉，上了热搜。

在事件原发地，大家伙热搜的，除了新闻，更有新闻的采写者和发布者，即虾虾米。很快，有消息传出，说虾虾米，大抵是天著青城十六户玻璃受损业主中某一户某一人。事实上，与其说挖出了他，毋宁说推导出了他。经吃瓜群众中的一众"专业"人才，利用统计学、排除法、概率论、刑侦术和逻辑链等专业复合手段，推导出的结论是，只有这个某人，才具备这个条件，除此断无可能。知一部分情的范围很大，新闻五要素的情全知的人，很少，即便调查前的派出所，也是一知半解，知其然不知其所以然。并且，按虾虾米的打赏收入和广告植入进项，买得起也住得起天著青城这种档次的宅子。

当地吃瓜群众伸出鹅脖子，引颈四观八望，只盼实体虾虾米浮出水面，但他们最终失望了。从十六户受损业主中揪出作者嫌疑人，有关方面若要出手，易如瓮中捉鳖，但就是不出手，道理很简单，他们没有出手的理由与依据，反而是人家的作品有理有据，没有造谣，没有诬陷，只是如实复盘事实，违什么法了，乱什么规了？吃纳税人饭，穿纳税人衣，哪能动用政府资源干空活路？关键是，揪出来，岂不又掀热浪，一波未平，一波又起？

8

对于报复，女儿持什么态度，萧不系是这样知道的。

西瓜报料后，萧不系疾疾回家，等女儿等到半夜，女儿进屋了，却又忍着不说，怕女儿听了睡不着觉，影响第二天上班。这一晚，女儿没失眠，他失眠了。一大早，女儿还在盥洗间漱牙，他就把憋了一晚上的话，像吐牙膏泡沫一样，吐了出来。

萧不系说，女儿，有个事，老爸想跟你说下。

女儿说，说呀，我听着呢。

萧不系说，那个打玻璃的事，不是上热搜了吗，那个"玻璃杀手"，甄诚，也就晓得了。他脑壳真是有包，大包，晓得后，不感恩不说，还扬言要报复，相关者那么多，包括你老爸我、彭所、虾虾米，都是，可他谁都不招惹，偏偏指名道姓报复你，你可要……

女儿说，你提醒女儿小心点？

萧不系说，是啊，害人之心不可有，防人之心不可无，谨慎能捕千秋蝉，小心驶得万年船嘛。

女儿说，知道了，知道了，说完了没？小女子上班要迟到了。

萧不系说，慢，知道什么了？

女儿说，什么都知道了，包括报复，也听说了。

萧不系说，什么？连你都听说了，八成是真的了！

女儿说，真什么呀，真要干，还会提前放风，让对手做好准备？这不神经病吗？

萧不系说，他不就是神经病吗？

女儿说，可他是间歇性的，说的时候，是正常人。

萧不系说，那你还是上下班开车吧，别走路了。

女儿说，这么近，开什么车？保健医生说了，怀娃多走动，生娃才顺当。大夏天的，就当早晚散步，乘凉。拜拜！

拜拜二字，随着一声门响，一掰两半，一字留门里，一字关门外。

酒桌上听来的消息，本可不说与女儿的，怕女儿无端受惊，波及腹中生命，但还是说了，虽然事实上说不说女儿都知道。祸及或仅为涉及女儿的事，宁可信其有，不可信其无，宁可错杀三千，不可放过一个，即便低于尘埃，轻于落叶，在萧不系这里，都是天大的事。何况，人家在酒桌上，众目睽睽下，说得绘声绘色，有鼻子有眼。女儿倒是无所谓，没事人一样，他甚至怀疑当了社区主任的女儿，能做到泰山崩于前而色不变，麋鹿兴于左而目不瞬，可自己能吗？想想，只要是为女儿，他能做到，也不能做到，这要看为女儿的什么事了，比如，他要是像电视剧里演的那样，被杀手绑架，要他交出女儿，他也能做到面不改色身不动摇。而对时下危险消息的妥善处理，他就做不到。

233

也不能将这个消息告诉远水不解近渴的程非,女儿都没告诉他,他去多事,岂不影响人家既定工作和生活秩序?在省城上班的程非,哪天不是早出晚归,两头黑?巧蓝更不能告诉了,除了平添烦恼,还能咋样?

既然这不能那不能,只好自个儿去为女儿做点什么,坐以待毙不是办法。

女儿说女儿的,自己做自己的,该干吗干吗。

他可以主动出击,径直找上门去,质问并警告甄诚,将一场尚未起程的侵略战争,冻结在敌国的领土。萧不系在一沓白纸上,以剧本情节加台词的形式,演绎了行动的各种可能,尤其是成功的可能,但最终放弃了这场虚构的如雄赳赳气昂昂跨过鸭绿江般的行动。到跟前了,对一个间歇性精神病患者说什么?你怎么知道他那时的精神是什么状况,出口的话语哪一句正常,哪一句非正常?关键是,他也许压根儿没有报复的想法,或者有过又放弃了,你这一去,说不定就带去了矛盾,提醒了他的重要性及存在价值之所在,本已熄灭的火,又吹燃,本已不臭的屎,又挑破,这不吃饱饭无事找事吗?

既然不能取攻势,那就退回来,取守势。

依萧不系对女儿溺爱成性的思维定式,他认为,理论上,"玻璃杀手"是可以在任何时间、任何空间,袭击女儿的,即便某些时间地点,下手的可能性非常小,但再小,对于一个活得不耐烦的亡命徒兼精神病患者而言,也是存在概率的。

女儿的肚子,上个月就显怀了,这是比地球上所有大事加起来都大的大事,容不得半点闪失。

萧不系决定不分白天黑夜,一天二十四小时全程贴身保卫女儿,但他最终的决定是,将时间锁定在晚上,地点锁定在女儿从社区办公室,或其他工作点位返家的路上。他知道,女儿不希望身边有个当爹的跟屁虫，成年了，不疯不傻，成天跟个爹，算什么事呢。他也知道，大白天的，女儿上班，自己不时还有报社的活儿，跟着女儿，不现实，再说，他一个大活人，往哪儿藏身？决定来决定去，只能这样了，让一个老人的保卫工作进入夜色，神不知，鬼不觉。

首先把巧蓝搁平。办法是，谎称自己一朋友在县城附近一家职业夜校教摄影，因要去马尔康一个社区当半年志愿者，其名下的教学，请他帮忙代课。朋友太好，从不开口求人，这次开了口，哪好推辞？加之还有一点外快挣，就答应了。

实施起来才发现，其实工作量比想象小。若从稍远的地点回家，女儿会坐出租或网约车，有时也会搭熟人车，并且，女儿也不是天天加班值班。程非但凡晚上不加班不应酬，都会去接她。把这些抛开，才是他的工作。

就算工作量不大，工作起来的紧张度，却是大得不能再大。首先是调查清楚女儿晚上的行踪，然后，在社区办公室至别墅家这段约一千米的路上，展开跟踪性质的保卫。既不能让被跟踪者发现，又要眼观四路，耳听八方，早不得，迟不得，必须在袭击者出手袭击后与女儿被袭击前，这一电闪雷鸣的瞬间，不管自己身藏何处，危险系数多大，都要无条件让女儿化险为夷。出手早了，暴露自己，放跑敌人，出手晚了，女儿遭袭，自己的保卫工作失败。正是两难处境，导致这种远距离的保卫，成为专业性极强的操作，他自知没有这个技术，更没有相应的身体条件，但目标任务又不能降低标准，按照笨鸟先飞理论，他就只能以高度紧张状态，找补专业上的短板，实现不可能的可能。

如影随形，一千米复一千米，巡睃复巡睃，这种不漏掉一只蠓蚊一条蚯蚓的笸子精神，让女儿环境清洁，安遂如常，都快入秋了，什么事也没发生。但他咬卵犟一样认死理，笃信什么事也没发生,不等于什么事也不会发生,实际情形是发生过,只因他萧不系的存在,让来了的事,沿原路折返了回去。自己的作用恰似禁卫军,或国境线上的屯兵,又或核武,存在,一动不动,也是持续不断的大行动。但放大格局,退一步讲,就算甄诚真没来过,不正是求之不得吗?不战而屈人之兵,自己的保卫工作成了夜行健身,不也正好?

久走夜路必遇"鬼",女儿没遇到"鬼",萧不系却遇到了,这个"鬼",是小史,是程非。

小史与萧主任在社区门口分手,一脚油门,车就飙出去了,突然想到要找主任签个字,就掉了车头,朝主任追去。路见一人鬼鬼祟祟,便刹了车,定睛细察,原来是主任她爹。躲是躲不了,谎也圆不好,无奈,萧不系只好道了原委。二人反正有过同谋的先例,领导的好些行踪,还是小史自己自觉不自觉提供的呢,那还说什么,便答应了萧不系点头哈腰、可怜兮兮的哀求,准许他继续待在秘密的保卫岗位上。

末了,小史说,我应该想到这点。

因在市里应酬,本不回家的程非,偏是回了家,没进门,直接接妻,结果发现妻身后,缀着一个形迹可疑的老男人,一声断喝,将他从路灯阴影里揪了出来。他躬伏在一人多高的冬青丛中,本是发现不了,偏遇到几枝旁逸斜出的月季,被刺得发出了声响。站在女儿女婿面前,他像极了因调皮站在父母面前聆听教诲的学娃子,低着头,羞惭,无助。

很快清楚了情况。

女儿说,爸,你也是,大晚上的,真要遇事,保护不了女儿不说,恐怕反倒是要女儿保护你哦。

程非说,爸,真心谢谢你了,这把年纪了,还在为我们操心,接小鱼儿这活儿,本该我干的。

女儿说，程非，你就莫多嘴，你还是安心干你的工作吧。咱也别跟爸客气了，他想干，又有这个时间和精力，就让他干吧。爸，行不？

萧不系说，废话，咋不行呢。

女儿说，那你还背着一家人干，偷偷摸摸，像干坏事？

萧不系说，当主任了，怎么说，怎么对。

女儿说，正大光明的事，就得正大光明干，鬼头鬼脑的，像什么呀，你不累吗，我想想都累。

这次，萧不系没看见女儿眼角的湿润，天太黑，路灯又太不亮。当然，女儿也没看见他眼角的湿润。他哪能不明白，女儿没责怪他，反而屈从他的坚持，都是因为爱的给予，是双向的。

萧不系身体中的另一个萧不系，揉着眼说，谢谢你，路灯。

9

现在，在那条不长不短夜路上守候女儿，已成萧不系公开的日课。

女儿下班总没个准点，说好的时间，变是常态，不变是稀罕事儿。这几天，在绿道溜达混时间等女儿时，萧不系总碰到一个人，一只狗。

不认识狗，却认识狗的主人，此人是玻璃受损业主之一，看上去三十多岁，姓宁，人呼宁总。对了，萧不系与小史上门做免赔工作时，掌声四起，其中一家只有一个人的掌声，那个人就是宁总。绿道休闲椅上，宁总在看手机，狗在看宁总，人狗都很投入，一幅纯美的秋景图，萧不系不便打扰，走了过去。两三天中，第三次碰到时，宁总正抬头与狗对眼，这样，顺余光过去，就对上了萧不系的眼。萧不系驻了步，热情招呼。

宁总好，你养的哇，以前咋没见过？

不是，是只流浪狗。

我看它跟你很好嘛，很巴你。

是啊，太巴了。

宁总屁股挪了下，来，萧老师，坐到说。别人不知，我知，你不是萧主任她爸吗？给你说说，我就不用找她说了。

这个，我可当不了她的主。

理解哈，你不给她说，也没事的。

你自己的事？

狗的事。

接下来，宁总讲了一个故事。话说上礼拜，傍晚，宁总踩着落叶，散步到小区外，又散步回来，伸手摁指纹锁，入户，没料到，一条狗跟着入了户。这才想起，散步时，不知何时何地，身边若有若无，晃着一条狗的身影。他散步有听喜马拉雅的习惯，听得投入，旁若无狗，大有两耳不闻窗外事，一心只读圣贤书的样子。这条狗一进门，就不停摇尾，见宁总看自己，便伸出猩红舌头，舔他的手，他犹豫了一下，避开了。下一刻，他将狗吆喝了出去，理由有二，一是担心狗主人找狗，找不到，着急，二是不愿与陌生狗同穴，虽然自己并不厌恶狗，亦知自己散发的气息，此狗喜欢。

第二天，一个懒觉起来，日上三竿。出门倒垃圾，又见了这只狗，它站在门外，直摇尾巴。他说，小东西，你不回家，在这儿干吗？话毕，朝二十米远处的垃圾桶走去。狗也跟着他，去了，又返回了，这次，止于门外，没有入户。他入户了，又出户了。他从门上猫眼看了好几次，见狗狗蹲坐门边，像一只守门的石狮，动了恻隐之心，转身去厨房冰箱里取出一听排骨罐头打开，出门，放在狗头下，狗投来感激的一瞥。狗吃食时，他认真看了它一下，长约五十厘米，毛色主调为黄，间杂白和灰，他判断是一只流浪狗，至于血统，说不清，杂交是肯定的，并且，杂交的范围广，历史长，应该有好几代了，其血统占比以中华田园犬成分为重。他给它取了个名字，严斌，并第一时间打电话告诉了严斌。严斌说，狗日的，下回回来，看老子不灌死你！严斌是他小时候的玩伴，成天黏着他，牛皮糖一样，怎么甩都甩不掉，就跟面前的严斌一样。老家的严斌，现如今是一间烧酒坊的老板，听说最近又在折腾一家新公司。这个小小的恶作剧，除了他与两个严斌，外人外狗，尽皆不知。

接下来的时间都这样，严斌要么蹲坐门口，要么跟着他。倒垃圾跟着，散步跟着，取快递跟着，甚至有一次，还阴悄悄跳进车中，直到停在目的地，宁总才发现。他哭笑不得，完全无语。将严斌关在车上，怕闷死，让它跟着，又怎么进入高耸入云的办公大厦？还能咋办？打道回府呗，半道，设了导航，专程去买了狗粮。

宁总有对包括狗在内的万物的善与爱，但这并不等于必须被迫收养一条狗。对于养狗的种种好，和来自精力、经济、道德、心情的种种担心、烦恼，以及累成狗的尬，他一清二楚。关键是，自己都是一枚独居的单身狗，收养了狗，谁来侍候？

严斌无家可归，不是个事儿，成天跟着他不离不弃，也不是个事儿，他得有个解决之道。

找管家小赵，小赵东扯西扯，提出很多合理化建议，就是没提找物业公司解决的建议。你不提，俺偏去！小区项目经理很热情，帮他分析了各种可能性的利与弊，甚至分析了一些所谓的认养人将从专业收养机构领走的狗，转手到狗肉馆子盈利的黑幕。还分析了，一个邻里养狗矛盾突出的小区，有人投毒食，一次性毒杀二十多只狗。最后指出，相对靠谱的选择，是将狗狗送到社区去，由社区帮助狗狗寻一处温暖的家。

在经理这里，世界很大，正确的狗道，只有唯一一条。

到了社区，不知居民狗事，该找谁处理。看大门外宣传栏，见社区人员分工，这委员那委员名下，名目众多，一人兼多事，但都是人事，哪有狗事？正好碰到小史，正好因玻璃被袭事见过两三次，便上前咨询。小史一听原委，便主动揽了这活儿。他如释重负，忙说，谢谢、谢谢，没想到这么大个事，办得这么顺当，看来社区真是居民的贴心人啊，也是狗的贴心人啊！小史说，那是，宁总你瞧，墙上标语都是这样写的，当然，只写了前一句，没写后一句。宁总说，那小史，我就把狗狗交你了哈。小史赶紧说，我应该想到这点，但宁总是明白人，凡事都有一个过程嘛。你看咱这社区，就这么大个空间，你来我往，人还打挤呢，而工作人员又少，怎么照顾狗狗呢？所以呢，你还是暂时管到，我和我的同事集思广益，各展神通，尽快给狗狗找到一个你满意、狗狗也满意的去处。

此后，宁总就把傍晚散步改成白天散步散到社区，严斌也跟到社区，人与狗进去逛一下，算是报到。社区晚上也有值班和加班的，所以，如果白天有事，他就晚上散步，总之，天天到社区，露个脸就走。去社区，就俩意思，一是张下口，问询狗问题的落实情况，二是一句话不说，用行为艺术提醒社区，狗问题尚是问题。每次去，见到他和严斌的人，不光小史，还有老耿、小余，大家都很热情，都说找了这户那家，但都有这样那样的问题，都非常同情他，安慰他不要太着急，再等等，天大的事，社区都会圆满解决的，何况狗大的事。

宁总说，就这样，狗黏着我，我黏着社区，都七八天了。

萧不系说，你没找过崔书记、萧主任？

宁总说，见四五天都没着落，就准备去找，但小史把我挡了，说两位领导太忙，就别惊动她们了，说这点小事，他小史都搁不平，那他这个网格员就别当了。

萧不系说，小史说得对，这孩子懂事，懂得给自己的领导分忧。崔书记就不说了，一把手，高屋建瓴，总体把控，光是抓党建工作，就够她忙活。萧主任，一个孕妇，社区自治一揽子大事，策划、部署、实施、验收，都要靠她亲力亲为，拳打脚踢。不让一条狗的事叫她分心，想法很好，作为她的父亲，我很感激。但她毕竟是一社之主——行政板块哈——作为社区主任，对她来说，整个社区的事，无论大小，都是大事，她都得事必躬亲。有句话怎么说来着，社区事，无小事，百姓事，无小事……对了，你可能还不知道吧，就最近，因为他们工作出色，咱社区新获了个荣誉，全省和谐社区建设示范社区。

宁总说，可这只是狗的事，社区真愿管，真能管？

萧不系说，狗是谁的狗？居民的狗！这就是社区的事，百姓的事了！

宁总说，对对，社区主任的父亲就是不一样。萧老师站位高，说得精准狠。

萧不系说，宁总，你看这样行不，这事交给我，你就不必找萧主任了，我给萧主任说说，力争两三天内解决。若两三天内解决不了，这只狗狗，我收养。

宁总微笑，不点头，不摇头。好听的话，谁都会说，他委实想不出，萧老爷子怎么收场。

10

第三天上午，宁总在别墅健身房练拳击，接到小史兴冲冲的电话，宁总，你得空把狗狗带到社区来嘛，狗狗的事，已办妥了，是萧主任亲自办的，她为狗狗寻到了一户非常理想的人家。宁总笑了，小史，咋回事哟，我知道你们萧主任已经办妥了啊，并且，她寻到的狗爸爸昨天已把狗狗接走了。狗爸爸是个画家，刚才我还收到了他发来的视频，狗狗在他家玩得可开心了，看来我和狗狗都走了狗屎运。不过说实在的，我还有点生气呢，两天不到，狗狗就忘了我这个临时爸爸。小史吃惊，怎么会这样，萧主任刚刚让我给你打电话呢，这还有错？宁总说，对了，那位画家姓卢，给他开车的是位靓女，叫木槿。

读者诸君猜得没错，以萧主任的名义，为宁总解忧的，正是萧主任她爹。

他萧不系敢在宁总面前打包票，说两三天内解决不了狗的归宿，就由萧家收养，是因为他有个铁杆兄弟，而这个铁杆兄弟还是个铁杆狗狗爱好者。否则，他就是不想活了，只要他敢将严斌带进屋，屋里的巧蓝不会掐死严勇，却会掐死严斌，因为他太知道，巧蓝是个对狗无条件严重过敏的主。除了卢画家，萧不系还可将狗狗送给他的农民朋友或牧民兄弟，摄影采风，结识了不少这样的朋友兄弟。但他没有这样做，怕宁总和狗狗不高兴，认为门不当，户不对，水土不服。

晚上，女儿一出社区办公区大门，就大喊道，死老爸，藏哪儿了？出来！你可真厉害，咱社区十来天没处理好的事，你一二天就搁平了，我以前真是小看你了！话毕，抱着从一棵粗大蓝花楹身后晃出的他，狠狠亲了一口，狠得像在咬。他说，亏得老爸是张老脸，否则，非得被你咬下一块皮不可！还以为你不知狗狗这事呢。女儿说，社区的事，能有社区主任不知的？幼稚。

这天，迎着秋天金黄的曦光，萧不系在金马河边拍鸟，碰到干同样活儿的宁总。

萧不系说，宁总早，这么巧呀。

宁总说，不巧，我是专门在这儿等你的。

萧不系说，等我？不是吧。

宁总说，萧老师揣着明白装糊涂是吧。狗狗那事，是你帮的忙。既然是你帮的忙，不知道罢了，知道了总得说声谢谢吧。

萧不系说，多大的事，还谢。再说，兄弟，我哪是帮你的忙，我是帮我女儿的忙。

宁总说，知道知道，但归根结底，是帮了我的忙。

萧不系说，看，一只黄苇鸦！

宁总说，看，这边还有一只，是鱼鹰！

宁总说，今天收获大吧？

萧不系说，嗯，至少有三张满意的。你呢？

宁总说，我就是拍起耍，不像你，拍的是作品。对了，萧老师，也代我谢谢萧主任。你代她帮我一次，她亲自帮一次，理论上，她帮我，还比你多帮了一倍。算我欠你们父女的情了，今后有什么用得着小宁的地方，尽管吩咐才是。

萧不系说，兄弟会说话。好，我转告她。

宁总说，萧老师，你对你女儿那是真好，好几次，天又黑，刮风下雨的，你还去接女儿，这么深的父女情，令人感动。

萧不系说，没你说的这么玄，我就是有点担心，怕有个什么闪失。

宁总说，萧主任有身孕，担心有个闪失，正常。

萧不系说，怀孕是一方面，还有另一方面。

宁总说，另一方面？

萧不系说，我是指治安方面，哎，也不是治安，是一些特殊情况。想听？

宁总说，嗯，想。

萧不系说，这事与咱小区玻璃被袭事件有关。前边的故事，你晓得的，你也是玻璃受损业主嘛。至于后边的故事，不知晓得不？

宁总说，后边还有故事？

萧不系就给宁总讲了"玻璃杀手"甄诚，因被网络曝光，固执认为，事件始于业主玻璃受损，终于他的尊严受损，过程的核心部分是社区萧主任，为此，扬言要报复萧主任，而他又一心要保护自己的女儿。宁总的听态，看上去，既像若有所思，又像心不在焉。萧不系一声，看，又有一只猛禽！才把他惊醒。

几天后，萧不系听说"玻璃杀手"甄诚家遇到一位好人，好人以匿名方式委托萧主任，代他给甄家捐赠了两笔钱，一笔补助甄家家境，一笔为甄诚治病。准确地讲，后者不叫一笔，应叫一项，因这宗款项是要一直不停打入精神病院账号的，直到将甄诚由非正常人变成正常人。

萧不系猜测，这个匿名捐钱的好人，是宁总，那个将"玻璃杀手"事件捅出去的名叫虾虾米的网络大咖，还是宁总。十六户玻璃受损户中，掌握相关信息，具备经济条件和相关技能，又有做这件善事动因的人，只能是宁总。有了这个猜测，再看宁总，越看越像他的猜测。但猜测终究是猜测，要坐实，一点办法没有。他甚至当面问过宁总，宁总笑笑，说，萧老师越来越幽默，小说故事张口就来。

萧不系决定不再去接女儿下班，可习惯已养成，哪是说改就能改的？只不过，如今的心境，已完全异于先前，先前接是紧张，现在是舒坦。但不到一月，还是把养成的习惯改了，将夜接女儿，改为夜行健身，因为女儿诞下了女儿，他升级为外爷了。

女儿在产房生产时，有人在邻居群发帖，说自己家玻璃又被"玻璃杀手"甄诚打坏了，而他非常清楚，甄诚压根儿没有作案时间，他当时正在精神病医院封闭式治疗呢。难道，又有了新的

"玻璃杀手"？抑或，先前十六户受损玻璃，并非拜甄诚一人所赐？

万物生长，开花结果，天下时序从来井然。

也有反季的情况，种子从临冬的土中冒了出来。

11

端的是福不双至，祸不单行，女儿在产房生产，萧不系在产房外等待，无助，焦急，什么都做不了，什么都不想做。为消磨时间，缓解心情，看了小区邻居群，又看了一条手机短信。

短信是小史发来的，小史说，有急事，身边若无人，电我。

爱女儿，胜过爱己命。堕过胎，流过产，好不容易怀上孕的女儿生娃，这是比天大，比天上的黄河水浚急的事，他关了机。

萧不系哪里知道，小史急于告诉他的消息，是女儿遭举报了。

女儿的临盆也来得急。社区有个为辖区工业园配套倒班房和商铺的建设项目，大冬天，大肚子女儿会同园区负责人在项目现场选点定址。蓝图铺在地上，弯腰细看，扭了腰，下身出血，紧急送医，医生二话不说，让护士直接送产房。

女儿大白天的闪失，算是宣告萧不系保镖一职下岗。

萧不系希望女儿生个带把的，但没有。女儿生女儿，萧不系依然欢喜无比，因为医生出产房时说，女儿顺产，母女平安，祝贺祝贺。

街道卫生院现场，欢喜无比的，自然还有老婆巧蓝，女婿程非。

因事发突然，一切都乱了，平时话语权重较轻的巧蓝，此时像个首长，临乱不乱，开始部署工作。首长命令老公，你去柳街农贸市场买只老母鸡,要土鸡!命令女婿,你回家抱床被子来,还有暖壶、水杯、碗筷、洗漱用具,尤其别忘了备好的孕妇和婴儿衣物!对自己下的命令是,我在这里陪小鱼儿,还有孙女!

他驱车去买老母鸡途中,开了机,回了小史电话。

说嘛,啥急事?鬼头鬼脑的,还避人。

老爷子,你莫急哈,听我说,萧主任遭举报了!

这话可不能乱讲!

怎么是乱讲?今天上午,社区好几人,都被县纪委喊了去,了解情况,作笔录。

这样啊。那几人怎么说,问题严重吗?

他们一个二个支支吾吾的,不知在装什么神秘。

你是不敢给我通风报信吧?

我应该想到这点,还是老爷子了解我,我是有点怕。但还是告诉你吧,不过,万一有人问起,我可一个字没说过,我嘴严,你知道的。还有,我相信萧主任是无辜的,到时还了她清白,你得在她面前,多说我几句好话哦。

屁话多,我的为人处世,别人不知,你还不晓?

知道,晓得,一身清气,正着呢。你们小区业主违法搭建成风,你不仅不搭,还一力反对,逆行英姿,堪称孤勇。所以,我小史也不是央你在萧主任面前,添油加醋,乱吹一通,我的意思是,你照你的风格,打实说就好。

废话多。

我是有一说一,我……

还啰唆?

不知是实名举报,还是匿名。听说出在工业园建设项目招标事上,说招标公告挂网上,是走形式,萧主任早内定了,说是她的亲戚。还说她给社工违规发放津贴,违规报销接待费和私车油费什么的。老爷子,这些话,我是一句也不信哈。

信吧,亏得萧主任那么信任你!

对了,老爷子,你刚才关机干吗?

萧主任生了。

生了?我应该想到这点。顺产吧,是儿是女?

萧不系放下电话,哼了一声,心想,社区既然都有好几人被谈话了,这事还能保密?但他还是感谢小史给他的提前通报。

小史不信,但萧不系信,不是信女儿违法乱纪,是信有人用那些烂事举报了女儿,给女儿泼了脏水。

自己言传身教,一手教出的女儿,咋会违法乱纪,打死他也不信。除了自己的言传身教,督促女儿走正道的,还有老萧家一代一代传下来的族谱、家规家训和家风的加持。明末清初,湖广填四川,老萧家正是在那个西部大开发时代,从广东梅州迁来四川的客家人。先是落担龙泉山,几经插占田亩,最终定居川东花萼山,算上刚刚新增的女儿的女儿,历十七代。堂屋神龛上方正墙悬堂联:

  高帝以廉治国
  名臣惟俭传家

族谱显示,此门萧氏,堂号兰陵,奉南齐开国皇帝萧道成为祖。自入川始祖以降,萧家虽未出有名臣,但始终尊堂联训,以俭传家,落地操作层面,即"诗书传家""耕读传家"。族谱上撰有家训数则,其中一则为"宁卖祖宗田,不丢祖宗言",意思是,混得再苦再穷,即便沦为失败者、败家子,也不能忘了祖宗传下来的客家话,更不能走邪门歪道,舍了老萧家以俭传家的立家之本。家人聚餐,酒稍稍多喝一点,萧不系就会给女儿讲老萧家故事，列举一些楷模性质的人物出来。自搬进别墅后，也把自己的故事列入楷模例子。他说，你爸我能从农村娃变为大学生，变为城里人，在平原最知名的报社稳稳立足，有手艺，有一官半职，能拿下天著青城的别墅，即便举债拿下，也正是得益于"诗书传家""耕读传家"，得益于流淌在血液中的清洁的精神，否则，我怎能日复一日、年复一年艰苦奋斗，在节俭中积累，在积累中成长并壮大？否则，我女儿小鱼儿能这么有出息？

话音刚落，女婿就拍巴巴掌，用佩服得五体投地的嗓门吼，讲得真好，爸，女婿敬泰山大人一个！老婆不屑地哼一声，笑道，净吹牛，越老脸皮越厚。女儿作一本正经状说，爸，吹牛好，女儿就喜欢听爸吹牛。萧不系端起一杯酒，直接倒入口腔，抹着嘴角并不存在的酒液道，胸无真章，哪有牛吹！女儿跟一句，没有金刚钻，别揽瓷器活！女婿一拍大腿说，我突然发现，爸是小鱼儿的上联，小鱼儿是爸的下联。

这是不信，不信女儿做了不该做的事。

至于信女儿被举报，跟不信一样有根有据，并且，为阻止有人对女儿举报，他已尽了一位人父，一位半老之人的洪荒之力。

12

事情得从上周的一个电话说起。

电话是萧不系最疼爱的幺妹打来的。上午，萧不系与小史坐在小区草坪边休闲椅上聊天。萧不系最喜与小史聊天，说是聊天，其实就是他不断央求小史讲故事，讲大肚子女儿，巾帼英雄般的故事。在这过程中，他一边欣赏女儿工作，一边担忧女儿身体。小史是来小区物业办事的，出来，正好碰到在绿道拍银杏秋景的他。

大哥，还好吧？你属虎的，还有三四年退休，活路清闲吧？

是啊，挺好的，半退休状态，报社又是弹性工作制，好些事在家都可做。幺妹，你还好吧？

我蛮好，就是夫家有个事，想找小鱼儿帮个忙。知道小鱼儿忙，当幺姑的就不打扰她了，就给你这个当爸的说，你带个话给她就成。

好好，你说你说。

还记得李大虫不？就是你妹夫那个大侄儿子，你见过一两面的。他高中没毕业，就跟村里的游二娃他们去城里混了，早先在建筑工地干杂活，这几年当上了包工头。他不知听哪个说的，小鱼儿手上有个给工业园建房的工程，就找了他叔，你妹夫，你妹夫又找了我，让你帮幺妹个忙，给小鱼儿带个话，为李大虫揽下这活儿。

哎呀，幺妹，小鱼儿公家的事，我可近不了身，插不上话。

逗我玩吧，当爸的都插不上话，哪个还能？再说，你们父女好得个什么样子，别说咱老萧家，你回乡走一趟就晓得，十里八乡的花花草草、雀雀鸟鸟都传遍了。还有，咱客家人最看重对老人的孝道，小鱼儿的孝心，那也是没得说的。

萧不系心下明白，幺妹说得不假，客家人的确看重孝道，续族谱，办清明祭祖会、春分蒸尝会，神龛供神牌，取名按班辈，尊老敬老，不一而足。老人过世后，后人以"捡金葬"之礼入土，即便披星戴月，千里万里，迁徙异国他乡，也一定要带上老人遗骨，一同上路。

幺妹，尊老敬老，是咱老萧家血脉里的东西，这没得说，可尊老敬老，跟你要我带的那句话，是两码事，不搭界啊。再说，客家人不光尊老敬老，也尊老爱幼，我不带话给小鱼儿，正是爱幼之举啊。

大哥，你有文化，幺妹我说不过你，也闹不明白，咋就不搭界？咋就不尊老爱幼？家人之间，亲朋好友之间，你来我往，相互帮衬，这不跟吃饭穿衣一样正常吗？

你听我说……

大哥，你在村里的时候，可不是这样的，怎么一进城、一念书、一当官，就变了？变得我都不认识你了。阿爸总让我找你，说你什么忙都愿帮我，都能帮到，可你幺妹什么时候向你开过口，找你帮过一次忙？

可你这一开口，是什么忙？违法乱纪，假公济私啊！

好大的帽子哦，嘴巴一夯就出来了，受不起！别以为我不懂你们公家人那些卯窍，人家李大虫说了的，他挂靠了一家有资质的建筑公司，招标公告一出来，就按要求做资料，进行申报。总之，一切按正规程序来，不为难小鱼儿，只要她睁只眼闭只眼，不阻拦就好。

这也不行！纪监委明确规定有回避制的，办公家的事，但凡存在利害关系情况，一律回避。

看来你是铁了心，安心不帮忙。

不是大哥不帮，是……

说千道万，就是不帮呗。

幺妹，咱设身处地，换位思考一下，怎样？

好哇，这正是我的意思！你回到村上，你变成我，变成小时候给家里打柴，瞎了一只眼的残疾人，变成邻村李秀才的媳妇，变成吃了三十年受气饭的窝囊废，变成人家好不容易给她一个挣脸机会，结果脸没挣上，反被自家大哥打脸的丧家犬，变成……

大哥求你，别说了……

不给你说可以呀，你去给小鱼儿说去。

我给你打点钱怎样？三五万，六七万，都可以的。

可怜我，还是羞辱我？不需要！怎么不说话了？好，你不说，我去找阿爸说，让阿爸跟你说！阿爸不跟你说，我直接给小鱼儿说，看她这个当了官的晚辈子，还认不认我这个当幺姑的，还认不认我这个给她提过尿、擦过屁股的保姆！

喂，不要！

对方快速挂断的电话，让萧不系的吼叫成了对空喊月。急忙回拨，无人接听，一整天，怎么拨，皆如此。

幺妹说出的保姆，让萧不系想起往事，无语凝噎。女儿出生后，他与巧蓝工作太忙，加之两地分居，就开口请幺妹来家带娃，妹夫不爽，她一意孤行，一带三年，直到女儿上幼儿园，才返回村上。因为这个，小鱼儿一直念幺姑的好，记幺姑的情。

幺妹挂断电话不到一个时辰，老爷子来电话了。

大娃，咋回事呢，你幺妹说，让你给小鱼儿带个话，你都不干？我们老萧家，你们兄妹七人，就她一个女娃，就数她最造孽，就数你最出息，她的忙，别说你有条件要帮，就是没条件，也要帮！

阿爸，别急，我给你说嘛，是这样的……算了，电话头说不清明，我回趟老家，当面给你老讲。

小史早没影了。小史原本还在等萧不系电话毕，接上先前话头，继续讲萧主任传奇，但总也等不了，就向他的眼睛做了个撤退手势，他瞄准小史手势，视若无物。小史见他大异平常，知道有了大事，不再手势，悄没声息走了。

13

萧不系给巧蓝说，他去趟单位，午饭不管，他在地铁站口吃碗查渣面就好。

去报社人力资源部填了公休假条，找领导批了假，又用最快速度交接和处理手头工作，一切妥当，疾疾返家。途中，打了电话给巧蓝。进屋，二话不说，与巧蓝一起收拾行李。

喂，老萧，你不是说摄协组织自驾去花萼山采风吗，怎么不带上相机？

嗨，看我忙得，家伙都忘了带，要不然车开到半路想起，还得转来拿。

这次采风安逸，还可顺带看望爸妈，还有幺妹。

那是，公私兼顾，一举两得。

今晚就走？

去城里集中，住一晚，明儿一早出发。

他一年总有几次采风活路，采风出来的好作品，既有稿费，又有奖金，巧蓝从拿到手，到存入银行，一路上，脸都笑烂了。所以，老公编的谎话，她不但不疑，高兴着呢。当然，老公也有去采了风，空手回家的情况，她也不恼，还帮他圆场说，状态不好，灵感没来，机会有但没抓住？知道知道，好作品哪能跟种庄稼比，不惜力，出大汗就成。

巧蓝在小区外红旗超市给公公婆婆买营养品、保健品，紧着车子后备厢装，装满为止。也给幺妹家买了礼物，放车子后排。还去殡葬用品店，买了香蜡纸钱。身为儿媳妇，她的这套动作，已成多年惯例。

巧蓝要弄一桌好菜，将女儿女婿喊来，给萧不系饯个行，萧不系拦了。他草草扒了晚饭，一脚油门，车出小区，加满油，之后，朝老家方向飙去。

才开出去三五十公里，天黑了。车灯开道，一路畅通，五六个小时，到了老家万源县城。下高速路，车慢下来，沿新农村建设成果"村村通"道路行走，上上下下，九曲十八弯，进村，到家，时凌晨三点许。

这个村大姓只三家，萧、林、游，大都是三百年前从闽粤赣交界山区出发，几经辗转，举家迁入。客家先民路不拾遗、夜不闭户的习俗，村人至今保有。因有花萼山的资源与名气，处于腹心地带的小山村，自然就成了旅游村，农房自然就得到了提档升级改造。

本可推门径入，出于城里习惯，更怕吵醒二老，萧不系只轻轻叩了叩半掩的家门。借月光，轻手轻脚，推门，入院，跨槛，进堂屋，跪神龛前磕头，还没入右侧那间空房间，被他绊倒的一只独凳，就把上了岁数、睡得很浅的二老惊醒了。啪一声轻响，主房灯亮了。借灯光，萧不系开了堂屋灯。

主房说，回来了。

主房哪有往回的兴奋？萧不系不仅听见老爷子的声音瓮声瓮气，还看见声音里回来了三字，黑着一张皱纹深得不可测的脸。

萧不系朗朗说道，是嘞。阿爸，阿妈，莫管我，你们睡。

秋夜，山里冷。见老爷子披衣出来，萧不系连忙端凳给座，又跑进主房说，阿妈，你腿脚不灵便，莫下床。老夫人说，大娃，幺妹的事，要上心哈。他说，阿妈睡吧，大娃晓得。说罢，回堂屋，半掩主房门。

阿爸，回屋睡吧，幺妹的事，明天说。

幺妹说这事急，得抓紧办，不然就黄了。你若不困，咱爷儿俩现在就扯几句？

大娃不困。

老爷子起坐，一个转身，再转身，手里多了一瓶酒。萧不系知道是当地的苞谷酒，醇香，劲足，老爷子就好这口，连茅台、五粮液，都入不了他那被岁月挤出的眯眯眼，进不了他牙齿稀疏的瘪嘴。老爷子说城里酒松垮垮的，花架子，到处漏风。老爷子拿酒给他看,扯几口?他接过老爷子的酒说,好,扯几口。又说,我们出去说吧,免得吵到阿妈。

萧不系不想喝酒,只想睡,但不愿拂了老爷子的意,也知道,没有酒,好些话,说不出口,即便出口了,也磕磕碰碰,又生又涩,不顺溜。

山里的月亮不知被什么洗过,干净得找不到对应物,只能用它自己比喻自己。爷儿俩坐在村子打谷场边那棵老祖宗用祖地红豆种出的大树下,就着一碗烟熏豆腐干,一碗老腊肉,端着酒碗,慢慢吞吞,深深浅浅,哑巴起苞谷酒来。树上那只年寿三龄、老气横秋的猫头鹰看见,两人身体筑了围龙屋,屋里的四只土碗,自始至终,两只不动,两只时动时不动,起落不休。

虚岁八十的老爷子,究竟是念过小半年私塾的,一抬头,东方既白,一埋首,瓶酒刚刚过半,而幺妹在他面前一把鼻涕一把泪布下的疙疙瘩瘩,坡坡坎坎,早已被大娃理通顺了。通顺了,就敞亮了。

一个是我幺女儿,一个是我长孙女儿,手心手背都是肉啊。你幺妹也是,理儿在那摆着,要想得通啊,是你的,跑不脱,不是你的,莫伸手。

难为阿爸了。

委屈你了,为了小鱼儿,看把你急得,连夜开车上千里。

你孙女年轻,不能犯错,也犯不起啊。

是啊,公家的事,就得按公法办。大娃,我估摸幺妹还在等我电话,我该啷格回她话呢?你文化多,行事正,我信你,你说,需要阿爸做啥?

阿爸,这样行不,你给幺妹打电话,就说给你大哥说了,说了大半夜,你大哥一直不同意,说用公权谋私利,会毁了小鱼儿前程的。但大哥拗不过阿爸,最后还是同意了,说他会想个万全之策，尽全力帮幺妹这个忙，让阿爸什么也别做，在家等消息就是。对了，阿爸，一定提醒幺妹，叫她千万莫给小鱼儿打电话，说小鱼儿工作太忙，又是怀儿婆，打扰不得。再吓唬她一句，说公职人员的电话，都被监控了的，说不得私事。

我明白，你是想先稳住幺妹，免得她找小鱼儿说去，给小鱼儿出难题，让小鱼儿犯事。

小鱼儿不会同意的，她说过，即便再小的官，她也要当清官，做清流。我想方设法阻止幺妹找她，是不想因为这事，伤了姑侄感情。

做得对。客家人讲究聚族发展，认和气生财、家和万事兴这个理儿。你就按自己的主意办，阿爸没意见，不，阿爸支持！哎，这平白无故多出的活路，都是你幺妹闹的，也不是，都是我女婿家逼的，只是苦了我的大娃了。

我这个大娃，当得不称职。阿爸，其他几兄弟也都各忙各的，他们接你和阿妈去住，你们又不去，我看还是来大娃家住嘛，你的身体，现在还行，以后呢？阿妈腿脚又不灵便，我实在不放心啊。

有什么不放心的，有你幺妹隔三岔五过来看我们呢。

我还有四年就退休，那等我退休了，一定来把二老接走。

接也不走。我这老屋，虽在山里，却是平平展展的，你那别墅，还在平原上呢，家里都爬坡上坎的，有什么好？再说，我不是给你说过吗，我和你阿妈住惯了乡下，去哪儿都别扭。还有，老萧家十几代人的坟山在这里呢，走了，谁陪？

身为长子，大娃什么也做不了，有愧啊。

说什么呢，你都有愧，谁还能没愧？不说这些，来，端碗，再扒一口。对了，天亮了，我这就给你幺妹回话，免得她等不及，操起电话打给小鱼儿。

萧老爷子打了电话,他打了哈欠,阿爸,大娃困了。

准备睡一上午的,睡不着,老是想一件事,接二老去平原,膝下尽孝,给二老养老送终。

这些年,在都安,萧不系的确说过多次,接二老来,二老也的确拒绝过多次,如果二老真答应来,他也一定会遵守诺言,负责到底。但他明白,自己发出的邀请,更多还是出于道义层面考量,嘴上说说可以,操作起来万难。所以,内里是发虚的,心冒冷汗,战战兢兢,犹如抓阄打赌。二老来了,自己的心安生了,可接下来的行动,该如何呢?就如何安顿二老生活,他想到了一万个方案,一万个为难。老婆一时乐意,长此以往呢?一家老小,满满当当一屋子,各人生活习惯有矛盾,自己忙创作忙带孙精力不逮,夫妇工作一辈子还没周游世界呢——就算排除诸如此类因素,只解决一张床的安置问题,就是一件伤神的事。住别墅吧,共三间房,一楼无房间,别说二、三楼,即便进入一楼,也要爬入户门前的十几步石梯,长年累月,二老爬得动吗?住负一楼,也就是地下室,还有车库,可能吗?侍老成虐老了。想到这里,又想,当初要是跟大多数业主一样,也来个违规违法搭建,想怎么搭怎么搭,甚至安个观光电梯,不就什么问题都解决了?可他萧不系,是个愿他敢做违规违法事的主吗?是了,还是萧不系?住别墅不行,好,那为二老租一套房,请个保姆,或送二老去养老院,二老愿意吗?接到家门口,却不让入家门,家人族人外人怎么看?权衡再三,如果二老定了来,他能走的,就只有一条路,卖别墅,换电梯房,大平层。这有什么大不了的,活人还能让尿憋死!可是,如果无论怎么做工作,巧蓝死个舅子不同意,咋办?离婚,一拍两散?可分得的二分之一财产,买得了大平层?闹到这个地步,女儿女婿咋想?孙女谁带?

隔壁二老的呼噜声,穿门过堂传来,仿佛在呼应他层出不穷的想法。

不敢往下想了，再想，就是伍子胥过昭关，一夜白头了。

起床，抓两个烤红薯，边走边啃，去了老萧家坟山。在入川始祖墓碑前，点蜡，上香，下跪，一边烧纸，一边说话。说了很多话，意思就这些，向老祖宗问安，汇报此行的来龙去脉，自己的纠结、痛苦和定力，以及回平原后的打算。上山，心七上八下，下山，心已安。

别二老，开车，十多二十分钟，到了邻村幺妹家。下车，从后排座取了礼物。幺妹见到他，并不意外。

能来看下幺妹就好，还带什么礼物。

就你一个人在家？

公婆也在，这会儿在村委会活动中心广场晒太阳。你妹夫跟李大虫，不知在哪跑那些没影儿的工程。两个娃，一个在婆家忙庄稼，一个在县城摆水果摊。大哥坐，我给你泡茶。

我直接从花萼村过来的，去看了阿爸、阿妈。

谢谢大哥了，阿爸打了电话的。大哥，幺妹给你添麻烦不说，还说了那么多不中听的话，莫见幺妹的气嘛。

阿爸念了你的好，说老萧家亏欠你，让我一定得帮帮你。

不怪老萧家，是幺妹命不好。大哥喝茶，烫哈。

你知道的，小鱼儿去年当选社区主任时，才二十七岁。刚当上，就怀了娃，按日子，都快生了。她啊，当主任，太年轻，怀娃，又不太年轻。

咱老萧家就数你们长房能干，给全家长脸了。你答应帮幺妹忙，你妹夫听到这个消息，不知多高兴。大哥，你回去时，我抓两只老母鸡给你，你带上，小鱼儿生了娃，坐月子煲汤喝。

心意领了，鸡就不带了，交警逮到，要罚款的。

交警管得宽，一只鸡都不放过。那我做饭去了，很快就好。

不了,我单位还有事,得马上回去处理。

好嘛,依你。村里也没啥子耍头。那幺妹就等大哥的好消息了哈!

萧不系没点头,更没看幺妹的眼睛,他不敢,他说,别送了,回吧。

14

萧不系给幺妹发去的是坏消息,小鱼儿因给她帮忙,被举报了。

回到都安,只两三天,萧不系就发了。按说该用电话的,但他却用了短信,他不想听到幺妹失望、痛苦乃至泪崩的声音,因为,这个举报其实是他子虚乌有的虚构。幺妹很快回了短信。

大哥,怎么可能,你是诳幺妹的吧?

从小到大,大哥什么时候诳过你?小事都没有过,何况这等大事!

幺妹飞快来了电话,哭哭啼啼说,都是幺姑害的哟,也不知是哪个遭瘟的举报的,那么多贪官不举报,偏偏举报一分钱没拿的小鱼儿。大哥,我对不住你哦,更对不住小鱼儿。

萧不系安慰道,别自责了,这事应该不是很大,虽有违规行动,但好在还没造成实际后果。一边说,一边宽自个儿的心,终于平事了,至于之后,到时又找个说辞,把谎圆过来。但幺妹下边的话,又把他急到了。

我这几天就找人,托付人家帮我把公婆照顾到,我买张火车票,去看小鱼儿去,幺姑当面给她赔不是。哎哟,我哪有脸见她啊,没脸见,也得见啊,她甩我几耳屎才好嘞,心里会松活一些,糊涂了一辈子的幺姑,也才能醒豁啊……

萧不系怎能不急,又怎能拒绝,他脑袋瓜高速旋转。

幺妹,是这样的,纪委正在调查小鱼儿呢,我估摸她正处于软禁状态,行动不完全自由那种,昨天都没回家呢。你来,非常不合适,最好不来,要来,也必须等这事消停了才来,懂不?

我懂,我懂。

萧不系太清楚自己幺妹的德性了,认死理儿,一根筋,怎么说,怎么做。看来,幺妹这一二天不会来,此后一定会来,来了不就把自己煞费苦心设计的谎言捅破了吗?怎么办?萧不系再次抓瞎,再次心生一计。

唯一的招法,是用未发生的,修补已发生的,他决定假戏真做。

所以,领老婆大人令,驾车去柳街农贸市场买老母鸡路上,接听了社区网格员小史电话,萧不系是又惊讶又镇定,又痛苦又高兴,因为那个写匿名举报信的坏蛋,正是他自己。

可接了小史电话后,萧不系又开始了忐忑不安,坐卧不宁。他怕万一,万一女儿有个万一,不是因为工业园这个工程打招呼的事,而是拔出萝卜带出泥,带出了她另外的什么事。萧不系一万遍坚信女儿是干净的,可万一呢,毕竟自己没有无时无刻跟在女儿身边,毕竟父与女,是两个各行其道的生命独立体,而人的欲望,又是与生俱来。

去医院,见女儿一次,怕一次,没有昏花的老眼,不敢接女儿目光的招,甚至小孙女的眼睛,也不敢对接太久。

与幺妹的关系也很尬,自己一贯疼爱的幺妹,那么良善,那么信大哥,被大哥卖了,还帮着数钱。想起父母,心里也堵得慌。

一心护女儿周全,自己不周全了。好一阵不失眠的萧不系,又失眠了。

回老家，头天去，二天返，两头黑，当然不可能是组织性质的采风活动，萧不系就对巧蓝如实说明情况，交代问题。巧蓝说，你瞒我，不对，你帮咱女儿守清白，又不想多一人知道，对的，总体上，对多错少，我不怪你，只可惜这事搞得你左支右绌，左右为难，我又帮不了什么忙。几天来，见老公唉声叹气，她又说，老萧，你不是有个毛根朋友，叫严勇的吗？萧不系说，怎么了？她说，你不是说，他发了财，这几年又新开了一家建筑公司吗？萧不系说，哦，明白了，还是老婆厉害！

当晚，萧不系给老爷子去了电话，说幺妹的忙帮到了，老爷子可落下心了。又给幺妹去了电话，说你让妹夫、李大虫，去达州严勇建筑公司找严勇，在他那里包个工程试试，说好了的，不垫资，不拖款。如果干得好，可签协议，在严勇公司下边，叔侄成立一家分公司。

老爷子、幺妹也问了小鱼儿的情况，表示担忧。他说虚惊一场，纪委把小鱼儿上任一年多以来所有经手的事查了个底朝天，举报信上的问题，与她一毛钱关系没有，查贪官，查出一个清官。

这是又一个谎。但很快得到证实，萧不系编的每一个字，都是真的，与纪委调查结论惊人一致，如出一辙。

匿名举报人也曝光了，但不是萧不系，是一个自以为有望拿下工业园建设工程的建筑商。建筑商自以为懂法，又懂官场游戏，知道匿名作不实举报成本太低，自己一般不会被反查，查也查不出，即便查出，根据动机和给予被举报人伤害程度进行处罚，大多情况，上一番课完事。而被举报人就损失大了，公职人员，难免屁股没点屎，莫须有的问题撒一大网下去，不说鱼大鱼小，总能溅起几个污点吧，总得查个好一阵吧，而被查期间，坏我好事的拦路虎还能正常在岗？只消约你去诫勉谈话一下，就让你半年内不得晋职晋级，待半年过去，人生机会也就过去。所以，污点不污点，建筑商不在乎，与他无关，与他有关的是时间，待调查结项，他的工程早已尘埃落定。基于上述考虑，他举报萧主任的问题有：纵容萧家亲戚参与工业园建设工程投标；采取截留集体收入、虚列支出款项、虚构工程项目等手段，侵吞、骗取集体财产；违规接待，报销餐饮、烟酒、娱乐、健身、旅游等发票……这事让建筑商付出了代价，正如他的事前匡算，属于应有成本，他谁都不怪，单怪小史。

因为建筑商是小史供出的。

小史知道他的秘密，是因为萧主任亲幺姑的侄儿进军工业园建设工程信息，是自己卖给他的。自己被纪委询查，则是自己利用社区网格员身份，向物业公司施压，在职责范围内的天著青城小区长期免费停泊私车被实名举报。小史为了坦白从宽，该说的，不该说的，都说了。

纪委以萧不系女儿为中心，进行打围，而后从外围向内里，一圈一圈调查，二三圈下来，就撤围了，因为女儿一清二白，干净得像花萼山山顶终年不化的雪。

上述一切，发生在女儿休产假期间，直到产假尚未结束，女儿提前返岗投入紧张工作，她都一无所知。

女儿一无所知，萧不系却笑了，在女儿看来，他的笑，像她尚未满月的女儿，天真无邪，天然无毒。

五、花园分岔的小径

1

　　住别墅的萧不系，一住五年有余，一肚子酸甜苦辣，不讲出来，胀得慌，讲出来，舒坦了。过一阵子，又是一肚子酸甜苦辣，就又讲，如是往复。

　　酒桌上讲，茶坊里讲，火车上讲，睡梦中讲，讲给朋友听，也讲给陌生人听。这次，他就是一边喝酒，一边讲给两位陌生人听的。这次，松了单位的绑，自己给自己请假，独自一人，驾车到若尔盖草原九曲黄河第一弯拍照。白天拍，晚上就在帐篷外草坪上，对着星月喝啤酒，充分享受夏季草原恩赐的凉爽。喝了三瓶，觉得没爽，去帐篷里找，又去车子后备厢找，才发现带的啤酒没了。于是给朗金打电话，问附近可有人卖啤酒，有的话，能否请对方送一箱来。朗金说，我问下，太晚了，不知人家愿不愿送。他说，你说运费翻番。她说，要送就是两箱。朗金是这片草地的女主人，有游客来此处玩帐篷营地，她收取一定费用，同时负责环境清洁卫生打扫与搬运，以及人身安全。是经省城朋友推荐，通过网络资源联系上的，萧不系找到她，她说，这是我电话，别丢了，有什么事找我，二十四小时开机。

这次拍的片子还满意,出来快一周了,该撤了,撤回去的路上,再逛逛米亚罗、毕棚沟、四姑娘山。但撤之前,最后一晚,傍着皎洁的月色和清澈的黄河,总该喝个通顺透彻吧。

在草原,你嗅不到人味,看不见人影,但你一招呼,人不知从什么地方就冒了出来。

很快有了声音,不是嘚嘚的马蹄声,而是清亮的情歌对唱,待听见马蹄声,一对藏族恋人就到了面前。来了两匹马,恋人合骑一匹,啤酒骑一匹。两箱啤酒,上了马背,一左一右,挂在马儿微凸的肚皮上,很是搭调。朗金让送两箱,原来是这个意思,为了搭调。

看得出,恋人此行两桩事,送啤酒一桩,谈情说爱一桩。小伙说他叫贡布,姑娘说她叫卓玛。萧不系邀恋人一起喝酒,恋人答应了。一喝就喝开了,恋人又是唱歌又是跳舞。恋人累了,要萧不系讲故事,讲城里的,讲什么都行。萧不系打开笔记本电脑,说,我的故事都在我拍的片片里,你们先看看吧。摄影是萧不系的专长,他心想,你们看看吧,俺的摄影,跟你俩的歌舞比,差也差不到哪里去吧。

城市、田园、雪山、草原、街拍、建筑……恋人一边看一边啧啧称赞,卓玛突然指着一张图片说,你的家?萧不系说是啊。她说,萧老师原来是个住别墅的人啊,能不能给我们讲讲别墅的故事?我们草原上的邻居,再近也得骑马往来,你们别墅的邻居,每天低头不见抬头见,一定有好玩的故事吧?

贡布望着恋人,笑道,就知道你想听这个,嗯,我也想听。

在这干净得一丝不挂的草原,萧不系的虚荣突然有了羞愧,居然丧失了一以贯之讲下去的冲动。但他扛不住这对恋人的再三恳请,一口吹了大半瓶酒,然后开讲。刚开了个头,他发现,啤酒在肚里翻卷,墅事被挤压得慌,一个劲往外冒,只想脱口而出,他就是有心收口,也无可奈何,覆水难收。

2

我在平原商报文化部工作,叫萧不系,上月刚喝了六十岁退休酒,正式离岗,该歇歇了。此次,一个人的草原行,就是歇的开始。老婆巧蓝也可来的,但家里的孙女,绊了她的自由。

别以为住别墅,就是富人,那可不一定,我就是穷人。我这别墅,二百来平方米,联排,中间户型,有个很小的前庭和不大不小的后花园,小区叫天著青城,地点在省城西面的都安县南郊。买价近二百万,简装了一下,一百多万,笼统三百多万。这么多钱,哪有?住房公积金按揭,最低首付,卖旧房,举家负债,把这些手法用尽用绝了,才算搞定,终于含辛茹苦住了进去。没办法,住别墅是个梦,这辈子,就想实现这个梦。我要,巧蓝因嫁了个好丈夫,女儿小鱼儿,因有个好老爸,而骄傲。朋友说我是一个通泰的人,可为住进别墅,却成了十头犟牛都得甘拜下风的一根筋。

别墅是我的梦,没错。殊不知,从拿钥匙装修开始,梦就破了,就算没有全破,至少也破了一部分,并且是很大一部分。为腾空旧房迅速变现,我是小区最先开装的三业主之一,整个装修过程,完全听从物业的规章制度,一点没搭建。哪承想,后来,别的业主根本就是我行我素,你追我赶,你搭我也搭,二百平方米搭成三百平方米,三百平方米搭成五百平方米。正是这个搭建,造成了我家与左邻的矛盾。

矛盾的起因是,左邻搭建时,构件生根处,过了两家相邻交界中线,占了我家领地足足一寸。一寸可不少,非常明显,肉眼都能看出,这是横向尺码。纵向就大了去了,从底楼到顶楼,高逾十米，米米都宽了一寸！凭空伸出去的墙体，影响我家站在顶层露台看青城山风光和蓝天白云的视线，也阻挡了风道的流通。这种多吃多占、寸土必争的状况，跟我老家村与村之间，族与族之间，农民对水田旱地边界，世代不断的拼命争夺，大有异曲同工之处，甚或直接就是老祖宗遗传的。

发现了情况，我急了，想尽快解决，直接找物管，又怕把邻里关系闹僵，但这种多少有点东家长西家短的鸡毛蒜皮事，一个大老爷们出面似显不妥，就让巧蓝去说。巧蓝见不到对方人，就给左邻女主人姜姐打电话，一来二去，电话未打完，搭建完了。

无奈，我们就请管家小赵去协调处理。小赵不想去，还是去了，又回了，我们不依，她就又去又回，结局是，左邻的违规违法搭建，没有任何改变。也没法改变，除非举报，请执法部门来强拆，可自己既不忍，又不敢贸然下此狠手，怕遭到无法预判的祸患。即便如此，巧蓝还是寻了个机会，面对面，将自家的不满，告知了姜姐。

时值大冬天，屋里还好，有地暖，室外不一样，站在花园，能看见青城山的雪和凛冽。

出太阳了，又是周末，业主们跑出宅子，把自己当镜子，让阳光充分照耀，直到把自己照出光来。巧蓝跟姜姐在后花园，隔着栅栏聊天，聊着聊着，就扯出了正题。

姜姐听了，仿佛恍然大悟，叫苦连天说，我们也不想搭建的，可我们有两个孙儿——不像你们，是孙女——孙儿多烦啊，一个两三岁，一个四五岁，啥都不会，偏偏就会飞檐走壁，上天入地，大闹天宫。没办法，留给我们的路，只有一条可走，那就是搭建，加大空间，封闭阳台窗户，杜绝安全事故。你也知道，现在带一两个孙孙，比过去带八九个儿女都难，风险太大，就跟手上随时端一钵滚烫的油。我在电话里也跟你说过，其实，搭建这事，如果出了什么情况，要怪只能怪我们的装修经理，我们是全部承包给他们的，而他们又把搭建工程，分包给了专门的搭建施工队。所以，具体怎么搭，我们太忙，很少来现场，很少过问，过问了也等于零，因为我们连图纸都看不明白。说一千道一万，这事若对你们有影响，真不是我们本意，莫怪哈，实在不好意思。

在我家，天大的事，在邻家，就不是个事，晕死！

她都这样说了，你还让我咋个对她说？巧蓝这样对我说了，贡布，卓玛，你们说，我还咋个对巧蓝说？

只好将一口恶气闷在心里，等待时机，裂变出去。

说话温声细语的巧蓝，虽然为这事爆了粗口，却是来得快，去得快，比我想得开些，见事已至此，就不想自个儿再找气受，跟左邻男女主人，该说说，该笑笑，至少面上如此。她劝我，要一辈子为邻的，何必自找气怄。我不行，不管怎么往心里闷，脸上还是有些挂不住，吃亏损失事小，出不了气，下不了台阶，就伤了尊严和面子了，而文人又是最要这个东西的。

左邻男主人邱总对邻里关系的做派，跟我差不多，处于空心人和局外人状态，处理纠纷什么的，尽由女主人充任外交大臣和新闻发言人。自两家女主人碰头挑明问题，交换意见后，仿佛事不关己，高高挂起，对我一如既往热情。几天下来，见我的态度不似先前，便将热情一点一点收回，直到能躲就躲，他在花园我不在，我在花园他不在，不及躲开，便皮笑肉不笑点个头。

这天，我在花园看书，冷不丁出现一个人的声音，在看书哇，来，抽杆烟！话音刚落，一支烟飞到我怀里。一看，邱总，他微笑着，把手上的软中华高举着，画着空中弧线。我抓起烟，扬臂回扔过去的同时，一句话也飞过了栅栏，你知道，我不抽的。看见飞去又飞回的烟，邱总愣了一下，本能地接了。与此同时，我捏着书，背着手，踱进了屋。

我跟姜姐，一个不知干过什么职业，说普通话，长相颇有草原特色的精瘦妇人，以前见面也只象征性点个头，现在是连头也懒得点了。

左邻的搭建，后来才知，哪只是上述问题。经了一年的日晒雨淋，热胀冷缩，我家顶楼书房兼卧室的左墙，出现潮湿，乳胶漆起泡，翻壳，明显是左邻装修改造露台，带来的渗水问题。他家将露台靠我家一方公墙上的屋檐打了，在地中海风格的露台上，搭建了一座中国古典凉亭。

打屋檐的时候，我正在书房写一组摄影作品的创作经过，突然响起的动静，出现的摇晃，比5·12汶川地震都强烈，墙上的两幅挂画，挂画上的鲁迅、萧不系，书架上的奖牌奖杯，嘭嘭嘭跌落下来。

跑到阳台，见左邻露台灰尘满天，两个农民工，大冬天的，大汗淋漓，一个在前边，手握电锤，对着屋檐猛钻，一个在后边，挥舞二锤猛砸，冷不丁一瞧，俨然强拆违建，整幢别墅的人字屋面，像风吹田原，稻浪起伏。别墅系全现浇、全框架结构，屋面楼板与承重梁柱是一个整体，牵一发而动全身。我预感到，如此骚操作，对别墅质量，有伤筋动骨危险，并且，很可能引起屋面漏水。我伸出阳台半个身子，隔空制止的声音，被遮蔽得比蠛蚊的身坯都小。而楼下，不明就里的人看见我，会以为我想不开，欲行跳楼之举，他们也会疑惑，从三层半高的小楼跳下，能达目的吗？二人终于看见我的跺脚、手势与身形，得知我的意思，但他们说，是业主让打的，他们只听业主的。我即让巧蓝联系管家小赵。小赵老妈病危，回老家探望去了。她在电话中说，我发你姜阿姨电话，巧蓝说，我有，你上次给过了。巧蓝打姜姐电话，打了半天也没打通，待打通，两名工人也将屋檐打完了。

左邻虽然打了自家露台屋檐，产生了大动静，只因尚没显现任何后果，更不碍观瞻，我们也不好说什么。待隔年有了后果，我们请小赵去交涉，小赵看了两家现场，又带姜姐与装修的庞经理，来我家现场看了。庞经理说，你家出现渗水，是否一定为我们施工原因，两说呢，房屋渗水，太普遍了，都怪装修？再说，你们自己不也装修了吗？

我生气了，也不管风度不风度，忍不住义正词严对庞经理说，我家已入住两三年，经了多次雨季，这墙好好的，你们一施工，就有了情况，事实如此。如果你非要这样说不可，好，我不和你论是非，道短长，白费口舌，我现在就当着你的面，还有你们的面，给县住建局打电话，请他们来鉴定。鉴定结论与你们无关，好，我自认倒霉，向你赔不是。如果鉴定为你们施工方的原因，恐怕就不仅仅是给我们刷墙这么简单的事，而是你们所有的违法搭建面临强拆的问题！我不想这样做，你非逼我这样做，我就成全你！

我含沙射影，指桑骂槐，嘴里说的你，除了庞经理，当然还包括了姜姐、小赵，这个，大家懂。左邻太怕因小失大，拔出萝卜带出泥，引火烧身，导致装修中的所有非法搭建均遭强拆。小赵不想当恶人，不想被物业公司头头指责办事不力，就两边和稀泥。巧蓝说话太多，太碎，力度就散了。我少有说话，一说，就得像回事，我是真生气了。

偷眼看了姜姐，见她煞白了脸，涨红了脸，急得什么似的，给小赵直使眼色。

我边说边做出拨电话状，若没人阻拦，就真拨了。别说，我真有一同学，刚调任县政府办副主任。我当然还可给我女儿打，让她给执法机构打，但我永远不会这样做，给她添乱。电话自然是没能拨打成功，被小赵拦了，劝解了，这跟我的预判不谋而合。可惜了，一个千载难逢的绝好公开举报机会，被小赵化为了乌有。

很快，左邻请了工人，将他家渗水墙做了防水处理，之后，铲了我家墙面上的老漆，上了新漆。虽然漆水色泽不管怎么调，都有色差，修复的墙，像衣服上补的布疤，也只能认了。但第二个隔年开春，雨季一到，问题复又出现，处理复又进行，每进行一次，都将我的房间折腾得像垃圾场，搞得我的心情和创作，大受干扰，苦不堪言，不啻一张破皱的纸。而房屋漏水问题，又是世界性难题，应在我家，是经过无数次折腾，直到今天，别说彻底解决，连渗水的原因都没找到——是屋面和外墙漏雨，还是预埋的上水或下水管道，出了破裂或安装问题？左邻没辙，想把这事赖在别墅开发商身上，也去找了，大说聊斋，人家一句话就给弹了回来，说已经动工装修的房子，概不负责，入住的，就更不要说了。

直到今天，我一抬头，就望见了烂墙，我们隔空相对，像镜中的两张苦瓜脸。为此，只能继续伏案，直到腰椎颈椎犯了，就去花园望天，做操，希望把身体管理得花里花气，繁花似锦。

左邻出了问题，心想，还有右舍嘛。跟右舍搞成友邦，也就把恶邻施加的不爽，弯了回来。哪承想，右舍也出了问题。

出在花园上。

3

住别墅的人，多多少少都有攀比之心，甚至住别墅本身，就是。我不假打，不能免俗。文化人都有回归田园生活住古人院子的情结，当然，非文化人也有，只不过想要的东西不尽相同罢了，前者要的，更多是随时间传下来的味道和气息，后者要的，主要是即时的对稀缺物资的占有欲。但不管什么想法，都不是人人想实现就实现的生活。所以，暗地里就有了争比，似乎谁住上了，谁就牛掰了。至于住上的人，比谁的别墅好，谁的别墅不好，则又是另一层面的事。住进同一别墅小区的，也有比的，但不是比室内装修与品质——这块私密空间，基本只对宅主的至亲好友开放，小范围你赞我夸——那比什么呢？口岸、面积、外观，这些也比，可惜太硬，一成不变，难以添油加醋，制造花边新闻，话题和趣味就少寡了。这样一来，住同一小区的，甚至但凡住别墅的，比就比花园。比别墅多俗呀，有几个臭钱了不起呀？官二代、富二代有钱，暴发户有钱，有劲儿吗，有意思吗？比花园就不一样了，花园成了别墅的替身，花园的消息，透露着别墅主人的品位与秘密。

花前月下，花花世界，一花一世界，一叶一菩提，宁在花下死，做鬼也风流……花园多活泛，多美好，无论园子大小，每一天都是变化的，都是簇新的，昨天的苞蕾，今天出叶了，昨天的绿叶，今天泛黄了。至于花儿，更是百媚千娇，楚楚动人，一眨眼这样，一眨眼那样。而花园又是敞开的，站在别墅楼上一看，一个挨一个，风姿绰约，各有妖娆，风吹过，像刚刚出浴的少女，每一根发丝，都唱着海妖的歌。哪个花园逗你喜欢，哪个次之，哪些有何种韵味，上一刻一目了然，下一刻眼花缭乱，让你踌躇徘徊，万难选择，进而痛苦不堪。

当然，这是美的痛苦，欢喜的痛苦。陷入这种痛苦的，自然不止我一人，住别墅的，都有。并且，看着看着，人人都会升起一种想法，如何让自己的花园，比别人更好，至少更有特色。事实上也是，我们小区的花园，有的以造型出名，有的以名贵扬威，有的以月季为傲，有的以多肉见长，有的以草坪立世，有的以树巨称雄，不一而足，可谓百花齐放，百家争鸣，八仙过海，各显神通。

我家正是在这种赛花园的氛围中,具体来讲,是在拈花弄月、闻香识舞的审美呈现与趣味中,与右舍交恶的。

别墅前庭和后园,都是植绿之地,只因前庭太小,施展不开,故,竞绿赛场,约定俗成,摆在后园。

我家大事,大多我做主,但花园事,巧蓝做主,没办法,她太爱花了,太爱她名字中的蓝了,爱得我只能放弃权利,不敢轻易莳花弄草。她一做主,就把我家花园特色,定成了一个花字,又把花字,进一步进下去,定成了以蓝色为主调,花香四溢的主题花园。按照这个定位,紫夜香花、三色堇、薰衣草、勿忘我、紫露草、碧竹子、蜀葵、紫藤、凤仙花、夜来香、栀子花、黄葛兰、木槿、茉莉、米兰……就入主我家,成了我家花园的业主,而我和巧蓝,则成了为这群业主,不辞辛劳倒贴钱、专司服务的管家。

小区业主都说我家花园漂亮,有想法,我也沾沾自喜,一面称赞巧蓝,一面学其他业主,拍花园短视频,在微信、抖音、快手等平台推送,大刷存在感,满足感。

没想到流量还大,花园这么勾人,于是,不满足于短视频的虚荣,决定往花园里来点真货。

作为男主人,巧蓝还是给我面子的,让了一点地盘许我做主。于是,我请三种植物入驻萧家花园。出于对苏轼"宁可食无肉,不可居无竹"的信仰,种了几根小刚竹。出于对大先生"在我的后园,可以看见墙外有两株树,一株是枣树,还有一株也是枣树"的崇拜,种了一株本地油枣。还出于对舒婷"攀缘的凌霄花,借你的高枝炫耀自己"的欣赏,种了一棵凌霄。刚竹和凌霄,是开车去花木市场买的,枣树则是一位老板朋友送的。

难怪秀才造反十年不成,文人办事,没事找事。就做这么一个文章,还让我办砸了,弄得我尴尬无比,巧蓝哭笑不得。

栽上小刚竹后,长势很好,青幽幽的,风一来,就朝风的屁股抽鞭子,姿势不输国画。哪想翌年开春,雨水入土,竹笋就在竹地盘之外,冒了出来,才两三年,花园几成竹园。一根一根竹根,比钢钎比钻头都凶,穿墙破壁,连我家客厅也不能幸免,相邻花园,自然也受了影响。于是,我们老两口加上女儿女婿,四人花了一个双休日,挖坏两柄锄头,掘地三尺,翻了个底朝天,才将竹根彻底根除,租了小货车清运出场。与此同时,买了个坚如磐石的水缸,装上泥土,选了几根不大不小的刚竹栽上,让竹根成了鱼缸中摇曳生姿的鱼。

凌霄的情况,跟竹类似,不同的是,后者往地下钻,前者朝天上跑。大拇指粗一棵凌霄,不到两年,就爬满了高高的葡萄架。凌霄的好处是,喇叭一样大红的花儿,开了又开,不是两三波,就是三四波,从春开到秋。再一个好处是,夏天浓荫蔽日,太阳有多野,花叶有多密,冬天枯死一般,不挡一丝阳一缕光。偏偏是,她的生命力太强悍了,强悍得我们吃不消不说,连花园也接不住。花开花谢,种子飘满花园,入土发芽,满园都是褐红的凌霄苗,我家有,邻家也有。养花为患,只能丢卒保车,忍痛剜肉。好在它们志在云霄,根系不展宏图,首先是挖了滥觞源头,其他子子孙孙,谁一出头,谁就被扼杀于摇篮,只此一招,凌霄的泛滥,得到了动态清零的控制。

我家本对邻居是有大意见的,因为本人引入刚竹与凌霄,对他们产生了入侵与扰民的后果,这就形成了事实上的你来我往,"礼"尚往来,睚眦必报的局面,那些没有完全过去的坎,没有完全化开的疙疙瘩瘩,阴悄悄,腔不开气不出,便在一定程度上得到冲抵。于是,肚里翻出旧账,偷偷算来算去,算得反倒像我家得了便宜。这样一来,心里不安起来,有了愧疚,就想,哪天邻里又起波澜，退一退，让对方一城一池便是。当然，此乃后话，左邻右舍生出隔阂时，竹子、凌霄还文文静静，秀里秀气，没长开呢。

再说枣树的情况。花园不大，怕委屈附着了大先生文气的枣树，加之后园对面左侧邻家，恰有一株高大枣树供我家无偿观望，便决定只栽一棵。枣树是从山上农家院落晒坝边挖来的，农家搬去了城郊集中居住区，无人经管的枣树，成了浑身长满狞厉刺刀的野树。移栽一棵胸径茶杯大的树，以为动静不大，技术含量不高，其实不然。朋友的朋友将这桩差事交给三位熟手园林工人。为便于栽活，挖树时得围着树干挖很大一圈护城河，以此在根部形成一个土球。土球与树形成的整体，极沉，三位工人用粗绳加木杠，抬上货车，运抵小区，栽进花园。落地为实，接下来，为保持根部营养，打了枝叶，因为恐地水过剩，安了取水管。以为这就利索了，见工人师傅辛苦，就从地窖取了三瓶白酒相送，一人一瓶，挥手告别。

哪知，这套动作，后来又重复了两次，之后，偃旗息鼓，决定不再栽枣。什么情况？三年栽三树，栽一株死一株，哪敢重蹈覆辙，麻烦工人，继续找死？本想省点事、省点钱的，到头来却是倒贴三番折腾，九瓶老酒，换来一园清风。当然，九瓶酒虽系老酒，但不是我喜的，正因为不喜，才放成了老酒嘛。我喜酱香，送工人的是浓香。己所不欲，勿施于人，按夫子言，我不厚道，但在酒这个问题上，我相信，萝卜白菜，各有所爱，或许，我不喜的，正是人家喜的呢。

三次植枣的动作，也不完全一致。第一次抬树入园，经由右舍的后园。第二次，右舍后园安了栅栏，便经由了左邻的后园。最后一次，尽皆装修立栅，无路可行，就剪了一些枝丫，穿自家厅堂而过。从邻家花园自由穿行，是先行装修唯一的好处。先行装修，不好之处太多，仅噪声、灰尘、建渣、停水、停电，就让你痛不欲生，终生难忘。

　　栽枣的情况，我没告诉朋友，从我向他表达感谢，他回复的表情看，他并不知情——他甚至不知树从哪里来，又是怎么栽上的。不管怎么说，朋友是帮了忙的，帮了大忙的，必须记情，必须请顿大酒，至于植枣效果，那是天老爷的事，谁都无能为力。最担心的，是朋友哪天来看花园，我该怎么说。

　　滑稽的是，少有写诗的我，却在三年里，为这三棵刚刚栽下、不知后来会莫名亡故的枣树，写了一大堆诗。你俩感兴趣？好，网上有，我来读一首吧，就读这首，标题叫《等待一棵枣树》：

　　　　正像朝会，或升帐议事，君王或将军，
　　　　总是最后一位出场。
　　　　铁栅栏来了，石屏风来了。
　　　　防腐木、茶座、地坪，来了。
　　　　汀步、米石、浇水器，来了。
　　　　花花草草、虫虫鸟鸟也完完全全铺排开——
　　　　连旮旯角落也不剩了。但是，
　　　　一棵树还没到来：一棵盛邀预约的枣树
　　　　已从夏天出发，但还没到来。
　　　　不是枣树没到来，而是运载枣树的季秋
　　　　还没到，还没到。
　　　　园林专家说，来年春天栽，更易成活。
　　　　可我等不住了，我的后园等不住了。
　　　　我也需要早早成活呢。
　　　　它一到来，台湾二号草坪

就会让出最好的席位，挖窝，抛营养土，
筑巢引凤，将压轴戏深植大地。
先入园的诸位，会挥舞手臂，让风，
把自己向一点一刻方向，远远靠近，
遵循植物的秩序与教条——
只叫根须在地下放弃连词，紧紧拥抱。
快了，孟秋去了，仲秋正过，季秋在望。
等一棵大树来为我们顶风遮雪，
还是让我们背靠乘凉？
这样一想，美好的家园，
变得多么羞耻、势利——
但绝不会忘恩负义，要让一棵树过上
请灵岩寺一炷香的礼遇。
让付出，进入轮回的风水与道德。
要知道，等待的，不光上述，
还有岷江的上善水，青城主峰的阳光
以及尺牍上，一树红枣的滚动——关于
爱屋及乌、由枣而早的民间寓意。
农历的真理是，迟迟未到的枣
正是另一种早，一种活着的早。

后来，朋友卢画家，听我讲了枣树的故事，就摆给风水大师唐师傅听了。唐师傅说，植枣失败，盖因它们是山上的土著，迁居山下，风水变了，很难成活，如果买苗圃里的枣树，就没这个问题，移栽正是苗圃树的活法。

说了半天，我想表达的意思是，别墅区，邻里之间，说远不远，说近不近，永远隔着一座花园的距离。

4

　　一场春雨过去,趁周遭花园人少,没什么喧闹,我和巧蓝,坐室外防晒防雨藤椅,晒太阳,品明前茶。隔着栅栏,见右舍女主人小郑一边弓身拔野草,一边看我家花园,看的时候,鼻子还不时翕动一下,显然在深吸花香,仿佛花香是花海中的鱼,她正用无饵鼻钩钓取。其表情,既像陶醉,又像妒忌。

　　巧蓝很高兴自己的作品被深度阅读,主动搭讪道,小郑,我家这些花花草草,基本都有多的,你看起哪种,告诉我,我送你。小郑说,谢谢巧蓝姐,我太忙,又对花……巧蓝说,放心,很好养的,我看你家没栽几种花,是怕不好侍候吧?其实,每种花都有自己的个性,摸准了,对着它的脾性去,就不怕它不服你。小郑说,那可不一定,有些花,脾性大着呢,还有些花,看上去没脾性,藏得可深了。我忍不住搭腔,巧蓝,人家小郑对花,不比你懂得少,你呀,就知点皮毛,还拿出来显摆,养花的道道可深了。小郑说,萧老师谬赞了,我哪懂花,要是懂花,花就该懂我了,就不该……电话响了,我去接下,不好意思。

　　小郑没听到电话响,她听到的,是她老公皮总对电话声的接力,小郑,你手机在响。

　　小郑进宅接电话,把花园野草撂一边,野草暂时躲过一劫。拔草,必须连根拔起,土干,一拔就断,太湿,好拔,但拔起后根上自带一些湿泥,小郑选择小雨后下手,泥土不干不湿,显然专业。

　　几天后,我从单位回来,刚一进门,巧蓝就给我说了一件事。

　　她说,今天我在花园施肥,小郑开门出来,看她的样子,我以为她会说，我用菜籽油枯沤制的有机肥太臭，把她家熏到了，正想着怎么解释，不料，她跟我说的是另一件事，花事。

我说，小郑，我沤的有机肥太臭，但效果挺好的，要点不？

小郑是这样说的，她说，谢谢了，我昨天刚施了肥的，从农资门市买的，不知什么肥，但人家说好，管他的。我有多的，要试下不？我说谢谢，暂时不用。她又说，巧蓝姐，有件事我想了好久，一直憋在心里，前几天，我们谈养花，就差点说出口，考虑到邻里关系，到嘴边的话，还是咽了回去。为了女儿，我老公对我说，一定得告诉你们家了，拖再久也得开口，也得解决，不管你们怎么想，高兴不高兴，理解不理解，都应该说出来。没办法，这事天王老子也解决不了，只有你们能解决，你们不解决，我们也没奈何，你们有这个权利，如果真这样，留给我们唯一的路，就是卖宅搬家。我说了哈？

尽管心里陡然不爽，从春天秒返寒冬，我还是装作很轻松的样子说，啥事哦，这么严重，说嘛。

小郑说，是这样的。你家花园养的花花，养得非常好看，作为邻居，我家什么都不做，却占据最佳口岸，白白欣赏，养眼怡心，按常理，应该感谢、感激、感恩，没事偷着乐才是。但是，偏偏我家有个女儿，你认识的，子薇，读初中，再有几个月就该中考了。又偏偏，子薇对花香非常敏感，鼻子不通，打喷嚏，流鼻涕，瘙痒，疱疹，流泪，呼吸困难，发热，头痛，乏力，该有的症状都有，一旦严重了，若不及时治疗，命都不保。咱隔壁邻居也不算外人，直接说吧，我女儿患有严重的花香过敏症。

我说，你的意思是……

小郑说，女儿对花无所谓，甚至对花粉也无所谓，只对花的香气过敏。一朝被蛇咬，十年怕井绳，原本超喜欢鲜花的女儿，知道病情后，见花就躲。她的房间，本来朝着后花园的，但一年四季紧闭窗户也不是个事，就调到前门那边了。

我说，这样啊。

小郑说，不信？你什么时候见她来花园，玩过十分钟以上？

我说，还以为子薇是怕花园的蚊子咬呢。

小郑说，本来，自己的私家花园，想怎么做怎么做，想栽什么栽什么，与别人有关无关，别人都不该多言。但我家这个情况，现在你也知道了，我们做父母的，子女就是全部，为了子女，命都可以豁出去，真是为难啊。所以，实在是不好意思了。

逼宫逼成这样，我还能怎样？只能没话找话，喃喃自语，这样啊。

小郑说，拜托，拜托。主要就是那些有香味的花，夜来香、栀子花、黄葛兰、茉莉、米兰什么的。

我说，你知道，我们家拿主意的，主要还是萧老师。

小郑说，还有，我们也知道，名花金贵，但花价是什么行情，我们一无所知。我的意思是，你们需要多少赔付，该算的都算进去，尽管说出来，多少我们都认，翻倍都行。

我说，小郑，听我讲，这不是钱的事，谁愿意将自己喜爱的花园，毁在几个钱上？我家毕竟不是开花市的，我们夫妻，甚至连做生意的都不是。

小郑说，巧蓝姐，你好好给萧老师说说你家的现状，我家的实情，萧老师毕竟是老师，正儿八经的老师，会通情达理的。

巧蓝的讲述，令我一下愣住了，不知如何是好，他们真是什么都想好了，面面俱到，连高帽子都给我戴上了。

小郑近四十岁，看上去三十出头，戴副眼镜，在省城一所大学教书，讲师，好像教光学应用。

听右舍的吧，老婆最得意的花园将损兵折将，风光不再，咱家最喜的花香，一下消失殆尽，气息全无。尤其不爽的，是面子问题，咽不下这口气，选柿子照软的捏，你让干吗就干吗，凭什么呀，你谁呀？就凭你是一墙之隔的邻居吗？再说，你女儿病情真有你说的那么严重，未必吧？

不听右舍的吧，人家毕竟是咱的邻居，一墙之隔的别墅，前庭不遇后园遇，即便露台，也是低头不见抬头见。不似电梯高楼，门一关，两眼一抹黑，两耳不闻窗外事，左邻右舍，鬼都见不到一个，而别墅通敞的程度，比酒店都不如。所以，完全闹僵，剑拔弩张，老死不相往来，也不是办法，甚至还显出我萧老师心胸狭窄，让不得人，格局小，对年轻人没有怜爱心。想起小时候，住县城，街坊邻居家玩，跟在自家从这房间到那房间一样随便。吃饭的时候，端个碗到处晃，闻到哪家飘出肉香，就往哪家钻，哪像现在，进门还要脱鞋换鞋，洗手消毒。那时多好哇，穷是穷点，但心里无梗，山清水秀。

之前，我家与右舍也有矛盾，却又构不成矛盾。矛盾是中央空调外机引起的，好好一间卧室，邻家将空调外机安装在你家阳台边，对着你嗡嗡嗡叫个不停，你咋吃得消？我家先入住，左右无机，不存在这一矛盾。待右舍入住，深受其害，正待发作，方恍然过来，于是释然。自家外机，不也同样在让对方受伤吗？对方一声不吭，显然已知彼此的受伤，在以毒攻毒的医术中，获得了均等自愈。

权衡来权衡去，决定退一步海阔天空，痛下杀手，将散发香味的花卉，连根拔除。为省些莽力，拔前一小时，操起水枪，让花园下了一场人工小雨。

巧蓝不想拔，她已习惯了在炫耀花园中被赞赏的感觉，更习惯了闻香识舞的梦幻仙境与天籁般的美妙，但拗不过我的坚持，终是拔大小毒草一样拔去了花香。是黄昏拔的，俩人像拔河一样拔，以花茎为绳，跟地球比蛮力。拔不动的，拔断了，根仍在地里的，还动用了小铁铲和锄头。选时黄昏，是巧蓝的主意，她说那时大多业主在家，她希望我家上演的大戏，业主们都能看见，尤其希望左邻右舍两家人看见。

我赞成巧蓝的提议，既然这事藏不住掖不了，那就没必要鬼鬼祟祟，当地老鼠了。丢面儿就丢面儿，软就软，受欺就受欺，索性大张旗鼓昭示天下，让大家伙儿见仁见智，自由吃瓜。

巧蓝进一步说，左邻搭建影响了我们，我们不吵不闹不举报，默默承受。右舍说我们的花影响他家，好，那按他家的要求改。她就想让两家看看，我家在利益面前的态度与举动，看看在处理相似问题上出现的反差，看看他们在众业主面前是否会产生一丁点歉疚与羞愧。我们和他们，都在做试卷，评分的，除了业主和物管，还有花木、小鸟、阳光和凤儿。

但是，巧蓝失望了，因为左邻右舍龟缩在别墅里，没有一个人开门出来。巧蓝高兴了，因为这是一种希望的失望，一种胜利的失望。是的，他们被歉疚与羞愧缚住了。这也由此证明，他们还不是彻头彻尾的坏人，还知道自己亏了理，私了欲，影响了别人家独立、自主的养花意志，观海瞻天的宽度与广度。

我家的动静，自然是引起了业主们的好奇与关注，他们从花园里和各楼层上，旱獭一样向我们张望，有几人还忍不住张嘴询问来着，而远处的询问哪是询问，纯属扯开嗓子大喊大叫。有人问，好好的花，干吗拔掉呀？巧蓝答，长得太密了，该疏一疏了。有人问，你们拔掉的，我可以要几窝吗？巧蓝答，当然可以，需要的，都来拿嘛，反正我们也是扔掉，你们拿去，倒省了事，免得堆得乱七八糟，碍了别人的事。

因左右花园无人，需要移植花卉的业主，只有两个通道可资利用，一是通过我家后花园对面三户邻居栅栏，作接力式传递，一是来我家前庭处，或穿过宅子厅堂，到后花园自取。跟我家后花园对面业主关系好，又近便的，选择了前者，其他需要者，选择了后者。

那个黄昏，我家花园的热闹，前无古人，后无来者。

天都黑了老半天，我发觉，左邻右舍，没开灯。右舍的一声谢，一声对不起，没开口。

害人之心不可有，防人之心不可无；人敬我一尺，我敬人一丈；吃得亏，打得堆，惹不起，躲得起，是我们老萧家写在家谱中、放之四海而皆准的家训。有什么样的家训，就有什么样的三观，家训，指导着我们的行为。

5

我家花园依然有花，但不再四溢花香。

花园被弄得乱七八糟、一片狼藉后，我家也没马上处理。烂就烂吧，只要左邻右舍看得顺眼，不影响心情，我们也看得下去。直到大家伙习以为常，看我家花园，跟没事人一样，我们才请来蓝花蓝，商量了价款，将花园恢复成了应该有的样子。蓝花蓝是省城一家小型园艺公司，我家装修快收尾时，公司的业务员兼设计师小梦找上门来，量了尺寸，回去绘了一张设计图发来，我一看，一般般，巧蓝一看，颇满意，一番讨价还价，十万元，与蓝花蓝签了花园造型、置景、植绿工程。巧蓝对我说，巧蓝、蓝花蓝，对味嘛。我说，人家公司找上门来，多半因为你名字中的蓝，千蓝万蓝，万难千难，"蓝"得一遇嘛。

虽然花园的造价超出了我的预算，但我还是愿意把它做专业一些，有味道一些。所以，我对小梦只提了一个要求，我说，你回去看一下博尔赫斯的《小径分岔的花园》，把图纸改一下，让"小径分岔"的神韵，入驻咱家花园。没想到，小梦这丫头，领悟能力那么强,改过的图纸,迥异先前,叫我大喜过望。如果来个航拍,会看见下边,几条交叉的小径,拉着一个花园在跑,换一个角度却是,花园一动不动,给无限延长的小径,加着鲜花的油。

巧蓝跟右舍小郑本还说话来着,经了花香事件,二人均是有事无事绕道走,不再搭白。跟左邻,自不用说,井水不犯河水,你走你的阳关道,我过我的独木桥。入住别墅一两年,同一屋檐下的人,已似路人。

显然,拔花事件,令左邻右舍,看见了我家愤愤不平的怨气。

因系三户联排别墅,我家与左邻右舍共享一幢,不光花园接壤,连二楼三楼的阳台、露台也紧紧相连,一道二十厘米高的地台,加安在其上的一米高的铁栏杆,是形同虚设的象征性分界岭。邻里关系出状况后,每次出门前,每晚睡觉前,巧蓝都会楼上楼下检查一遍,看门窗是否锁死。这是之前想都没想过的事,住别墅的人,咋会翻栏而过,摇身一变,成梁上君子?之前,只有出远门,才会关门闭窗,断水断电断气。当然,监控摄像头的电,是断然不能断的。

虽然高调拔了香花,也云淡风轻说不在乎,但内里却是在乎的,非常在乎,没心没肺的巧蓝这样,有心有肺的我也这样,越想越憋屈,越想越不是滋味。左邻右舍,少占点便宜,让咱家少吃点亏,硬是按捺不住?赔个不是就那么艰,道声谢就那么难?主动示好,多说几句什么意思都没有的话,都做不到?

这种心情,像秤砣,此前挂在心房左侧,一边倒,不平衡。现在右边也挂上了,平衡是平衡,却加倍沉重,心房有了老牛拉破车,拉得快散架的吱嘎声。

我家的日子,就在这不能排遣的吱嘎声中,日复一日,从冬天走进了夏天。我想,这也没什么,苦难本就是生活的一部分,何况只是一左一右两个烦恼呢,咱家就这样过吧,得过且过。

没想到,这只是我一厢情愿的想法,烦恼可不这样想,烦恼老是把烦恼的想,耍魔术一般,变成我的想。这一想,就失眠了,从小小的失眠,到了大大的失眠,终于大到成了复发的抑郁症。当然,患抑郁症,我自己从来都是没有自知之明的,是女儿小鱼儿又一次提醒我要去看心理医生,医生又一次开诚布公告诉我的。

医生还是开了这药那药,但真正管用的,还是一句老话,心病还需心药治,解铃还须系铃人。因为我曾经有过几次抑郁史,知道这病的根根在哪里。

没错,矛盾冲突、心怀恨意是系铃人,和解是解铃人。

既然有了与左邻右舍和解的打算,想法就来了个一百八十度的转向。心里把定干一件事,一定有一百个支持的理由,反之,一定有一百个反对的说辞。

什么和为贵,和气生财;什么冤家宜解不宜结,相逢一笑泯恩仇;什么生事事生何日了,害人人害几时休……怎么想,怎么来,老祖宗发明的理论,赶海一样赶来了。

理由有了,可如何操作实施呢?让我这个无过方,摇头摆尾,无话找话,主动得不要脸面,江湖没这规矩吧?可让对方说,大人大量,大人不记小人过,宰相肚里能撑船,放我们一马吧,可能吗,对方下得了这个矮桩?而我要真是大人,真是大量,真是宰相,何来抑郁,又何须对方先行开口?小人物对上,叫乞求恩赐,大人物对下,叫礼贤下士。

死杠,病情加重。

开口,面子何存?

6

河水向前流去，它自己都不知道，什么时候会出现变化，流出漩涡，遇到暴雨，变宽、变窄、弯曲、分岔。风儿也是，向前吹去，不知道何时何地，会出现何种变故，或者转机。但不管怎样，即便左一下，右一下，既定时间单元内，它们的总方向都会一直向前，生命不息，冲锋不止。

我家的情况，一如流水和风儿，时间是尚未停摆的河床和风道。

大夏天，周末，按照女儿女婿安排，我们一家三代五口，去峨眉山七里坪避暑。如果是过去，出发前，会给家里有人的邻居打个招呼，请邻居帮忙，天不下雨，他们淋花园时，顺便帮我家淋一下。现情况变了，就省略了这道程式，同时也缩短了避暑时间。花园是我们的亲人，也需避暑，但我们没法捎上它。

我们是周五下午五点半驱车出发的，登程前，打开水龙头，拿水枪对着前庭后园花草、树木和蔬菜，一阵扫射。按计划，周日午后返，哪知，正退房，得通知，说山洪暴发，多处塌方，下山路断，当地组织抢修，但最快也得七八个小时，才能初步通车。也就是说，所有欲下山游客，只能滞留山上，次日方可成行。

滞留山上，女儿女婿急，是因为要上班，我一名半在岗闲散人员，巧蓝一名退休职工，本可不急的，但因花园之故，不得不急。平原四十摄氏度的高温，连续两三天不见雨，不浇水，别说花园里娇生惯养的花卉，就是一块铁也会干裂！小孙女两岁多，玩心正大，得知再玩一天，脸上的天气瞬间阴转晴。

以前，巧蓝跟小郑，时不时都有小玩意你赠我送的，除了花园摘的果蔬,厨房蒸的包子馒头,从外地回来,也会给对方捎点土特产什么的。此行,哪存这样的念头?

第二天,随着拥挤的车流下山,急忙急慌赶路,开了四五个小时才到家。快到天著青城时,摁手机遥控,开了中央空调。前庭小园还好,后园呢?从前门到后门,我和巧蓝像穿堂风一样跑去花园。一看,完全惊住了,不仅植物们一点不蔫巴,腰板挺得直直的,伸胳膊蹬腿打得开开的,连它们脚下本该龟裂的泥土,都有一团湿气氤氤氲氲。时当正午,太阳大得像孙悟空踢倒的炼丹炉,而我们夫妻却全无火焰山居民的炙热和恐慌。

不是遇到鬼,就是英雄救美——花,当然是美了。

转身回到已有凉意的客厅,点开手机上萤石云视频,后退,我和巧蓝睁大眼,看花园监控摄像头画面,竟看见一个人,她是右舍家小主人,那个对花香严重过敏的初中生子薇。她将水枪枪口微微朝上,对着我家花园,死死抠着扳机,一束有力的水沫,越过栅栏,花一样在花园上空开放,七彩花瓣,纷纷落下。我还看见,她竖起枪口,向初升的太阳喷射,水洒下来,与她脸上的汗珠合了流,那种戏水的野趣,恰似一束香花的怒放。再退的画面,是小郑在浇水,她退出园子后,子薇入园,解开蛇一样盘着的塑料软管,操起水龙头边上的枪头。我们看了离家三天的视频,看见子薇在三个早上,迎着晨曦,为我家花园浇花。看前庭视频,也看见了子薇。我家拔花的原因,两家讳莫如深的"花香公案",子薇不可能不知,但她就这样做了。小孩小,器局大,大人大,心胸小。

我一边感动,一边羞愧,感动有多大,羞愧就有多大。

但感动归感动,羞愧归羞愧,接下来,我该怎么办?装作不知,继续冷战,似乎虚伪了,不道德,不磊落;冰释前嫌,主动缴械投降,是不是太突然,本末倒置,反了因果?进无根,退无据，那还是原地踏步吧。

翌晨，我去花园浇水，正待浇时，听见树叶掩映的右舍花园响起了水声，斜身伸头一瞧，发现小郑母女收拾毕水具，大的牵水管，小的持水枪，开始浇水。退回去？不妥，心中无鬼，一个大男人，怕什么怕？

我也开始浇起水来，只是双方都十分小心，生怕枪口偏了一寸，让水沫越过栅栏，溅到邻居身上。

不知是子薇太紧张，或者太不紧张，总之，她把定的水沫，突然一个转向，滋到了我身上。

我一怔，抬头见子薇也傻站着，大脑便飞速旋转，正不知何以处之时，小郑说话了。

小郑说，萧老师，对不起，小孩子不懂事，手脚没轻没重。子薇，低着头干吗，还不快给萧叔道歉！

我忙不迭说，别，可别，我正说要向子薇道个谢呢。

小郑有些惊讶，不知是自然流露，还是装的，她说，谢子薇干吗，干吗谢子薇呢？

我说，她给我家浇水了，我知道。谢谢你，子薇。

子薇说，萧叔，千万别谢，不就浇个水吗，咱们两邻居以前不都相互浇吗，哪分个你我？一说谢，就生分了。

小郑继续惊讶，萧老师，你怎么知道，不该呀，子薇，你浇水，没人看见吧？

巧蓝听见花园动静，走了来，接话道，我们是从监控摄像头里看见的，子薇，谢谢你，没有你浇的水，我家这些花花草草，恐怕干得可以当柴烧了。

小郑又惊讶了，望着我家安在二楼外墙上的三百六十度无死角摄像头，说，监控？对，监控，萧老师不提起，我倒忘了监控这码事，幸好咱子薇没干别的什么事。走，子薇，该上学了。

我还正庆幸,邻里隔阂,不经意就瓦解了,哪料到,这小郑又来了个话中有话,仿佛安摄像头,专为监控她家。可她也不想下,她家的摄像头,包括左邻的、对面的,还不是覆盖了,至少部分覆盖了我家花园?

即便如此,子薇的介入,到底是让我们两家关系得到改善。虽然不冷不热,一旦见面,还是要聊几句天气什么的,路上碰到,不说话,至少也要微个笑,点个头。

一天傍晚,我和子薇她爸,皮总,隔着栅栏在花园看手机,不时摇摇扇子,既取风,也驱蚊。

皮总起身,靠近栅栏,微笑着说,萧老师,跟你聊个事。

我起身,靠近栅栏。

皮总说,萧老师在媒体供职,我又看过你发在邻居群的文字,文笔真好,思想深,站位高,视野宽。我们公司需要写个产品推文,在公司平台推送,你能否抽空帮我们写个千把字,三万元,行不?我知道文人羞于说钱,但付出就有回报,萧老师别嫌我们做商人的俗气。

我说,皮总,首先谢谢你的好意,心领了,但我手头的活儿太多,实在无暇他顾,抱歉了哈。

皮总说,明白,明白。我们这活儿不急,等你半年怎样?

我说,我接的活儿,两年都排满了,这几个月找上门来的活儿,全推了。皮总,真对不住了。

皮总说,再付一笔插队加急费?

我说,不是钱不钱的事。

皮总说,萧老师,这样行不,你帮我个忙,推荐一人?

我说,人是认识几个的,但知人知面不知心,我自己都吃不准,哪敢荐之于人?

这活儿如果不是邻居给的,我一准儿接,高兴都来不及,哪会推掉？邻居不一样了，一接，就成了甲乙方关系。成了甲乙方，还能以正常的邻里关系处之？钱挣了，面儿没了，人穷志不能穷。介绍朋友就更不靠谱了，质量、进度、尾款，自己夹在中间，左右不是人，成夹心饼了。

两个男人隔着栅栏说话的场景，在飞鸟和花儿眼里，像极了影视剧中的探监戏。镜头拉近，从身姿与面部表情看，皮总是探监者，我是被探监者。

7

右舍有了改善，左邻的局如何破？

时间一天一天过去，那要是一直等下去，每天都有希望，每天都有失望，等到死，时间都不带来变化和转机呢？难道不可以换一种思维，主动出击，让人为的努力，带去时间的变化？比如，水旱天定，被李冰改成水旱从人。比如，古人的出门骑马，被今人改为出门开车。我开始这样想，也就是场面上说的逆向思维，无中生有。

不怕贼偷，就怕贼惦记。老想这事，便想到一招，你不惹我，我惹你。

这天傍晚，我和巧蓝去附近的健身房健身，走在小区行道上，回头一瞥间，我看见左邻邱总离我们二三十米远，一边看风景一边走。我让脚步放慢了些，同时将与巧蓝摆龙门阵的声量提高了些。

我那天身着休闲T恤与短裤，左手拎着装有沐浴用品的塑料袋，走着，打了个响亮的喷嚏，遂将右手伸进短裤裤兜，掏出纸巾的同时，带出的身份证和一张银行卡，无声无息落在了空旷的行道中间。我想过，从兜里带出钱包或手机，考虑到落地的声响理论上会被主人听见,而又不能装作没听见,就放弃了。

一切都按计划进行着。

正走间,背后传来邱总的声音,喂,东西掉了。

声音不大,巧蓝没听见,也不小,我听见了,但置若罔闻。

背后再次传来邱总的声音,萧老师,你的东西掉了!

我还是装作没听见,但巧蓝听见了,她向后看了一眼,扯了我衣服一下,对我说,你东西掉了,邱总在喊。

我车过身,看见邱总的身子一半在树影里,一半在阳光下,斑驳而恍惚。他两只手,各抓着一件什么东西在舞动,仿佛向我挥手告别,又仿佛拍掌欢迎,总之,基本就是致意、示好的意思。

我说,邱总,是在喊我吗?

邱总说,是啊是啊,是喊你,萧老师,你的身份证、银行卡,掉地上了!

我急忙做出摸裤兜状,对巧蓝道,还真是。

然后,我和巧蓝向邱总快步走去。

邱总说,萧老师,看看,是你的吧?

我接过递来之物,翻着面认真看了,连连对邱总说,是我的,还真是我的,谢谢,谢谢邱总,要不正好被你捡到,还真是麻烦了。说这些话时,我只抬头晃了邱总面部一眼,又埋头看两卡了,始终没与他的目光聚焦。妈的,又不是做坏事,心虚个鬼!要不是为了治抑郁,鬼才心虚!我悄悄骂自己。

邱总说,小事,正好碰到,谢啥子哦。

巧蓝责怪我道,你看你,太不小心,身份证、银行卡掉在一起,要是换一个人捡到,又在我们向银行挂失之前,解了银行卡密码,那可真是麻烦了。

我说,那是,那是。

邱总说，你们这是去——

巧蓝说，我们去健身。邱总这是去——

邱总说，我去小区大门口丰巢柜取快递。

我说，走吧，太阳大，热。

我知道，我的招数，算是把与左邻左得太远的关系，右过来，盘活了。

三人正走着，巧蓝对我说，我看看，是哪张卡？

我将银行卡递给巧蓝，她接过一看，扑哧笑了，说了半天，是这张卡呀，害得我们白吓了一跳，又白高兴了一盘，这卡只有一百元，养卡的！

她见邱总脸色有变，知道说错了话，忙说，邱总，不管怎样，不管有无损失，损失大小，我们都是感谢你的哈！老萧，你说是不？

我说，必须啊，我们是好邻居嘛，邱总，是不？

邱总不知怎么接话，只尴尬笑笑。遂放慢脚步，见我们也慢，就快速超过我们，往前走去，直到出小区大门，我们也没碰到他，不用说，在路径众多的小区，他已放弃原路回家的走法，甚至出大门，绕小区半圈，从另一大门回家。

如果计划完胜，我会把自己的小把戏向巧蓝老实交代，和盘供出。因为她的一句多余话，出了岔子，就只好烂在心里，闭口不谈，一谈，就有责怪和埋怨她之嫌了。

老婆都不知，邱总更不知了，我兜里时刻准备着的双卡，不是针对邱总一人，而是针对邱总夫妇的，谁先跟上来，就是谁。

虽然没有完胜，到底是有所胜利。虽然心照不宣，到底是开始了狭路相逢、避不可避的说话。

8

　　至此，我家与左邻右舍的磕磕绊绊，在一定程度上，算是达成了和解。而我的抑郁症，也在一扣一扣，缓缓解扣。

　　可以了，不管什么程度，和解了就是和好了，总之是了却了心里的一桩事。是人总得把日子过下去，总得走路，心甘情愿被时间带节奏，快也罢，慢也罢，沿着时间的方向朝前走，而不是往后走。

　　但是，真没想到，对于和解、和好的程度问题，听之任之、顺其自然的心态与不作为，偏偏是被作为了，把先前的程度，进行了改善与提升。

　　是被左邻和右舍作为的，事情来得突然而简单，故事双方都未及反应，故事就过去了。过去了，一切的尬，就算是翻篇了。

　　第一个故事，发生在冬天。巧蓝去游泳馆游泳，选了个泳者最少的时段，中午。她说，去的时候，六条二十五米长泳道，只有三人游。从浅水区到深水区，游了七八个来回后，不服老的她，突然加速，使了个寸力，结果脚肚子抽筋了。她痛得双手抱脚，人缩成一团，偏偏正处深水区，就直往下沉。又偏偏轮值救生员上卫生间了，泳池边空无一人。

　　万分危急时，一人游来，惊乍乍大呼小叫，把她往池边扯，还没靠泳池边，救人者和被救者，都像秤砣凫水，直往下坠。还好，帅哥，也就是轮值救生员跑了来，一个优美的跳水动作，加一个专业的救人手法，俩人像两只小鸡似的被一左一右托举上岸。巧蓝说，那个惊乍乍大呼小叫，把她往岸边扯，又差点与自己同归于尽的人，是小郑。又说，多亏有小郑在，真是谢谢她了，不过，小郑不出手相救，应该也没事，只不过在轮值救生员救起她之前,她会多喝几口水,多反几次胃。

她说,她和小郑打了商量,没有向前台举报轮值救生员,他救人的姿势真好看。过了两天,她又告诉我,公司还是扣发了轮值救生员的奖金,是游泳馆的摄像头,向公司告了密。

我开玩笑说,你落水,该不是为修补与小郑家关系,装的吧?

她呛我一句,想得出来,莫名其妙。又说,这事,也只有你干得出来。

第二个故事,发生在去年初秋,是这样的。巧蓝说,好几次没去参加单位退休同事的活动了,都不知怎么开口拒绝他们,要不,今天你接下孙女?她说的活动,就是去农家乐,搓一天麻,吃两顿饭。搓麻,是巧蓝唯一的爱好,腰再酸,背再痛,一坐在麻将桌上,秒好。我正好有闲,就说,好,你去吧。

孙女远纸当时才两岁半,是提前上的幼儿园,一家私立幼儿园。本想送公立,手气也好,摇号摇到了,但巧蓝一比对,立即选择了私立。她说,公立虽然离家近,几分钟路程,学费生活费便宜得多,但公立一天只管一顿伙食,私立三顿;公立视频日常不公开,私立全程公开,产生纠纷取证时,可要求查看,公立不准迟到早退,私立无此限定。

那天,下午五点半,我拖着滑板车,去幼儿园门口接了远纸,横穿两三条街,途中,给远纸买了艾莎贴纸、佩奇气球,二十分钟后,咱爷孙走进小区。刚进小区不远,见一位瘦如竹竿的小美女,牵着一只壮实大狗,在路边草坪玩,后来得知,大狗是宠物犬拉布拉多。我发觉,小美女和大狗的搭配画面,有一种怪怪的美感,因于此,原本怕狗、骨子里不喜狗的我,依然忍不住多看了小美女几眼。哪承想,还未及将目光收回,大狗就扑了来。小美女未及反应,遛狗绳就从她玉手中滑脱。我未及反应,大狗就前脚搭我双肩，脸对脸，立在我面前。情急之下，我连忙推了一把远纸的滑板车，让她躲开。大狗张着血盆大嘴，猩红舌头伸出，狗牙毕露，哈出的热气，像一万条眼镜蛇，直往我脸部五官狂吠。这是上边，下边还有情况。几乎与上边同步，大狗的腰部以下毛皮，及其皮毛包裹的东西，开始波浪一样不停起伏、耸动，耍起了流氓动作，虽无实质性内容，只是逗着我好玩，却把我吓得半死。狗日的，你倒是好玩，你把老子当什么了？

岔开狗脸，歪脖子伸向小美女方向，大喊救命、救命，却见她站在原地笑得花枝乱颤。只好身子一缩，转身逃命，正逃间，听见远纸惊天动地的哭声，侧身一看，大狗正向远纸扑去呢，而佩奇气球，正从远纸手上脱身飞去。我急忙挥舞书包，像鲁智深挥舞禅杖，大呼小叫去搭救，哪知大狗立即转身，向我扑来。原来，我中了那狗的围点打援计。再次吓得魂飞魄散，不知所措，却见一辆大奔直冲大狗，眼看要撞到时，来了个急刹，大狗吓得夹着尾巴向小美女跑去，却被拽了回来，原来遛狗绳被车轮压着呢。

都不知咱爷孙是怎么上的这辆大奔，大奔是怎么轰一下冲出去，到了我家别墅门前，只知开大奔的是邱总，后座坐着姜姐，睡着夫妇的幺孙儿。夫妇俩哄孙儿睡觉的撒手锏，是在小区开大奔转圈，几圈转下来，孙儿就睡着了，然后，泊车宅前，一人下车回宅，一人留置车上，陪孙儿睡觉。听说这样的娃还不少，给张金床都睡不着，一上汽车就入梦乡。这天，夫妇的大奔，刚把幺孙儿摇入甜美梦乡，就遇上了我和远纸的惊慌噩梦。

晚上，想起远纸的滑板车丢在现场，趁散步去取，果然还在。

9

　　五十九岁生日那天，我过六十岁生日，我不过，县境七八位艺术圈朋友，向教授、王大师、卢画家、黎主席、文诗人等，非要给我过。下午，艺术家们在宅子后园吃烧烤，喝啤酒，弹琴吹笛，朗诵诗歌。不亦乐乎间，一个声音凭空而至，瞬间关了所有声音阀门，男女皆有花容失色的惊骇。

　　地震了！地震了！快跑！快跑！

　　声音自上而下，从右舍三楼传出，是小郑的声音。

　　我家客人莫名其妙，几个在自家花园，或劳作或休闲的业主，莫名其妙，正疑心那个发声女疯了，还没疑心全消，更没交换看法，附近有一男业主也开始了惊乍乍大声武气的呼喊。

　　地震了！马上地震了，还有四十秒，还有三十二秒！快跑！

　　一些人还是莫名其妙，但很快就明白咋回事了，原来这世上已有了地震预警装置，且可以安装在手机上，在被震中地震波及前，根据距离远近，提前几秒到数十秒报警。

　　我们看到在家的业主们，以惊人速度冲向室外，来了后花园。事后方知，还有一部分冲出前门，去了车道和草坪上。全都站定安全地带，地震却没有来，有人显出失望神色，有人刚说，是不是瞎预警了，大地，大地上的附着物，开始了摇晃。

　　大地开出黑色的曼陀罗花，大家大睁双眼，看了开花的全过程——看了一场实景大剧。

　　所有人又惊又喜，历经地震，却基本没受到实质上的惊吓。我家女儿女婿，就受到了惊吓，当时，他俩都在摇晃不休的高楼里，女儿在一户居民家解决老人赡养纠纷，女婿在客户办公室谈合作方式。

地震过去，又怕还有余震，加之业主们余兴未了，就待在室外，纷纷谈起住别墅的好来，仿佛别墅的种种不好，都被这一种好冲抵了。

一些说，幸好买了别墅，否则，住高楼，这一辈子还不知受多少惊，历多少怕？没办法，谁叫咱四川地震不消停呢？这些年，从汶川开始，芦山、九寨沟、泸州、宜宾、泸定……哪一次地震，没让我们提心吊胆？

一些说，这地震预警器，实在是太适合我们这些住别墅的了。高楼上响起警报声，那就吓死人了，给你预了警，却又让你不知所措，只能寻个自认为相对安全的所在，厕所里、桌子下、墙角旮旯什么的，坐等灾难到来，哪来得及跑下楼，找一处空旷待着？

说起地震预警器的好，巧蓝就隔着栅栏请教小郑，手机上怎么装。小郑叽里呱啦说了一阵，巧蓝说岁数大了，听不清明，不会，麻烦你帮我装上，行不。小郑二话不说，爽快接过手机，手指不停，几下就装好了。姜姐见了，将手机递过左栅栏，巧蓝接力一般接住，递给右栅栏那边的小郑，几分钟后，又帮姜姐递了回去。

卢画家说，嫂子，你们的邻里关系处得其乐融融的，好生让人羡慕。

巧蓝说，是啊，是啊，我们是处得好嘛，你羡慕就到我们小区买房呀。

卢画家说，你们小区不是早卖完了吗？

巧蓝说，只要安心买，出得起价，别说咱这小区，任何小区都有房卖。

卢画家说，那也是，到房介平台一看，哪个小区都有二手房出售。

巧蓝说，对啊，下手嘛。

我说，下什么手啊，人家逗你玩呢。人家卢老师在画家村，有免费的别墅用，跑这儿？傻呀。

地震前一年夏天的一个周日，还闹过停电的事。再前也有停，检修、跳闸、限电什么的，但次数少，时间短，几乎不碍什么事，这次不一样，从半夜到半夜，足足停了二十四小时。

这一停，就停出了一些尴尬性质的趣闻，让清冷的邻居群，报料不断，狠狠热闹了一整天。

一人说，她在机场候机，没事，发个微信耍。她说，今天凌晨，天不亮出门，借着小区路灯，看见一条蛇，爬进了对面邻居家前庭。

对面邻居说，她得知这一信息，吓得不行，操起电话打物业，请速派保安来清除。两名保安来了，五大三粗的，胆儿比现场看热闹的业主都小。二人手抓木棍，折腾半天，屁股翘得老高，终于寻到蛇，叉住蛇的七寸，不忍斩杀，又不愿冒风险多走些路，拿到小区围墙外放生，见宅前车道有窨井，便把蛇倒立起来，像木匠穿榫一样，将蛇头塞进井盖漏水孔，然后，松开蛇身，啪一声水响，从盖孔传出，活儿宣告干完。

又一人说，曾在短视频上看见，有人在家上洗手间，正拉着呢，屁股下却有了动静，一看，马桶里有一条蛇，蛇来自下水道，据说这种情况印度特别普遍。有人就说，那还是应该将长虫斩杀，而不是放生在窨井里。又有人说，万万不可杀生，尤其不能杀蛇，蛇最有灵性了，蛇出没哪儿，说明哪儿生态环境好，蛇盘踞哪家，说明蛇在护佑哪家，哪家就官运亨通如初开之日，福禄滚滚如东海之水。又有人报料说，他家保姆半夜上卫生间，开灯，无电，遂摸黑前行，不承想，竟在客厅踩到一条蛇，好在，蛇小,未咬。有人感言,平生最怕蛇,宁愿遭遇地震,也不愿遭遇蛇,说她之所以卖了以前的房宅,买此处的别墅,就是因为以前的房宅,有了蛇。

议论至此,蛇话题,从邻居群战场,转移至物业与业主沟通群,主题:小区怎么处理蛇。

我说,有人可知蛇的天敌是什么动物?有人说,是鹰吧,电视里见过,鹰将蛇叼上天空摔死,然后吃掉。我笑道,咱小区可有业主愿意放养大鹰?有人说,听说猫不怕蛇,可咱小区有不少猫,为什么照常有蛇?有人说,听说鹅吃蛇,鹅粪可以将蛇烂掉,此说真假不论,家家户户养鹅,现实吗?有人提议,既然这不行,那不行,建议物业下药,以除蛇害。有人反对,说万不可,说中华图腾之龙飞凤舞中的龙,其实是以蛇为主体的多种动物的集合呢,说女娲、伏羲、共工、盘古等神人,皆为人首蛇身呢。有人说,现实怎能跟传说搁一块说?如果谁说不准杀蛇驱蛇,那咱把在小区抓住的蛇,放生在他家里,他可愿意?群里一阵哄堂大笑。那人反驳,抓来算什么事,要蛇自己来。最后,物业通知,小区公共绿地,拟统一施用雄黄驱蛇,哪家后花园如需施药,请到时予以配合。几天后,有人说,现在,撒了雄黄粉,天罗地网,却不见蛇尸,蛇去哪儿了?有人说,冬眠了吧。有人说,这才几月,难不成雄黄是降温药,或直接就是一场不让我们看见的暴风雪?

群里,除蛇之外,停电还带来了其他一些话题。

有人说,哎呀,停电了,手机没充上电,今天咋出门呢?

有人回,用充电宝充嘛。

那人说,关键是充电宝也没充电呀。

另一人说,我家好几个充电宝呢,都没电,刚才出去买了一个有电的充电宝回来。

有人说，我正在车库，发动了车，在车上给手机充电。

有人说，豪横，这个大排量油钱，可比电费贵了不知多少倍。

那人笑答，电话不通，损失可比油钱大。

有人说，我家冰箱冷冻有贵重药品，几点来电哦？再不来损失就大了。

物业说中午来，中午没来，又说下午来，下午没来，就说县电力公司还在辛苦抢修中。

于是乎，业主们又纷纷出门，买手电、蜡烛、锂电池灯、马灯什么的，办烛光晚宴。

我说，反正啥事干不成，索性喝场大酒，蒙头就睡，一觉到天亮。

这次停电，让一些业主后悔起别墅设施的配置方案来，原以为东西越先进越贵越好，现在看来，自动化程度太高，不接地气啊。一些业主的马桶，没有手动冲水装置，一大家人使用，端水冲洗，大夏天的，怎么受得了？内急了，只好匆匆开车，出小区寻公厕，或干脆待在附近茶馆，一边喝茶充电，一边在群里打探电来没。一些业主的全自动炉灶也瘫痪了，抱怨无法给奶娃烧水冲奶，奶娃哭得不行，干着急。

小郑在花园喊巧蓝，问我家炉灶可烧水不，说皮总有每天必喝早茶的习惯，断茶就跟断魂一样。巧蓝说，把保温瓶递我吧。水烧开，掺了，将保温瓶递过栅栏时，巧蓝说，小郑，我家铝壶很少用，估计烧出来的水没电热壶好喝。皮总出屋搭话，有一杯茶喝就很好了，哪敢对水质挑三拣四？谢谢巧蓝姐了！

没想到，我在群里随便一句话，便让物业公司所有人，整整半晚，全成了保安，直到电来，才回归常态。我说的是，电没了，小区物业摄像头，各家各户摄像头，应该都歇菜了吧，监控系统缺失的别墅区，会不会是贼娃子的天堂呢？

贡布、卓玛，你们应该听说了吧，上了热搜的，去年过年前，省城北郊一别墅区，几个小偷持刀行盗，一夜踩了十八家。公安很快破了案，小偷说，经济下行，他们下岗，这才上了小偷的岗，而上岗后的首选，非别墅莫属。

10

别墅左邻右舍问题，阴差阳错，小说似的，就这样，出现，又消失，消失，又出现，恰如我神出鬼没、飘忽不定、阴魂不散的抑郁。

草原的夜风，打在身上，像用力过猛的拥抱产生的反弹，但萧不系看不见它，看见的是天空中，夜风带着啤酒味的显形：黄河、格桑花，和一对恋人的歌声。萧不系喜欢讲别墅故事，但从邻里关系的角度讲，还是第一次，所以，讲毕，他有一种终于完成一个探索性创作的兴奋与不安。

贡布说，这些问题，在我们草原人听来，就像那个天方夜谭。没想到，住别墅，还真是事多。以前觉得别墅很远，现在觉得更远了。

卓玛说，萧老师，这下好了，什么问题都解决了。

萧不系说，还没呢。别墅小区邻里关系的环境，最起码的范围，是前后左右嘛，左右解决了，前后呢？

卓玛举着啤酒瓶对贡布说，来，我们再敬萧老师一杯。

喝了，她和贡布齐问，前后呢？

萧不系说，还想听？好，我讲。先说前边。我家别墅前边，除了前庭小园，就是一条窄得只能走一辆车的单行道。当然，不讲规矩，车轮碾上两边人行道，也可逆行、错车。事实上，大多业主都没讲规矩,他们说,谁叫开发商不讲规矩,修这么老窄呢?隔着这条窄道,对面离我家很近的是三家人,最近的又数中间那家。前边邻居的故事,就讲西侧这家吧。西侧这家有位七十来岁的老人,看装束,农村太婆,看身份,不是别墅男主人就是女主人的母亲。在小区,我常能看见她,她每天都在忙,除了忙着接送一位七八岁的残疾小男孩上学放学,就是把更多的忙,搁在捡破烂上。残疾小男孩不是老人的孙儿就是外孙,接送他,老人用的是步行。捡破烂,用的是骑行,小区不小,垃圾量大,步行不划算,效率太低。毕竟是平原人,老人年老,却是自行车老手,一手把龙头,一手或提拎或紧扶捡来之物,稳如松,快似风,看见邻里,满脸堆笑,热情招呼,不误方方面面。至于老人在宅内做什么,有着怎样的地位,那就不得而知了。

老人捡破烂,以纸壳、塑料制品为主,兼及其他。她家左邻,也就是中间那家,尚未装修,老人就将自己的收获,在左邻车库中分门别类码好,码到够装一车后,就有收废品的三轮小货车前来收走。

有天,我在大观街道苍蝇馆子"白果炖鸡"喝了酒,为消食和减肥计,步行回家。都快半夜了,路过放有四个垃圾桶的一处转弯地段时,听见桶里有动静,以为是猫,借着晦暗的路灯一看,却见一个人勾着腰,将头深深扎进一个垃圾桶中,弄出翻箱倒柜的声音。时值盛夏,风中的恶臭让我掩了鼻,再看,那人正起身,不是别人,恰是老人。我赶紧加快脚步闪了,生怕老人主动和我打招呼,让我不知如何应对。

因为老人热情,一些业主,包括巧蓝,还主动将纸壳放自家门口,嘱她自取。纸壳主要由装修、物流快递产生,一个小区的量,还真不少,老人的行为,自是在与物业外包机构的保洁人员抢生意,不努力,还真不行。巧蓝问过老人,一货车破烂,卖多少钱,老人大大方方说,两百多。

　　老人的家,当然不缺钱,住别墅的人,再缺也不缺捡破烂的渣渣钱。老人明显过苦日子过惯了,也节俭惯了,勤劳惯了,从乡下住进别墅,惯性使然,哪刹得住车,闲得下来,家人又如何阻拦得住?在中国,这样的老人,多的是,哪哪都有,别墅区也不例外。还有几户业主,将花园变成有机菜园,一年四季都有菜蔬,多得吃都吃不完,那些黄瓜藤、丝瓜藤什么的,老往邻家花园跑,再好看的花儿,几天就覆盖得没了影。种蔬菜也有好处,疫情时期,小区封控,那种南泥湾般自给自足的沾沾自喜,便显了出来。除了私家种菜,开发商还在小区路旁和绿地,栽了不少有实用价值的果树,石榴、鸡血李、橘子、枣子、荔枝、樱桃等,还没熟透,就被抢摘一空。看着那些被折断枝丫的生命,心里真不好受,摘果的,除了装修工、保洁员、物流人员和孩子,还有一些手持专门摘果工具的业主。摘果业主缺钱吗?当然不。究其心态,摘果的野趣,算是一种。

　　贡布插话道,萧老师,这个老人,你家前边的邻居,给你家造成了问题和困惑?

　　萧不系说,是啊,你想嘛,老人堆破烂的那间车库,正对我家,我们看风景,看见的却是一山垃圾。我们呼吸新鲜空气,呼吸的却是一股垃圾味。买别墅,除了排场和体面,不就冲着风景、空气去的吗?对了,别墅区看上去光鲜,生活垃圾处理还真是一个问题。业主们拎着垃圾袋出门倒垃圾,多走几步吧,抱怨不方便,方便了吧,抱怨垃圾桶离自家太近,臭、脏、难看,苍蝇、老鼠多。因此,物业最棘手的一个问题,就是为垃圾桶落地,确定合适的摆放点位,经常是放这里被骂而放那里,放那里被骂而放这里,因为谁都不希望放在自家门口,恶心我一家,幸福全小区。由于老人的原因,我家正对面,已然形成一处破烂堆放点,物业便顺势而为,在破烂堆放点近旁,设置了一组垃圾桶。这样,我家就有了双重的难言之隐。

贡布说,垃圾桶不是有盖吗?

萧不系说,但好些人不想揭盖脏手,就将垃圾袋扔地上。我还见人飞车扔过呢,一豪车,临垃圾桶,不停,门龇开一口,一垃圾袋飞出,车绝尘而去。

卓玛问,萧老师,你是怎么处理这个矛盾的呢?

萧不系说,没处理,没法处理,又不是我一家,周围好多家都面临这个问题,都不开腔,我开什么腔?再说,每个人都有坚持个人爱好的权利,都应得到别人的理解和尊重,尤其对老人。当然,前提是,其爱好与行为,应该将对他人和公共利益的损害性影响控制在大家能够承受的红线内。好在,时间应该会解决一切,老人堆破烂那家别墅,迟早会装修住人吧,你们说呢?

贡布说,那也是。

卓玛说,那你家后边的邻居……

萧不系说,我家后边对面,邻近的有两户邻居,一户正对,一户斜对,隔着各自的后花园。有一户稍近,就是栽有一株粗大枣树那户。

正对一户,装修入住后,邻我家后花园,突然砌了一堵照壁似的立墙,其风貌说不上来,总之像故宫、寺庙、书院、陵园、庄园、园林、监狱、衙门等古建筑里面的东西。他家说,砌这个,是因为风水。这事还是女儿告诉我们的,当时我和巧蓝在海南过冬。回来看了,我们认为不好看,黑乎乎一面墙砌在花园边,无时无刻不强行闯入眼帘,进入心脏,顺血液和内气,布满所有官能,像什么呢,凝固的阴影,还是悬顶的危崖?希望他们不砌,或砌矮些,小些,再或换个式态与色泽。他们坚拒,说他家在自家地盘砌,想砌什么砌什么,想怎么砌怎么砌,关我家屁事。人家说的不无道理,除了哑然,还能说啥?因这事发生在唐师傅为我家看风水之后,脑海中已存风水意识,就又请蓝花蓝来,在花园靠里处搭葡萄架,临对面栅栏处,封木板,让视野回归了新式美学。这样一来,木板丑陋的背面,就成了人家的正面。人家一句话不说,一夜之间,就在我家葡萄架后背木板与照壁之间,依着栅栏,立了一面木墙。巧蓝笑着对小郑说,早知他们要立木墙,我们就不必多此一举,搭葡萄架了。我也笑了,说,挺好玩,有趣儿,像小孩子玩游戏。

搭的是葡萄架,种的是凌霄,前边讲凌霄故事,我提到过葡萄架。

既然提到花园地盘,我就多说一句。

当初开发商交房时,各家花园的分隔线,用的是横一排竖一排的冬青,其套路,颇像古老的井田制。我家和左邻右舍这一溜宅子,与花园后边的一溜宅子,前低后高,其地势有一个一米五的落差,这样,我们与后边邻居的花园之间就出现了一道厚达三十多厘米的石砌堡坎,而一排油光水滑的冬青,则长在堡坎上方边缘。装修侍弄花园时,业主们都是挖了冬青换栅栏,但后边邻居不,他们直接越过冬青,将栅栏向我方推移二十厘米,安在堡坎上,其结果是,冬青的地盘,成了他们后花园的地盘。我看出了这个问题,小赵也看出了,但能说什么呢?开发商造成的遗留问题,业主自行消化吧,该豪横的豪横,该忍让的忍让,社会生态,古来如此。

斜对的那户,在邻我家花园对面右侧的地方,修了个喷水池,水里养有锦鲤、清道夫、金鱼、麦穗等。这就出现了两个问题,也可以认为是一个问题,即声音的问题,一是水声,二是猫声。

我家书房在前庭一方,我睡书房,工作、休息混为一谈。因宅子前后动静自我消化，后边的声音，与我无涉。主卧在后花园一边，睡主卧的巧蓝，有一大半的晚上，都被声音折磨得不行，痛苦不已，要死要活。声音成了卧榻之侧的他人，哪能安睡？水声来自莫名的喷涌动能与高差势能，我专门去主卧试听过，没有巧蓝描述的那么夸张，相反，对我来讲，蛮治愈的，这就是人与人之间的差异性吧。猫声的确恐怖，我说的是母猫发情叫春的声音，大家应该都有同感。猫自然是池鱼吸引来的，除了来我家后边叫春的声音，还有抓鱼、吃鱼的声音，也令巧蓝夜不能眠。猫不下水，不抛钩，不撒网，却能将鱼提拎出水，手段不可谓不高明。猫绕池而行，发出奇怪的叫声，鱼受了惊吓，一阵乱蹦，跃入空中舞之蹈之。而后，一些鱼落回池内水中，继续为鱼，一些鱼落在池外地面，让猫大快朵颐，成为猫儿腹中餐。我以前只知猫捕鱼，却不知怎样捕，如果不是入住别墅亲见，完全不能想象，猫有如此高妙手段。据说，鼠跟鱼一样，听见猫叫，也会吓得不知所措，猫为刀俎，鼠为鱼肉。

　　对了，谈到鱼，我想起了我家女儿小鱼儿。她说，她有时在我们家过夜，卫生间洗澡，总觉得后边别墅中，有双眼睛在窥视她，她胆儿大，不怕，就悄悄观察过，但又什么也没发现。真是邪了门了。毕竟，后边邻居，对我家有居高临下的口岸优势与地理压力，没法，我们只能在别墅靠后花园一方设法，一是将既有窗帘换成遮光加厚型，二是更衣睡觉莫忘拉上窗帘。我怕窗帘影响顶楼书房风光，就在露台近栏杆处，安排了黄葛兰、仙人掌、三角梅、印度彩叶橡皮树等高大植物，用植物修筑了一排密可透风的生态屏障。

　　后园方向，除了水声、猫声情况，还有人声的烦恼。在一个花园接一个花园的静美世界，贡献有一株粗大枣树那家，我是感激的，它让我家这株同类，有了互偶的应和与守望。但我对这家花园贡献的人声,却持排斥态度。那是一个人打电话的声音,中年女声,湖南口音,常常在清晨和夜晚,大张旗鼓响起,传来,像一群跑堂的小二,从各家别墅穿进穿出。我非常不明白,直想问她,在宽敞多室的宅子里打电话不好么,干吗非要出来打?别墅区,你的声音可比建筑高,可比建筑大啊。但我没法问她,只能问她的声音,因为黑暗里的真身,那个发声器,我从未睹见。

卓玛说,没想到住别墅,也有住别墅的烦恼。

贡布说,捡破烂老人的情况就不说了,前邻后邻的问题和烦恼,总得化解吧。萧老师,你是已经化解,还是想好了化解的办法?

萧不系说,我哪有这能耐,我们一家都试图去化解,效果都不理想,加上女儿是小区所在社区主任,年轻,正值成长期,我们不说做和睦邻里表率,帮女儿加分,总不至于拖后腿,给女儿脸上抹黑吧。既如此,一动不如一静,还是那句话,一切交给时间去办理,像处理左邻右舍那样。是的,经了太多事后,外在问题,已不构成内在问题——才不想再抑郁一遍呢。

卓玛说,萧老师,你真是一位有智慧、有教养,又有耐心的人,跟我们草原上的人不一样。

萧不系说,草原上的人,好啊,快乐,美丽,又聪明又干净,蛮让人向往和羡慕的。

贡布说,我们对生活的态度是,越简单越好,越欢喜越好。自由自在,无拘无束,才是我们的幸福家园。

萧不系鼓掌。

恋人骑马告别后,萧不系又开了一瓶啤酒,仿佛满天的星星,是这个世界最美好的下酒菜。

刚刚远去的马蹄声,又回来了。贡布跳下马,回身把卓玛抱下来。

萧不系说，落下什么东西了？

贡布说，是的，落下了一句话，一句感谢萧老师的话。

萧不系不解，感谢我？

卓玛说，是啊，感谢你今晚讲的故事。你的故事，让我们做了一个决定。我们原本准备换一种生活方式，去省城住别墅，开轿车，像城里人一样工作、生活，现在不了，觉得还是留在草原安逸。

接下来，喝着啤酒，恋人讲起了他们的故事。故事很简单，贡布说，他家八口人有两三千亩草场，两三百头牦牛，还有一些羊，一些马。卓玛家的情况，也挺好，除了草场，还在镇上开有超市。贡布说，他大哥离开草原二十来年了，开办的藏餐连锁店，都开到欧美了。得知幺兄弟要成婚，便决定将自己闲置在省城西郊的一幢别墅送上，作为幺兄弟大婚的贺礼，同时邀请他们夫妇去自己的藏餐企业工作，具体负责川渝两地连锁店的歌舞表演。

萧不系说，这么好的机会和条件，干吗放弃？

卓玛深情地望了恋人一眼，对萧不系说，原因还用我们说吗，萧老师不比我们清楚？

萧不系说，住别墅是有烦恼，可那是住别墅的烦恼，是多少人梦寐以求的幸福的烦恼。明白我的意思吗？说来惭愧，我今晚讲别墅的邻里故事，目的不是讲烦恼，目的是向你们炫耀我的虚荣啊。

恋人脸上的月色比月亮还亮、还美。马背上的恋人齐声说，再见，谢谢萧老师的故事，欢迎再来草原！

远去的马蹄声越来越轻，敲打在萧不系心上，却是越来越重。而此时的草原，比天空还大。他被天空籁抱，天空被草原卷起，揽入怀中。恋人向恋人的前方走去，草原成了恋人的后花园,哪一条分岔的小径,是恋人回家的路?而萧不系从没像今天这么迫切,只想早点回到自己的后花园,在花园分岔的小径上徘徊,漫游世界。

翌日,汽车启动,仿佛点火的不是钥匙,而是天上的一线曦光。返家途中,收到朗金微信,萧老师一路平安,再见。他说,会再见的,谢谢你们的草原。

2021.6.27—2023.3.3

主要人物表

萧不系：男，故事主角，1962年生人。供职省城某报社，任文化部副主任，退居二线后为机动摄影记者。家住距省城市中区五十余公里的西郊都安县城岷苑小区，2017年春节前入住县南大观镇外江社区别墅小区天著青城，后任小区居民自治小组成员。

巧　蓝：萧不系妻，1965年生人，都安县本地人，退休前系国家电网技工。

小鱼儿：本名萧鱼儿，萧不系独女。1989年生人。大学毕业后，成为都安县灌口街道办合同工，结婚后安家外江社区芒成小区。27岁参加公推直选，成为外江社区居委会主任。

程　非：小鱼儿丈夫，大学校友，北方人，省城红柠檬广告公司创意策划部经理。

老爷子：萧不系父亲，从广东梅州迁川的客家人后裔。祖上先落担川西龙泉山，后定居川东花萼山。

幺　妹：萧不系幺妹，住花萼山地区。

远　纸：小鱼儿女儿。

崔书记：女，四十来岁，外江社区党委书记。

小　史：男，外江社区网格员。

小　余：女，外江社区党委委员，负责精神文明建设、宣传文教等工作。

老　耿：男，外江社区居委会委员，负责治安、民政等事务。

文主任：男，临退休，幸福社区居委会主任。

甄　诚：本名甄有钱，幸福社区居民，"玻璃杀手"，间歇性精神病患者。

副局长：男，县执法局副局长。

彭　所：男，大观街道派出所所长。

小　赵：女，网名春风又一波。先为天著青城小区开发商置业顾问，后为物业公司管家。

李经理、刘经理：物业公司小区项目部前、后经理。

卢画家：男，本名卢尔森，萧不系朋友，常住都安县走马河边画家村。

木　槿：女，卢画家情人，省城花店老板。

唐师傅：男，年轻风水师，卢画家朋友。

西　瓜：男，萧不系报社同事，房地产板块记者。

严　勇：男，萧不系老家同学，建筑业老板。

小靳夫妇：萧不系岷苑老房的新房东。

宁　总：男，网名虾虾米，小区业主，自媒体从业者，网络大咖。

邱总、姜姐：萧家左邻。

皮总、小郑：萧家右舍。

袁　总：男，小区业主，别墅搭建推手。

包　总：男，小区邻居群群主。

孔老板：男，搭建施工队老板。

江　总：男，承揽搭建业务的媒子。

庞经理：男，左邻装修经理。

冯经理：男，生活嘉装饰公司项目经理。

小　梦：女，蓝花蓝园艺公司设计员。

贡　布：男，若尔盖草原青年牧民。

卓　玛：贡布恋人，若尔盖草原青年牧民。

〖附〗

　　第一章《萧不系的别墅梦》，以《别墅与老鼠》之名，载《朔方》2022年第3期封面头题。

　　第二章《多米诺骨牌》，以《别墅搭建记》之名，载《广州文艺》2023年第1期。

　　第三章《静水深处的疾风》，载《文学港》2023年第1期。

　　第四章《暗地里的阳光》，以《社区主任》之名，配创作谈《为生活寻找依据》，载《青年作家》2022年第10期头条"重金属"栏目。

　　第五章《花园分岔的小径》，载《广西文学》2023年第11期。